U0083766

古典詩歌研究彙刊

第十六輯

龔鵬程 主編

第14冊

南宋四家詩與宋型文化關係之研究（下）

蔡淑月 著

國家圖書館出版品預行編目資料

南宋四家詩與宋型文化關係之研究（下）／蔡淑月 著 — 初版
— 新北市：花木蘭文化出版社，2014〔民103〕
目 6+214 面；17×24 公分
（古典詩歌研究彙刊 第十六輯；第14冊）
ISBN 978-986-322-832-5（精裝）
1.宋詩 2.詩評
820.91　　103013522

古典詩歌研究彙刊
第十六輯　第十四冊　　ISBN：978-986-322-832-5

南宋四家詩與宋型文化關係之研究（下）

作　　者　蔡淑月
主　　編　龔鵬程
總 編 輯　杜潔祥
副總編輯　楊嘉樂
編　　輯　許郁翎
出　　版　花木蘭文化出版社
社　　長　高小娟
聯絡地址　235 新北市中和區中安街七二號十三樓
　　　　　電話：02-2923-1455／傳眞：02-2923-1452
網　　址　http://www.huamulan.tw 信箱 hml 810518@gmail.com
印　　刷　普羅文化出版廣告事業
初　　版　2014 年 9 月
定　　價　第十六輯 21 冊（精裝）新台幣 32,000 元

南宋四家詩與宋型文化關係之研究（下）

蔡淑月 著

目次

下　冊

第六章　南宋四家詩中的隱逸情懷

《易・繫辭上》云：「君子之道，或出或處，或默或語。」〔註1〕傳統文人由於兼具朝廷官吏身份，因此，出處進退，或仕或隱的抉擇，時時縈迴於心。在宦海浮沉、世路波濤中，面對權力紛爭所帶來的種種煎熬，往往使文人士子在心靈深處浮現對隱逸世界的嚮往，最終掛冠歸隱。「得意在丘中，安事智與愚。」〔註2〕、「非必絲與竹，山水有清音。」〔註3〕立身林泉、擺脫羈絆後，大自然的清音洗滌了在世俗中飽受污染、撕扯的心靈，促使其重新審視自我的存在意義，因此，文人詩中抒發仕隱情懷之作，是其對自身的一種省思。

范曄《後漢書・逸民列傳》曾將隱逸的原因分類爲：

> 或隱居以求其志，或回避以全其道，或靜己以鎮其躁，或去危以圖其安，或垢俗以動其概，或疵物以激其清。〔註4〕

由上述隱逸原因的分類可知，隱逸山林是古代文人面對客觀環境與個體心靈衝突時的選擇之一。事實上，自《詩經》以來已成爲文人心靈

〔註1〕〔魏〕王弼、韓康伯注、〔唐〕孔穎達疏：《十三經注疏——周易》（台北：藝文印書館，1993年9月），卷7，頁51。

〔註2〕丁仲祜編纂：《全漢三國晉南北朝詩》（台北：藝文印書館，1983年6月），頁519。見《全晉詩》卷4，張載〈招隱詩〉。

〔註3〕同前註，頁514。見左思〈招隱二首〉之一。

〔註4〕〔宋〕范曄撰、〔晉〕司馬彪撰志、〔唐〕李賢注：《後漢書》（台北：臺灣商務印書館，1986年3月，影印文淵閣四庫全書本），卷113，頁614。

深處的嚮往，「隱逸是中國文化源遠流長的『基型』思維。」〔註 5〕對隱逸的渴求，似乎早已排列在文人的基因圖譜中。「開荒南野際，守拙歸園田。方宅十餘畝，草屋八九間。」〔註 6〕回歸自然，追尋靜謐自足的生活，確實是文人精神上的渴望，但真正促使文人實現隱逸行動的，卻往往是現實處境對其身心的糾結撕裂，亦即上述「回避以全其道」、「去危以圖其安」等原因。尤其南宋對外苟安求和的國策，以及內部文人黨爭的益發激烈，使士大夫群體在遭受排擠或畏禍自保的心態下，其用世之志轉趨內斂、自省，在歸隱鄉林中構築心靈的棲居之所，尋求安身立命的精神家園。

南宋社會對文人仕隱抉擇造成強烈衝擊的因素，當推和戰之爭與道學黨爭。紹興三十二年（1162），高宗將皇位禪讓於趙昚，即孝宗。即位之初，孝宗有意恢復，但不幸以「符離之潰」收場，孝宗下詔罪己，主戰派氣勢受挫，同時也罷去議戰期間抨擊和議最激烈的兵部侍郎胡詮等人。隆興和議，與金議和，割商、秦之地，稱金爲叔，自稱爲姪。對於國家的屈辱求和以及張浚等人遭貶，主戰派支持者陸、楊等人，無不失望痛心。隆興和議前後，和戰之爭益發激烈，最後又引起道學朋黨之爭，爭端一直延續到寧宗朝，形成所謂的「慶元黨禁」。黨爭的殘酷，令士大夫隱居避禍的心態更加強烈；遭貶處窮之累，也使士人群體轉向以安頓心靈、自我修練，作爲對用世之志落空的一種心理補償。因此，一場內斂、自省的心學運動，邁向精神家園的旅程就此展開。

尤、楊、范、陸四人，在南宋和戰之爭與道學、反道學之爭中，亦因其主張與取得「國是」的當權派意見相左，或請祠罷官，或歸隱鄉間，其詩集中抒發仕隱情懷的作品數量，並不亞於表達用世之志的詩作。據筆者於本文「附錄三」中的整理歸類：陸游約有六百三十多

〔註 5〕王文進：《仕隱與與中國文學——六朝篇》（台北：臺灣書店，1999年2月），頁14。

〔註 6〕丁仲祜編纂：《陶淵明詩箋注》（台北：藝文印書館，1989年1月），卷2，頁48。見〈歸園田居六首〉之一。

首，楊萬里約有一百一十多首，范成大約有一百四十多首，尤袤約六首左右。可見，黨爭、學禍使集參政主體、學術主體與文學創作主體於一身的士大夫群體心態轉向內在，對自我生命安頓的渴望，逐漸取代銳意恢復的雄心壯志。政治命運受挫的詩人，其文學創作的特徵傾向避禍以全身，在詩中或抒發「世間處處皆危機」的感慨，或嘆奉祠請歸的無奈；另一方面也從自然懷抱中獲取慰藉，或寫回歸林壑、躬耕隴畝之樂，或效陶淵明貧而不寒的生活態度，消解內心積鬱，在生命困頓之境，以南窗幽意爲精神慰藉，攻克心中牢籠，從而保有詩人本眞的澄明。以下將就仕隱情懷在四家詩中的呈現，分節闡釋如下。

第一節　陸游詩中的隱逸情懷

誠如本論文第四章所述，陸游的愛國之忱毋庸置疑，「報國欲死無戰場」的滿腔熱情，也始終貫穿於《劍南詩稿》全集中。但因陸游仕宦生涯起起伏伏，大部份時間奉祠居鄉，幾度罷官在山陰故鄉，常處於亦官亦隱的狀態，因此，其詩集中也常呈現仕隱的矛盾之情，或顯露避禍以全身的心態，或表達對隱居的渴望，或呈現貧窮生活的自足自適等特色，分述如下。

一、罷官經歷及其心態轉換

陸游宦海浮沉，可由乾道二年（1166）春，被罷免了隆興府通判之職，返回山陰故鄉說起。《宋史．陸游本傳》載：

> 言者論游交結臺諫，鼓唱是非，力說張浚用兵。免歸。〔註 7〕

當時，符離兵敗後，凡主戰派士人皆被構陷、排擠，陸游身爲抗金恢復的堅定派，此次罷歸，正是這種政治氛圍下不可避免的結果。此年五月，回到故鄉山陰，「始卜居鏡湖之三山」。〔註 8〕三山新居是陸游

〔註 7〕〔元〕脫脫等修：《宋史》（台北：臺灣商務印書館，1986 年 3 月，影印文淵閣四庫全書本），卷 395，頁 414。

〔註 8〕于北山：《陸游年譜》（上海：上海古籍出版社，2006 年 6 月），頁 134。

於鎮江任上時，預料自己的政治主張必不爲官場所容，因而從俸祿中省下一部份，在鏡湖旁的三山所建造的住所，可以說是爲罷官預作準備。再根據陸游《入蜀記》載：「乾道五年十二月六日，得報差通判夔州。」〔註9〕可見，自乾道二年春罷官，至乾道六年赴任夔州，陸游第一次罷官在山陰渡過了約四年多左右時間。

第二次罷歸山陰是淳熙七年（1180）十二月，陸游進京途中，行至嚴州壽昌縣界時，接獲孝宗詔書，免入奏，仍除外官。據《宋會要輯稿・職官》載，淳熙八年：

> 三月二十七日，提舉淮南東路常平茶鹽公事，陸游罷新任，以臣僚論游不自檢飭，所爲多越於規矩，屢遭物議故也。〔註10〕

所謂「臣僚論游不自檢飭」，即指當時的給事中趙汝愚對陸游的彈劾。此次罷官，陸游在〈上丞相參政乞宮觀啓〉文中，曾有「拉朽摧枯，竟爲排陷；哀窮悼屈，孰借聲光。」〔註11〕之語，可見，對於朝中肆加排陷的聲音，陸游既不滿又悲憤。此次蟄居山陰故鄉的時間較長，從淳熙七年歲暮至淳熙十三年（1186）春，約七年左右，心態上也較第一次隆興通判任上罷歸時更爲沉痛，這與陸游曾經歷了乾道八年（1172）南鄭前線的錘鍊，抗金問題的種種障礙，以及朝中黨同伐異的排陷有關。種種氛圍皆令詩人感受到理想與希望破滅。然而，罷官請祠中，短褐蔬食的鄉居生活則排解了詩人鬱悶的心情。

第三次罷官在淳熙十六年（1189）十一月底，據《宋會要輯稿・職官》載：

> （淳熙十六年十一月）二十八日詔：禮部郎中陸游，……

〔註9〕〔宋〕陸游撰：《入蜀記》（台北：臺灣商務印書館，1986年3月，影印文淵閣四庫全書本），卷1，頁876。

〔註10〕楊家駱主編：《宋會要輯本》（台北：世界書局，1977年5月），頁4002。見〈職官七十二之二十九〉。

〔註11〕〔宋〕陸游撰：《渭南文集》（台北：臺灣商務印書館，1986年3月，影印文淵閣四庫全書本），卷11，頁384。

> 并放罷。以諫議大夫何澹論游前後屢遭白簡，所至有污穢之迹，……故有是命。〔註 12〕

當時繼位不久的光宗，聽信諫議大夫何澹對陸游的彈劾而下詔放罷。上述所謂「白簡」的內容，主要是主和派以及受奸佞指使的諫官們對陸游的誹謗誣陷，究其原因，其一是陸游寫了不少抗金詩，並積極宣傳抗金思想，此爲主和派官僚所無法忍受；其二是由於周必大的連累，因淳熙十六年五月七日周必大被諫官何澹力劾而罷掉左丞相，出判潭州，同時，凡爲周必大所引薦之人也皆遭牽連罷黜。〔註 13〕罷官之後，陸游返回山陰，開始了漫長的蟄居生活。從光宗淳熙十六年底至寧宗嘉泰二年（1202）五月被召復出，此次鄉居長達十三年之久。在這段山陰故里亦官亦隱的生活中，陸游的心情，一方面對於強加給他的罪名憤懣不平，一方面又慶幸能脫離官場機駭算計的生活，此時期所寫的詩作，有許多便是呈現這種仕隱矛盾的情懷。所謂「亦官亦隱」的生活，其中「官」是指「祠祿官」，此官雖屬職官範疇，有仕籍，但無權也無事，長住在家，可領取減二等的祠俸。此次是陸游一生奉祠最長時期，從光宗紹熙二年（1191）起，至慶元四年（1198）十月止，八年間連續四任提舉「建寧府武夷山沖祐觀」。〔註 14〕按照宋代官制，奉祠每任兩年以二任爲限，紹熙五年（1194），七十歲的陸游已第三次乞祠，按理應於法制不合，但因此時正好爲孝宗舉行慶壽大禮，對於年老任滿的祠官，「特許再陳一次」，所以陸游第三次乞祠被順利批准，如其在〈寄子虡〉詩中曾云：「五年三奉祠，每請幸聽許。」但因祠官只領俸給，無權無事，因此詩人又不免自嘲：「一飽喟然還自憫，強顏垂老食官倉。」（〈冬夜戲書〉）慶元二年（1196）冬，陸游第四次奉祠。此次奉祠並非出於陸游自請，而是政府主動給

〔註 12〕同註 10，頁 4015。見〈職官七十二之五十四〉。

〔註 13〕詳參邱鳴皋：《陸游評傳》（南京：南京大學出版社，2002 年 2 月），頁 192～194。

〔註 14〕同註 8，頁 357。于北山《陸游年譜》記載「紹熙二年」：「領祠祿：中奉大夫提舉建寧府武夷山沖祐觀。」

予。〔註15〕然而，根據宋制，文官七十致仕，此年陸游已超過退休年紀二歲，故此次奉祠實有特殊原因。究其原因，可能與當時如火如荼的慶元黨禁有關。當權者韓侂冑爲拉攏名士，擴大其勢力，利用韓、陸兩家早年的「通家之誼」，向陸游施恩，以奉祠爲釣餌。〔註16〕陸游對於「四忝侍祠官」因迫於生活，初喜而實悲，甚至感到「羞愧甚飢寒」(〈病雁〉)，可見其接受祠官俸祿時，內心的掙扎。陸游雖曾爲韓侂冑作〈南園記〉而負謗，但最終並未加入韓黨，第四次奉祠期滿後，隨即於慶元五年（1199）五月七日退休。如卷三十九〈五月七日拜致仕敕口號二首〉之一云：

> 剡曲東歸日醉眠，冰銜屢忝武夷山。恩如長假容居里，官似分司不限年。一札疏榮馳厩置，兩兒扶拜望雲天。坐糜半俸猶多愧，月費公朝二萬錢。（頁25016）

宋代官制，官員退休後仍可領取半俸養老。由此詩中可見陸游對於退休後「坐糜半俸猶多愧」，雖知「不請半俸更超然」(〈致仕後即事〉之十一)，但迫於生計，不得不然。慶元五年秋，在卷四十〈絕祿以來衣食愈不繼小兒力圖之殊未有涯予謂不若痛節用爾示以此詩〉中云:「處世吾傷拙，營生汝亦疏。」(頁25040) 可知，詩人於致仕當年之秋，即「絕祿」，亦即不領半俸，擺脫半官半隱、憂讒畏譏的生存狀態。

根據上述，陸游蟄居山陰的十三年中，雖處於半官半隱狀態，但仍不可避免地受到朝中官僚集團所進行的權力政治紛爭，亦即「慶元黨爭」所牽扯。慶元黨爭的導火線，實爲紹熙五年七月寧宗皇帝即位後，趙汝愚、韓侂冑之間的權力分配之爭所引起。趙、韓二人對於寧宗即位有功，但兩人皆欲擁權自重、排除異己，當時朱熹等道學之士

〔註15〕于北山《陸游年譜》於「慶元二年丙辰七十二歲」譜文云:「祠祿秩滿，復被命再領武夷祠祿。」同註8，頁411。且詩集中於此年初冬所作卷35〈夜坐〉一詩:「九曲煙雲新散吏」其下自注亦云:「時方被命再領武夷祠祿」。可見，陸游第四次奉祠，是南宋朝廷主動給予。

〔註16〕同註13，頁198。

曾上疏，指韓侂冑假托聲勢、竊弄權柄，但皆遭韓侂冑一一罷斥。而後，韓黨黨羽，如劉德秀、何澹等人，在攻詆趙汝愚時又大肆攻訐道學，誣之爲「僞學」，並予以嚴禁，此即所謂「學禁」。慶元二年十二月，韓黨監察御史沈繼祖彈劾朱熹十大罪狀，朱熹被落職罷祠，門人蔡元定也被遠放道州。慶元三年（1197），道學由「僞學」更被誣爲「逆黨」，學禁擴大爲黨禁。〔註 17〕慶元黨禁，實則是一假借名目、肆意排除異己的朝廷權力爭鬥，在黨爭中，因韓侂冑曾主動拉攏陸游的事實，以及陸游與朱熹的關係，使陸游處在黨爭的夾縫中。朱熹對陸游四領祠祿之事，深恐陸游失「晚節」，在〈答鞏仲至〉第四書中曾云：

頃嘗憂其迹太近，能太高，或爲有力者所牽挽，不得全此晚節。〔註 18〕

直至慶元四年（1198）冬，陸游解祠祿〔註 19〕，朱熹才鬆口氣說：「計今決可免矣」。可見，陸游在當時即使遠離朝廷，身在故鄉山陰，仍是處於兩黨爭鬥的夾縫中。但以陸游的坦率及對恢復大事的堅定態度，更使他對造成國政內耗的黨爭深惡痛絕，如他在卷十〈北巖〉一詩曾云：「黨禁久不解，胡塵暗神州。……小人無遠略，所懷在私讎。」（頁 24459）卷四十一〈北望感懷〉一詩也指責：「大事竟爲朋黨誤，遺民空嘆歲時遒。」（頁 25057）

綜上所述，幾次的罷官經歷與蟄居生活，雖然沒有完全磨滅陸游的抗金恢復之志，其對國家百姓的深憂也始終存在內心深處，「但悲

〔註 17〕于北山《陸游年譜》於慶元三年譜文時事載：「十二月，知綿州王沇上疏，乞置僞學之籍，……于是得罪著籍者計趙汝愚、留正、周必大、朱熹等五十九人。」同註 8，頁 418。

〔註 18〕〔宋〕朱熹：《晦菴集》（台北：臺灣商務印書館，1986 年 3 月，影印文淵閣四庫全書本），卷 64，頁 218。

〔註 19〕筆者按：陸游詩集卷 37〈龜堂自詠二首〉之二云：「病多辭酒伴，老甚解祠官。」此詩下自注云：「予十月奉祠歲滿，不敢復請。」參見〔宋〕陸游著、錢仲聯校注：《劍南詩稿校注》（上海：上海古籍出版社，2005 年 4 月），頁 2425。又據此詩錢氏題解，「此詩慶元四年秋作於山陰」，知「十月」即慶元四年十月。

不見九州同」更成了他一生的遺憾與懸念。但從其詩作的檢索可以發現，陸游心境從高蹈向內斂自持的轉換，詩人對官場鬥爭的厭惡，對黨禁造成如臨機陷的恐懼，也促使其詩中呈現了避禍自保的心態，以及效法淵明躬耕自樂、安頓心靈的追求。

二、隱逸情懷在陸游詩中的呈現

陸游詩中的仕隱情懷，以下將由避禍以全身，安貧以自足，追尋淵明精神以及隱者的嚮往等幾個面向，分別加以闡述。

（一）避禍以全身

「莫為風波羨平地，人間處處是危機。」、「中原亂後儒風替，黨禁興來士氣孱。」〔註 20〕這幾句詩語貼切說明了陸游對宦途險惡的體會，對於黨爭造成人材與國力的耗損，陸游不僅深切反感，同時也懷著如臨機阱之驚悸。如卷三十二〈自規〉一詩云：

> 陸君拙自謀，七十猶糲食。著書雖如山，身不一錢直。
> 默自觀我生，困弱良得力。轉喉畏或觸，唾面敢自拭。
> 世路方未夷，機阱寧有極。但能常閉門，尊拳貸雞肋。
> （冊 40，頁 24900）

此詩「慶元元年春作於山陰」〔註 21〕，正當慶元黨爭方興之際，詩人處於黨爭夾縫中，自嘲拙於自謀，年老猶粗食，但仍慶幸可以養活自己。詩中「默自觀我生」用《易．觀．象辭》云：「觀我生進退，未失道也。」〔註 22〕提醒自己在官場上須注意進退之道，才能免於得咎。「轉喉畏或觸」，用韓愈〈送窮文〉：「轉喉觸諱」〔註 23〕之典以自警；

〔註 20〕傅璇琮等編：《全宋詩》（北京：北京大學出版社，1998 年 12 月），頁 25504、24271。分見陸游詩卷 70〈煙波即事十首〉之五，及卷 1〈寄別李德遠二首〉之二。

〔註 21〕同註 19，頁 2137。

〔註 22〕同註 1，頁 60。

〔註 23〕〔唐〕韓愈撰、〔宋〕魏仲舉集注：《五百家注昌黎文集》（台北：臺灣商務印書館，1986 年 3 月，影印文淵閣四庫全書本），卷 36，頁 504。

「唾面敢自拭」則用《新唐書・婁師德傳》之事，云：「其弟守代州，辭之官，教之耐事。弟曰：『人有唾面，潔之乃已。』師德曰：『未也，潔之是違其怒，正使自乾耳。』。」〔註 24〕由此可知，陸游處於黨爭惡鬥中，心有戚戚焉，對於「世路方未夷，機阱寧有極」的現狀，避禍全身之道即「閉門」掛冠，不與人相忤，這是自古文人自保的無奈之方。又如卷十〈北巖〉詩云：

> 艤船涪州岸，攜兒北巖遊。……烏帽程丈人，閉户本好修。駭機一朝發，議罪至竄投。黨禁久不解，胡塵暗神州。修怨以稔禍，哀哉誰始謀。小人無遠略，所懷在私讎。後來其鑑茲，賦詩識巖幽。（冊 39，頁 24459）

錢仲聯先生題解云：「此詩淳熙五年四月東歸道中作於涪州。」〔註 25〕陸游在此詩題下自注云：「有程正叔先生祠堂。」〔註 26〕又《宋史・程頤傳》云：「涪人祠頤於北巖。」〔註 27〕此詩藉程伊川於紹聖時貶謫涪州事，點出黨爭之惡，入人於罪的事實，詩中所謂「議罪至竄投」，竟只因「所懷在私讎」之故。國家外部局勢是「胡塵暗神州」，內部則「黨禁久不解」，且不知以古爲鑑，皆令有志者無奈憤懣，高賦不如歸去。卷三十一〈歲暮感懷十首以餘年諒無幾休日愴已迫爲韻〉之九，也是抒發對黨爭之惡的感慨：

> 在昔祖宗時，風俗極粹美。人材兼南北，議論忘彼此。誰令各植黨，更仆而迭起。中更夷狄禍，此風猶未已。臣不難負君，生者固賣死。儻築太平基，請自厚俗始。（冊 40，頁 24892）

此詩總結黨爭的歷史教訓，希望警醒當朝者，「早年人材兼南北，議論忘彼此」的美好風氣，不要因各植其黨，黨同伐異，造成國家內外交逼的窘況，陸游在詩中提出誠摯呼籲，然當政者並不能以此爲鑑，

〔註 24〕〔宋〕歐陽修、宋祁撰：《新唐書》（台北：臺灣商務印書館，1986 年 3 月，影印文淵閣四庫全書本），卷 108，頁 383。

〔註 25〕同註 19，頁 780。

〔註 26〕同註 20，頁 24459。

〔註 27〕同註 7，卷 427，頁 19。

慶元黨爭對人才的迫害，更甚以往，有過之而無不及。從陸游撻伐朋黨誤國之罪及對黨爭之惡的痛心疾首，都可見其勇氣與膽識，然而，與其在黨爭中虛耗精神與生命，陸游在同組詩之一，也表達了「行當挂朝衣，躬耕返吾初」（頁 24891）的避禍全身之念。

奉祠請歸、躬耕隴畝，是詩人對黨爭之惡的無奈逃避。如卷二十〈上書乞祠〉詩云：

> 上書又乞奉祠歸，夢到湖邊自叩扉。此去敢辭依馬磨，向來眞慣擁牛衣。致身途遠年齡暮，報國心存氣力微。誓墓那因一懷祖，人間處處是危機。（冊 39，頁 24698）

「此詩淳熙十五年春作於嚴州任所」〔註 28〕淳熙十五年，已六十三歲的詩人對駭機四伏的官場深感厭倦，嚴州任期將於七月結束，陸游在四月便上〈乞祠祿箚子〉，請求「許令復就玉局微祿，養疴故山。」〔註 29〕然乞祠遲遲未獲報，至淳熙十六年春，孝宗內禪光宗前親批，除陸游爲禮部侍郎，參與纂修《高宗實錄》，然而淳熙十六年十一月，卻因諫議大夫何澹「論游前後屢遭白簡，所至有污穢之迹。」的彈劾而被罷官返鄉。對於朝中奸佞，因立場不同而強加於身的誹謗，陸游深感憤懣，但也深切體會到「人間處處是危機」，詩中以自己雖報國之心仍存，但氣力微弱，已無法抵擋排山倒海而來的誣陷，因此希望能避禍全身，「乞奉祠歸」，返回鏡湖鄉居。詩中以《晉書・王羲之傳》的典故，表達去官歸隱之志，「懷祖」爲王述之字。《晉書・王羲之傳》云：

> 時驃騎將軍王述少有名譽，與羲之齊名，而羲之甚輕之，由是情好不協。……述後檢察會稽郡，辯其刑政，主者疲於簡對。羲之深恥之，遂稱病去郡，於父母墓前自誓。〔註 30〕

後即以「誓墓」一語，表達罷官歸隱之志。「誓墓那因一懷祖，人間

〔註 28〕同註 19，頁 1523。

〔註 29〕同註 11，卷 4，頁 337。

〔註 30〕〔唐〕房玄齡等撰：《晉書》（台北：臺灣商務印書館，1986 年 3 月，影印文淵閣四庫全書本），卷 80，頁 320。

處處是危機」，陸游此詩即以此典故表明歸隱之心，人間駭機遍佈，朝中豈只一佞臣而已！自保之道，唯有歸隱一途。然而，黨爭排軋的恐懼，甚至奉祠歸隱故里時，仍不時干擾著詩人的清夢。如卷八十四〈寓嘆四首〉之二云：

> 小隱終非隱，休官尚是官。早知農圃樂，不見道途難。故國雞豚社，貧家菽水歡。至今清夜夢，猶覺畏濤瀾。（冊 41，頁 25705）

奉祠雖遠離朝中是非，但祠官仍領俸祿，故詩中自嘲「小隱終非隱，休官尚是官」。貧家菽水之歡，田園農圃之樂，雖暫時慰藉詩人心靈，但世路風波，清議誹謗，終令詩人在夢中仍惴惴不安。這種心靈深處的不安，也見於卷二十一〈自詠〉一詩中：

> 孤艇渺烟波，衡門暗薜蘿。衣冠醉學究，毛骨病維摩。撫几時長嘯，臨觴亦浩歌。無勞問蝸角，蠻觸正橫戈。（冊 39，頁 24727）

《莊子・則陽》云：「有國於蝸之左角者曰觸氏，有國於蝸之右角者蠻氏。時相與爭地而戰，伏尸數萬，逐北旬有五日而後反。」〔註 31〕此詩用此寓言典故，以蝸牛角上的兩國蠻氏、觸氏，彼此因寸地之爭，造成伏屍數萬，來比喻黨爭的險惡。「蠻觸正橫戈」，因此，「衡門暗薜蘿」是其無奈的選擇。卷四十一〈北望感懷〉也抒發詩人對現實環境的失望，詩云：

> 滎河溫洛帝王州，七十年來禾黍秋。大事竟爲朋黨誤，遺民空歎歲時遒。……食粟本同天下責，孤臣敢獨廢時憂。（冊 40，頁 25057）

此詩作於慶元五年（1199）冬，從詩中可以感受到陸游對慶元黨禁的感慨，詩中指出因主和、主戰派之爭，以及寧宗即位後韓、趙之爭，造成國家大事被朋黨相爭所誤，連帶使翹首盼望王師的遺民一再失望，詩末「食粟本同天下責，孤臣敢獨廢時憂」，在痛陳朋黨誤國之

〔註 31〕〔周〕莊周撰、〔晉〕郭象注：《莊子》（台北：臺灣中華書局，1993 年 6 月），卷 8，頁二十六下。

際，憂國憂民之懷仍心繫詩人。可見，即使罷官歸鄉，遠離黨爭風波，詩人並未完全忘懷一己之責。

然而，正是這種未完全拋棄士大夫之責與對黨爭之惡的深切體認，使詩人常處於仕隱的矛盾糾結之中。如卷五十九〈書感〉一詩：

> 老荷寬恩許退耕，絲毫無報亦何情。民貧樂歲尚艱食，道喪異端方肆行。黨禍本從名輩出，弊端常向盛時生。古人骨冷青松下，誰起英魂與細評。（冊 40，頁 25330）

此詩嘉泰四年（1204）秋作於山陰。陸游致仕後，領取半俸居山陰故鄉，故詩云：「老荷寬恩許退耕，絲毫無報亦何情。」僞學黨禁在兩年前，嘉泰二年二月已解除，〔註 32〕因此，這時處於黨爭稍寬鬆時期，陸游即在詩中對黨禍之起加以檢討，「黨禍本從名輩出，弊端常向盛時生」，提醒當局以史爲鑑，仍不失作爲士大夫之職責。但畢竟陸游對宦海浮沉深有體會，因此詩中仍不時可聞避禍自保的心聲，如卷二十六〈避世行〉云：

> ……作官蓄妻孥，陷阱安所避。刀鉅與鼎鑊，孰匪君自致。欲求人迹不到處，忘形麋鹿與俱逝。杳杳白雲青嶂間，千歲巢居常避世。（冊 39，頁 24809）

在仕隱的糾結中，此詩則以消極避禍的心態面對官場機駭，「刀鉅與鼎鑊，孰匪君自致」，亦即一切機阱皆因人的慾望所導致，想要逃離官場的險惡，唯有回歸白雲青嶂間，與麋鹿同遊，才能自保並安頓驚悸的心靈。

（二）安貧以自足

退隱山林，雖然可以「回避以全其道」、「去危以圖其安」，但首要面對的是民生問題。由前述可知，陸游幾次罷官與奉祠，生活雖不算優裕，但仍有俸祿得以養活一家生計。不過，在慶元五年五月七日退休後，僅剩半俸可領取，生活更爲拮据。然而，陸游認爲自己「坐

〔註 32〕同註 19，頁 4631。見〈陸游年表〉「嘉泰二年壬戌史事」：「二月，解除僞學僞黨之禁。」

糜半俸猶多愧」，如果能「不請半俸更超然」，因此，慶元五年秋，主動「絕祿」。放棄半俸，雖然造成「衣食不繼」的窘狀，但身心卻更加坦然自適，《劍南詩稿》中便有不少呈現這種「半飽半饑窮境界」的作品，或自嘲奉祠罷官的清閒，或描寫生活的捉襟見肘，或自抒貧而自足的心情。如：

> 明窗松日供琴薦，小鼎山泉煮藥苗。乞得奉祠還自愧，猶將名姓到中朝。（冊 39，卷二十六〈奉祠〉，頁 24799。）

> 黃紙如鴉字，今朝下九天。身居鏡湖曲，銜帶武夷山。日絕絲毫事，年請百萬錢。……（冊 39，卷二十六〈拜敕口號二首〉之一，頁 24800。）

> 扶病中庭拜，君恩抵海深。頓增新祿格，暫拂舊朝簪。心欲先營酒，兒言且贖琴。人生奉祠貴，喜色動山林。（冊 39，卷二十六〈拜敕口號二首〉之二，頁 24800。）

以上三詩皆紹熙三年冬，亦即陸游第三次罷官，於光宗紹熙二年起至慶元四年十月止，八年間連續四任提舉「建寧府武夷山沖祐觀」時期所作。詩中有自嘲、自愧，也有自喜的情緒。如〈拜敕口號二首〉之一，詩下注云：「祠俸錢粟絮帛歲計千緡有畸。」之二亦自注云：「僕以官視大卿監，俸給皆增於昔，尤爲忝竊也。」〔註 33〕由「忝竊」一語，可以得知陸游的想法：「乞得奉祠還自愧，猶將名姓到中朝」、「日絕絲毫事，年請百萬錢」，詩中皆以「垂老食官倉」自愧、自嘲；但另一方面，奉祠既可遠離官場傾軋，又可回歸鏡湖林泉，因此詩人又不禁自喜「人生奉祠貴，喜色動山林」。一則以慚，一則以喜，是奉祠請歸的複雜心情。又如卷三十七的〈病雁〉、〈龜堂自詠二首〉之二，也是此時期奉祠的作品：

> ……東歸忽十載，四忝侍祠官。雖云幸得飽，早夜不敢安。乃知學者心，羞愧甚飢寒。……（冊 40，〈病雁〉，頁 24993。）

〔註 33〕同註 20，頁 24800。

……病多辭酒伴，老甚解祠官。賴有扁舟在，秋濤萬里寬。

（冊 40，〈龜堂自詠二首〉之二，頁 24995。）

這兩首詩皆爲慶元四年（1198）秋作於山陰故鄉，陸游在〈病雁〉詩下自注云：「祠祿將滿，幸粗支朝夕，遂不敢復有請，而作是詩。」〔註 34〕錢仲聯先生題解此詩，亦指出：「游於慶元二年冬四領祠祿，……自紹熙元年冬初領祠祿時計起，已將滿八年，故不敢復有請矣。」〔註 35〕另外，〈龜堂自詠〉詩於「老甚解祠官」下，亦自注云：「予十月奉祠歲滿，不復敢請。」〔註 36〕陸游四次奉祠武夷山沖祐觀，其心境的變化由前述「羞愧甚飢寒」一語可以得知，因此第四次奉祠期滿後，一再自言「不敢復請」，且由詩中「賴有扁舟在，秋濤萬里寬」語，可知其心境已由「忝祠官」、「羞愧甚飢寒」，逐漸淡然自適。

辭祿後，陸游常於詩中描述一種窮而不寒的貧窮境界。如卷三十八〈新作火閣二首〉之一云：

旋設篝爐下紙簾，樂哉容膝似陶潛。囊中佩藥無時服，架上堆書信手拈。似玉秋菰殊未老，如雲宿麥不須占。掃空祠祿吾何欠，陋巷簞瓢易屬厭。（冊 40，頁 24998）

此詩慶元四年冬作於山陰，陸游在詩下自注云：「祠祿止此月。」〔註 37〕可見，此詩是寫絕祿之後，物質生活簞瓢屢空的景況，但心境上則「樂哉容膝似陶潛」，因此詩人可以高呼「掃空祠祿吾何欠」。生理上的飢寒，已因精神上的心安理得、悠遊自在而飽足。又如卷三十八〈祠祿滿不敢復請作口號三首〉之一云：

今年高謝武夷君，飯豆羹藜亦所欣。參透莊生齊物論，掃空韓子送窮文。心如脫阱奔林鹿，迹似還山不雨雲。猶幸此身強健在，鄉鄰爭看布襦裙。（冊 40，頁 25000）

此詩自述慶元四年冬「武夷山沖祐觀」祠祿秩滿後，身心終能融入自

〔註 34〕同註 20，頁 24993。

〔註 35〕同註 19，頁 2418。

〔註 36〕同註 20，頁 24995。

〔註 37〕同註 20，頁 24998。

然，擺脫「轉喉觸諱」的恐懼心情；同時，也描寫安於貧困的現況「飯豆羹藜亦所欣」，以及「心如脫阱奔林鹿」般的從容自適之狀。陸游詩中描寫解祠、致仕後的悠然心境尚有許多，如：

> 黃紙東來墨未乾，孤臣恩許挂朝冠。小兒扶出迎門拜，鄰舍相呼擁路觀。白首奉身歸畎畝，清霄無夢接鵷鸞。從今剩把花前酒，憂患都空量自寬。（冊 40，卷三十九〈五月七日拜致仕敕口號二首〉之二，頁 25016。）

> 歸耕所願雜民編，乍脫朝衫喜欲顛。但得吾兒能力穡，不請半俸更超然。（冊 40，卷三十九〈致仕後即事十五首〉之十一，頁 25017。）

> 生理雖貧甚，胸中頗浩然。……（冊 40，卷三十九〈致仕後述懷六首〉之三，頁 25019。）

> 昔自臺郎斥，頻年困負薪。四叨優老祿，十送故鄉春。衰瘁寧知活，蕭條敢厭貧。惟恩逢樂歲，擊壤學堯民。（冊 40，卷三十九〈致仕後述懷六首〉之四，頁 25019。）

以上諸詩據錢仲聯先生題解，均作於慶元五年夏在山陰故鄉，即詩人四次奉祠期滿，並於五月七日退休後所作。從詩中所述，如「憂患都空量自寬」、「乍脫朝衫喜欲顛」、「生理雖貧甚，胸中頗浩然」等語，都可以探知詩人擺脫官場紛紜事務後，煥然一新的心情。根據宋代官制，致仕後仍有半俸可養老，但陸游自忖「不請半俸更超然」，因爲物質上的貧乏固然可傷，但胸中的浩然自適更是詩人之素願。因此，慶元五年秋，陸游果眞絕祿，連半俸也不領，擺脫憂讒畏譏的官場掙扎，「奉身歸畎畝」，尋求自得自樂的精神家園。

然而，精神家園的追求之路並非如此順利，絕祿後的現實生計，是詩人首先要面對的問題。因此，面對貧困生活的態度，也是陸游詩中常見的書寫。如卷四十〈絕祿以來衣食不繼小兒力圖之殊未有涯予謂不若痛節用爾示以此詩〉云：「處世吾傷拙，營生汝亦疏。……甕牖居疑泰，藜羹食敢餘。」（頁 25040）絕祿後衣食不繼，因此，節用是面對貧困的良方，「藜羹食敢餘」說明了詩人省食節用的安貧精神。另外，面對窮困生活的景況，陸游則以身證悟了「君子固窮」以及「貧賤不能移」的精神。如卷六十六〈雜題四首〉之二云：

> 半飽半飢窮境界，知晴知雨病形骸。軒昂似鶴那求料，枯槁如僧不赴齋。（冊 40，頁 25440）

此詩開禧二年春作於山陰，此時陸游雖處於「半飽半飢」的「窮境界」，但仍挺立氣節。「鶴料」，本爲「唐幕府官俸」〔註 38〕，其後一般俸祿亦稱「鶴料」。「軒昂似鶴那求料」，說明了面對飢寒交迫，詩人仍保有其骨氣。

檢索《劍南詩稿》，還可以發現一個值得注意的現象，即陸游常以戲書、戲詠、戲作的輕鬆自嘲態度，看待窘迫的貧困狀況，如以下諸詩：

> 官如枝頭乾，不受雨露恩。身如水上浮，泛泛寧有根。刈茆以苫屋，縛柴以爲門。故人分祿米，鄰父餉魚餐。前門吏徵租，後門質禱幝。……吾生信已乎，終老此山林。（冊 39，卷二十七〈困甚戲書〉，頁 24821。）

> 仕官不諧農失業，敗屋蕭蕭書數篋。藜羹不糝未足嗟，爨竈無薪掃枯葉。丈夫窮空自其分，餓死吾肩未嘗脅。世間大有乞墦人，放翁笑汝驕妻妾。（冊 40，卷四十〈薪米偶不繼戲書〉，頁 25036。）

> 仕宦遍四方，每出歸愈貧。寒暑更質衣，笑倒鄰里人。今年作史官，坐糜太倉陳。無知思歸何，日夜望絕麟。區區牛馬走，齷齪蟣蝨臣。恩深老不報，肝膽空輪囷。（冊 40，卷五十二〈雜詩十首以貧堅志士節病長高人情爲韻〉之一，頁 25225。）

> 處窮上策更誰如，日晏猶眠爲腹虛。尚闕鄰僧分供米，敢煩地主送園蔬。（冊 40，卷六十三〈貧甚戲作絕句八首〉之二，頁 25390。）

〔註 38〕「鶴料」典故，見〔宋〕張邦基撰：《墨莊漫錄》（台北：臺灣商務印書館，1986 年 3 月，影印文淵閣四庫全書本），卷 6，頁 55。其云：唐幕府官俸謂之「鶴料」。亦有「鶴俸」一說。

謝事貧過筮仕初，歸裝僅有一柴車。笥衣盡典仍耽酒，囷米無炊尚買書。澗底飽觀苗鬱鬱，夢中聊喜蝶蘧蘧。商山幾許功名事，老子如今卻笑渠。（冊 41，卷七十四〈開歲愈貧戲詠〉，頁 25567。）

上述諸詩屢屢言物質生活的困窘，並非詩人哭窮，而是一種自我消解，並以之排遣貧困加諸於生活的一種方式。從「刈茆以苫屋，縛柴以爲門。故人分祿米，鄰父餉魚飧」、「藜羹不糝未足嗟，爨竈無薪掃枯葉」、「仕宦遍四方，每出歸愈貧」、「尙闕鄰僧分供米，敢煩地主送園蔬」、「謝事貧過筮仕初，歸裝僅有一柴車」等詩句，可以看出陸游做官並無積蓄，除了鎭江通判任上爲籌建三山新居而存了俸錢外，其餘則每做一次官就更貧窮一次。致仕後，從半俸到主動絕俸，暮年更是落職失俸。〔註 39〕卷七十四〈開歲愈貧戲詠〉一詩，即爲嘉定元年春所作〔註 40〕，此年二月「寶謨閣待制」俸祿被官府主動剝奪，故此詩以「開歲愈貧」爲題，但由「笥衣盡典仍耽酒，囷米無炊尙買書」二句，可知詩人瀟灑處窮的態度。貧困雖然始終如影隨行，然而陸游也練就了一種「處窮」的精神，「處窮上策更誰如，日晏猶眠爲腹虛。」雖有些諧謔，其實詩人是以儒家安於貧賤的精神，來面對物質上的困頓，更主要是效法陶淵明的精神，以消解物質的窘境。陶潛〈詠貧士七首〉之二云：

淒厲歲云暮，擁褐曝前軒。南圃無遺秀，枯條盈北園。傾壺絕餘瀝，闚竈不見煙。……〔註 41〕

寒冷的冬日，抱著敝衣短褐在前廊曝日取暖，菜園裡沒有菜，酒喝光了再也倒不出一滴酒，竈上也不見炊煙，面對這樣的生存狀態，陶淵

〔註 39〕筆者按：陸游致仕後，曾又被賦予「寶謨閣待制」之職，參與纂修《孝宗實錄》，然而，嘉定元年（1208）春，陸游落職失俸，此次並非詩人主動絕俸，而是被剝奪俸祿。主要原因是開禧北伐失敗後，隨之而來的是嘉定元年與金簽訂屈辱和約「嘉定和議」，以及主和當權者對主戰派的大整肅，此即所謂「嘉定更化」。因此，堅定恢復之志的詩人陸游，落職在所難免。同註 13，頁 251、252。

〔註 40〕同註 19，頁 4093。

〔註 41〕同註 6，卷 4，頁 151、152。

明以古代先賢的處境來自寬：「詩書塞座外，日昃不遑研。閒居非陳厄，竊有慍見言。何以慰吾懷，賴古多此賢。」〔註42〕自古貧窮乃士之常態，陸游亦以此自適。《論語・衛靈公》云：

……在陳絕糧，從者病，莫能興。子路慍見曰：「君子亦有窮乎？」子曰：「君子固窮，小人窮斯濫矣。」〔註43〕

孔子在陳時，因吳伐陳，兵荒馬亂之際絕糧挨餓，當時追隨的弟子許多人皆困病不起。子路認爲，「君子學則祿在其中，不當有窮困。」故怒問夫子：「爲何今日乃如常人般有窮困？」夫子回答：「君子固亦有窮困時，但不如小人窮則濫溢爲非。」〔註44〕亦即君子處窮時，仍能挺立其氣節，保有道德的尺度。因此，士人亦當以此安貧守節的精神武裝自己，並寬慰自我。從上述所引諸詩中可以發現：陸游在罷官、奉祠居家的歸隱生活中，面對生存的挑戰，即以前賢貧而不寒的生活態度爲榜樣，消解現實中「藜羹不糝」、「爨竈無薪」的困境，並以一種諧謔的詩語化解生活不能承受的沉重，「忍貧增力量」（〈書意〉）、「飢能堅志節」（〈自立秋前病過白露猶未平遣懷〉），以此自我惕厲、安貧自足。

（三）追尋淵明精神

面對辭祿奉歸後的貧困生活，陸游除了自嘲、自適之外，更以陶淵明安貧樂道的精神安頓自我心靈。「不爲五斗米折腰」的陶淵明及其生活態度，成了處窮文人安身立命的共同精神資源，亦即一個面對貧困生活的典範。如明、歸有光在〈陶庵記〉中分析指出：

觀陶子之集，則其平淡沖和，瀟灑脫落，悠然勢分之外，非獨不困於窮，而直以窮爲娛。百世之下，諷咏其詞，融融然塵渣俗垢與之俱化，信乎古之善處窮者也。〔註45〕

〔註42〕同前註，頁152。

〔註43〕〔魏〕何晏注、〔宋〕邢昺疏《十三經注疏——論語》（台北：藝文印書館，1993年9月），頁137。

〔註44〕同前註。見何晏解集。

〔註45〕〔明〕歸有光撰：《震川集》（台北：臺灣商務印書館，1986年3月，影印文淵閣四庫全書本），卷17，頁268。

宋、張元幹在〈跋趙祖文貧士圖後〉亦云：

> 晉宋間人物，風流如陶淵明，環堵蕭然，不蔽風日，短褐穿結，簞瓢屢空，臥北窗下，涼風時至，自謂羲皇上人。……貧者士之常，胸次所養果厚，必無寒飢憔悴色，故能安於青松白雲之下，而操孤鸞別鶴之音，優哉游哉，聊以卒歲。宜其淵明願留而保歲寒也。〔註46〕

可見，陶淵明「不為五斗米折腰」、飄然歸去的行動，對於處窮貶謫的黨爭受害士人而言，是一種追尋的典型。陶淵明「非獨不困於窮，而直以窮為娛」，面對「環堵蕭然，不蔽風日」的窘迫狀況，仍然能「操孤鸞別鶴之音，優哉游哉」的生活態度，正是遭貶士人所追尋的能化解內心積鬱、回復本眞澄明的一種生命境界。因此，自北宋蘇軾和陶擬陶以安頓自我心靈，並重新建構陶淵明的精神世界後，向陶淵明尋求精神力量，也成了南宋遭貶處窮士人經世之志失落後的一種補償。「貧者士之常」，但要能「窮而不寒」，體現生命困頓境地的立身之道，陶淵明精神成為照亮士人回歸精神家園之路的一盞明燈。

屢遭罷官、請祠，夾在黨爭隙縫間掙扎的陸游，亦在詩中向陶淵明尋求精神支援。如：

> ……身外極知皆夢事，世間隨處有危機。故山松菊今何似，晚矣淵明悟昨非。（冊39，卷八〈晝臥〉，頁24425。）
>
> 白髮滿青鏡，悵然山水身。那因五斗米，常作半塗人。涉世風波惡，思歸懷抱眞。會當求鉏斧，送老鏡湖濱。（冊39，卷十二〈思歸〉，頁24510。）
>
> 菊花如端人，獨立凌冰霜。名紀先秦書，功標列先方。紛紛零落中，見此數枝黃。高情守幽眞，大節凜介剛。乃知淵明意，不為汎洒觴。折嗅三嘆息，歲晚彌芬芳。（冊39，卷十九〈陶淵明云三徑就荒松菊猶存蓋以菊配松也余讀而感之因賦此詩〉，頁24681。）

〔註46〕〔宋〕張元幹：《蘆川歸來集》（台北：臺灣商務印書館，1986年3月，影印文淵閣四庫全書本），卷9，頁658。

> 小舟無定處，隨意泊江村。雲氣分山疊，沙汀蹙浪痕。宦途危虎尾，閑味美熊蹯。高詠淵明句，吾將起九原。(冊 39，卷二十五〈小舟〉，頁 24793。)

「世間隨處有危機」、「涉世風波惡，思歸懷抱眞」、「送老鏡湖濱」、「宦途危虎尾，閑味美熊蹯」，由以上詩語可見知陸游感於官場險惡、思歸故園的心境。〈晝臥〉一詩，「故山松菊今何似，晚矣淵明悟昨非」，用陶潛〈歸去來兮辭〉:「覺今是而昨非」意，表達對宦名如夢一場的失落感與回歸「故山松菊」、悠遊林壑的渴望。〈思歸〉一詩，「那因五斗米，常作半塗人」，亦以陶潛「不爲五斗米折腰」爲典範，「會當求鉏斧，送老鏡湖濱」，則是詩人歸隱鏡湖的寫眞。第三首據錢仲聯先生題解：「此詩淳熙十四年冬作於嚴州任所。」〔註 47〕此時陸游正遭受到諫官何澹的誹謗誣陷，對官場險惡深有所感，故詩中以陶淵明所愛之菊花「獨立凌冰霜」、「高情守幽眞，大節凜介剛」自勉，雖身受誣陷但志節凜然，以淵明精神自勵，並安頓遭受打擊的心靈。〈小舟〉一詩，「宦途危虎尾，閑味美熊蹯」，「虎尾」用《易・履》:「履虎尾，咥人凶。」〔註 48〕意，以宦途之危甚於履虎尾；而悠閒生活之美則美於熊掌，因而有效淵明歸去之意。又如卷五十三〈東軒花時將過感懷二首〉之二云：

> 社雨晴時燕子飛，園林何許覓芳菲。江山良是人誰在，天地無私春又歸。殘史有期成汗簡，修門即日挂朝衣。人生念念皆堪悔，敢效淵明嘆昨非。(冊 40，頁 25238)

「此詩嘉泰三年春作於臨安。」〔註 49〕自淳熙十六年冬罷官後，已看透宦名的陸游，於嘉泰二年（1202）五月，以七十八歲高齡再被朝廷起用，纂修孝宗、光宗實錄。〔註 50〕此次修實錄，詩人以高齡被起用，

〔註 47〕同註 19，頁 1474。

〔註 48〕同註 1，頁 41。見《履》卦「六三爻辭」。

〔註 49〕同註 19，頁 3141。

〔註 50〕同註 7，卷 395，頁 415。據《宋史・陸游本傳》載：「嘉泰二年，以孝宗、光宗兩朝實錄及三朝史未就，詔游權同修國史，實錄院同修撰，免奉朝請，尋兼祕書監。」

當時即引人側目，也令詩人對人情冷暖有深刻體會，於修史事畢後，即上〈乞致仕札子〉，而在嘉泰三年五月左右致仕返鄉，這首詩即是在此背景下完成。「殘史有期成汗簡，修門即日挂朝衣。人生念念皆堪悔，敢效淵明嘆昨非。」對於此次再度入朝爲修史官，被疑是攀附韓侂胄的關係，使陸游深恐難以全璧而歸，內心惴惴不安，感嘆「人生念念皆堪悔」，因此，詩中一再言及效法淵明掛冠求去之志。另外，卷二十一〈杭湖夜歸二首〉之一則以陶詩自我砥礪云：

> 昔如架上九秋鷹，今似窗間十月蠅。無復櫜鞬思出塞，不妨粥飯略同僧。……莫謂陶詩恨枯槁，細看字字可銘膺。（冊39，頁24724）

此詩作於紹熙元年乞祠奉歸山陰時，「無復櫜鞬思出塞，不妨粥飯略同僧」，詩中顯見其恢復之志的消沉。詩末「莫謂陶詩恨枯槁」用陶詩及杜詩之典，陶潛〈飲酒〉詩云：「雖留身後名，一生亦枯槁。」杜甫〈遣興〉詩云：「陶潛避俗翁，未必能達道。觀其著詩集，頗亦恨枯槁。」〔註51〕但後句「細看字字可銘膺」，則一反杜甫對陶詩平淡枯槁之評，不以枯槁爲意，認爲這正好可作爲貶謫處窮者的精神銘文。

另一方面，陸游亦在詩中表達追隨淵明躬耕隴畝、悠遊自得的生活態度。如卷二十七〈讀陶詩〉云：

> 我詩慕淵明，恨不造其微。退歸亦已晚，飲酒或庶幾。雨餘鉏瓜壟，月下坐釣磯。千載無斯人，吾將誰與歸。（冊39，頁24823）

官場浮沉，退歸恨晚，品讀陶詩之餘，更想效法淵明躬耕隴畝的悠然生活。「雨餘鉏瓜壟，月下坐釣磯」，這種「臥讀陶詩未終卷，又乘微雨去鋤瓜。」（卷十三〈小園〉）的隱趣閒情，是詩人遠離官場是非後所渴望的。詩末「千載無斯人，吾將誰與歸」，則更堅定其追隨淵明精神的心意。在追隨淵明返歸自然的詩作中，詩人常描述生活閒情與周遭細節，如：

〔註51〕〔唐〕杜甫著、〔清〕楊倫箋注：《杜詩鏡詮》（上海：上海古籍出版社，1998年2月），卷5，頁234。

陶令常耽酒，龐翁不出家。安貧炊麥飯，省事嚼茶芽。地滿浮雛鴨，庭荒噪渴蛙。詩成賞音絕，自向小兒誇。（冊 40，卷三十四〈即事〉，頁 24940。）

北崦千梢竹，東軒八尺床。徧行欣老健，熟睡領新涼。海石陳書几，陶詩貯藥囊。時時一到眼，亦足傲羲皇。（冊 40，卷五十四〈書適二首〉之一，頁 25254。）

……牛閑處處農功畢，米賤家家酒盞寬。烟浦白鷗迎鼓枻，漁村紅樹入憑闌。歸舟莫恨無人語，手把陶詩側臥看。（冊 40，卷五十五〈初冬至法雲〉，頁 25269。）

糴米歸遲午未炊，家人竊閔乃翁饑。不知弄筆東窗下，正和淵明乞食詩。（冊 40，卷六十三〈貧甚戲作絕句八首〉之八，頁 25390。）

〈即事〉詩作於慶元二年，正當黨禁方興未艾之時，遠離官場、絕祿居家的陸游，以淵明貧而不寒、閒適自得的心境爲榜樣，亦在詩中抒發其「安貧炊麥飯，省事嚼茶芽」的清貧自足生活。〈書適〉一詩，除寫其「徧行欣老健，熟睡領新涼」的閒情細節外，更自陳其對陶詩的喜愛，「海石陳書几，陶詩貯藥囊。時時一到眼，亦足傲羲皇。」則見其對淵明精神的追求與倚賴。〈初冬至法雲〉一詩，「牛閑處處農功畢，米賤家家酒盞寬」，寫農村秋收冬藏後的情景，「手把陶詩側臥看」則見其手不釋陶詩之殷勤。〈貧甚戲作絕句八首〉之八，「糴米歸遲午未炊，家人竊閔乃翁饑」，可見詩人絕祿之後躬耕自持的清貧生活，然「不知弄筆東窗下，正和淵明乞食詩」一語，則點出詩人不以絕祿處窮爲意，而以淵明詩爲精神食糧，化解心靈塵網，攻克心中牢籠。

詩人愈沉潛於陶詩以及陶淵明的精神境界中，就益發促使其生命向另一層次提升，同時也更能與貶謫處窮的惡劣環境和諧共存。如：

素慕巢居穴處民，久爲釣月臥雲身。經行山市求靈藥，物色旗亭訪異人。高枕靜聽棋剝啄，幽窗閑對石嶙峋。吾廬已是桃源境，不爲秦人更問津。（冊 40，卷六十三〈自詠〉，頁 25397。）

……無意詩方近平淡，絕交夢亦覺清閑。一端更出淵明上，寂寂柴門本不關。（冊 40，卷六十四〈幽興〉，頁 25415。）

生計淡無味，終焉樂有餘。灌畦親抱甕，種樹學拈鋤。擇木翔歸鳥，臨淵聚戲魚。地偏心更遠，靖節愛吾廬。（冊 41，卷八十六〈閑居七首〉之六，頁 25726。）

〈自詠〉一詩，「素慕巢居穴處民，久爲釣月臥雲身」，自陳對隱逸生活的嚮往，並將自己幽居之處比爲陶潛〈桃花源記〉中的桃源勝境。遠離世網，重回林壑，「高枕靜聽棋剝啄，幽窗閑對石嶙峋」，淡然自適的南窗幽意，「吾廬已是桃源境」，當下所居之地即是桃源仙境，即是精神家園。〈幽興〉一詩，則較陶潛「日暮掩柴扉」之語更進一層，云：「寂寂柴門本不關」，並以此排遣處窮的困窘與難堪。〈閑居七首〉之六，此詩《劍南詩稿校注》列於《放翁逸稿》中。詩中亦言物質生活的清貧，「生計淡無味」，但自在的心情並不被貧困所牽絆，「灌畦親抱甕，種樹學拈鋤」，寫出詩人閒適自在的農隱生活。詩末化用陶潛「心遠地自偏」之意，云：「地偏心更遠」，遠離世網塵俗、官場名利的羈絆後，所隱居的偏僻草廬，相信連淵明也會愛上這簡陋的居所。陸游將自己融入陶潛詩中的生活境界，同時，也建造了安頓自我心靈的精神堡壘。

劉克莊評論蘇軾和陶詩時曾指出：

淵明一生惟在彭澤八十餘日涉世故，余皆高枕北窗之日，無榮烏乎辱，無得烏乎喪，此其所以爲絕倡而寡和也。二蘇公則不然，方其得意也，爲執政，爲侍從；及其失意也，至下獄過嶺，晚更憂患，始有和陶之作。〔註 52〕

蘇軾和陶的動機與仕途失意、遭貶處窮的經歷密不可分，爲排遣情累轉而向淵明尋求精神慰藉。然而，陶潛本身並無貶謫經歷，因此，蘇軾的和陶是根據自己所處現實，對陶淵明的重新詮釋，以安頓自我心

〔註 52〕〔宋〕劉克莊：《後村集》（台北：臺灣商務印書館，1986 年 3 月，影印文淵閣四庫全書本），卷 31，頁 332、333。見〈跋宋吉甫和陶詩〉。

靈。這種重新詮釋陶淵明的現象，在南渡後，處於黨爭威逼及不斷罷官奉祠的詩人陸游身上也可以得見，但陸游對陶詩及其生活境界的孺慕，與蘇軾和陶仍有所差異。蘇軾的和陶、擬陶詩更深化了人生哲理，如〈和陶擬古九首〉之三：「一淨亦百淨，物我皆如如。」〔註53〕〈和陶王撫軍座送客〉：「相從大塊中，幾合幾分違。」〔註54〕等，皆結合自身的貶謫經歷，從和陶、擬陶中發揮生命哲思。而人生幾番波折的放翁，雖也向淵明尋求精神力量，但從上述諸詩的闡釋中可以得知：陸游主要是以淵明的生活態度爲效法對象，較無深刻的哲思，其詩中所凸顯的是一種安貧自足的生活境界。

（四）半官半隱與鏡湖隱者形象

張載〈招隱詩〉云：「山處雖殊塗，居然有輕易。山林有悔悋，人間實多累。……來去捐時俗，超然辭世僞。得意在丘中，安事愚與智。」〔註55〕可見，隱逸文化的形成，本質上是反映了儒家入世情懷，爲失意知識份子提供了一種精神上的支持。士人的隱居，或出於對政治的態度，或出於官場傾軋下的無奈，但基本上都呈現一種文化理想與生命樂趣，在山林丘壑的孤獨間，創造出屬於自己的審美境界。棄絕朝市、遁迹山林的隱士，大自然的寧靜安謐，慰藉了飽經政治風霜的痛苦心靈，在詩意化的自然林壑中，「仰蔭高林茂，俯臨淥水流。恬淡養玄虛，沉精研聖猷」，幻化出一個隱者飄然出塵的形象。因此，隱逸文化本身即可視爲士大夫用世之志的一種悖論，士大夫主動或被動地選擇了避世，以保持對待人生的積極態度，並在追求心靈自由和理想的同時，悠遊林泉之下，超脫浮世名祿，回歸自我本眞。

放翁退隱山林的思慮其實由來已久，他在卷七十〈煙波即事十首〉之七下，曾自注云：「紹興間自剡中入天臺，始有放浪山水之興。」

〔註53〕〔宋〕蘇軾著、〔清〕馮應榴輯注：《蘇軾詩集合注》（上海：上海古籍出版社，2001年6月），頁2395。

〔註54〕同前註，頁2171。

〔註55〕同註2。

〔註 56〕再加上幾次罷官奉祠，蟄居山陰故鄉鏡湖旁，故其詩作中也探討了隱逸的問題與想像，並塑造了一個鏡湖隱者形象。如卷九〈歲晚懷鏡湖舊隱慨然有作〉詩云：

> 公府還家鬢未秋，鏡湖南畔決歸休。讀書精舍豈輕出，采藥名山成遠遊。白墮興來猶小醉，青精材足更何求。俗間毀譽惟堪笑，常隘韓公咎斗牛。（冊 39，頁 24445）

此詩於「淳熙四年十一月作於成都」〔註 57〕，「鏡湖南畔決歸休」後，詩人欲以讀書、采藥，過著悠然自得的生活，閒來小醉一翻，忘卻世間毀譽，超脫功名利祿。「白墮」，用楊衒之《洛陽伽藍記》典故，卷四云：「河東人劉白墮善能釀酒。」〔註 58〕詩中「白墮」指酒。「讀書句」用《三國志》卷一《魏書・五帝紀》典故，《魏書・五帝紀》注引〈魏武故事〉云：「故以四時歸鄉里，於譙東五十里築精舍，欲秋夏讀書，冬春射獵，……絕賓客往來之望。」〔註 59〕以上均為詩人對鏡湖畔隱居生活的回憶、想像與渴望。又如：

> 陂池幽處有茅堂，井臼蕭條草樹荒。小鴨怯波時聚散，病蔬傷蠹半青黃。童兒銜雨收魚網，婢子聞鐘上佛香。我亦暮年思屏迹，數椽何計得連牆。（冊 39，卷十〈自雲門之陶山肩輿者失道行亂山中有茅舍小塘極幽邃求見主人不可意其隱者也〉，頁 24474。）

> 鏡湖俯仰兩青天，萬頃玻瓈一葉船。拈棹舞，擁蓑眠，不作天仙作水仙。（冊 39，卷十九〈燈下讀玄眞子漁歌因懷山陰故隱追擬五首〉之三，頁 24690。）

〔註 56〕同註 20，頁 25504。

〔註 57〕同註 19，頁 733。

〔註 58〕〔後魏〕楊衒之撰：《洛陽伽藍記》（台北：臺灣商務印書館，1986 年 3 月，影印文淵閣四庫全書本），卷 4，頁 39。其云：「季夏六月時，暑赫晞以甖貯酒，暴於日中，經一旬其酒不動，飲之香美，醉而經月不醒。」

〔註 59〕〔晉〕陳壽撰、〔宋〕裴松之註：《三國志》（台北：臺灣商務印書館，1986 年 3 月，影印文淵閣四庫全書本），卷 1，頁 30。

> 小築林間避世紛，不妨野叟是知聞。來遊喜有襆迎我，歸臥豈無雲贈君。得鹿夢回初了了，吠獒聲惡尚狺狺。從今雪夜頻相過，紙帳蒲團要策勳。（冊 39，卷二十五〈贈鏡中隱者〉，頁 24792。）

> 石帆山下舊苔磯，回首平生念念非。秋早明河低接地，夜深白露冷侵衣。風生古戍笳爭發，月過橫塘鵲獨飛。卻看宦途傾奪地，悅然敗將脫重圍。（冊 40，卷五十八〈湖上〉，頁 25316。）

> 歸老家山一幅巾，俗間那可與知聞。舉杯每屬江頭月，贈客時緘谷口雲。行采菖蒲緣蘚磴，臥浮舴艋入鷗群。力營隱趣君無怪，作得閑人要十分。（冊 41，卷八十〈隱趣〉，頁 25645。）

從上述諸詩中，「我亦暮年思屏迹，數椽何計得連牆」、「鏡湖俯仰兩青天，萬頃玻瓈一葉船」、「小築林間避世紛，不妨野叟是知聞」、「卻看宦途傾奪地，悅然敗將脫重圍」、「歸老家山一幅巾，俗間那可與知聞」等語，均可知陸游歷經政治鬥爭後，退隱山林的宿願。「石帆山下舊苔磯，回首平生念念非」，其隱居之地，除鏡湖三山外，尚有石帆山及山下的石帆村。〔註 60〕在隱居生活中，或讀書，或出遊，「行采菖蒲緣蘚磴，臥浮舴艋入鷗群」，悠閒自適，忘卻官場風惡、俗間毀譽，「拈棹舞，擁蓑眠，不作天仙作水仙」，以「身是人間一老樵」的形象，對世事淡然處之。對於隱居山林，詩人雖自比是仕宦敗將，但卻說「悅然敗將出重圍」，有一種如釋重負的輕鬆感。

〔註 60〕筆者按：陸游歸隱之居所，除了「鏡湖三山別業」外，尚有位於紹興城東南十五里的「會稽石帆別業」。石帆別業在石帆山下的石帆村，靠近樵風溪（亦即若耶溪下游），陸游以漁翁的身份隱居於石帆村。從陸游的諸多詩作中可以發現，其任職州官、京官時期亦常懷念石帆舊隱。石帆別業的規模雖小於鏡湖三山別業，但二者皆是陸游仕隱情懷的重要指標地點。關於石帆別業的研究，可詳參鄒志方：〈陸游會稽石帆別業小考〉，《文學遺產》第二期（2006 年），頁 138～140。

事實上，陸游的罷官奉祠並非全然的歸隱，而是一種半官半隱的生活。如卷八十四〈寓嘆四首〉之二云：「小隱終非隱，休官尚是官。早知農圃樂，不見道途難。故國雞豚社，貧家菽水歡。至今清夜夢，猶覺畏濤瀾。」（頁 25705）但能逃離濤瀾的怖懼，回歸農圃，即使非眞正隔絕人境的隱居，對詩人來說也是如釋重負。又如卷十七〈小隱〉詩云：

> 小隱在江干，茆廬亦易安。庖廚供白小，籬落蔓黃團。蹭蹬馮唐老，飄零范叔寒。世情從迫隘，醉眼覺天寬。（冊 39，頁 24626）

「小隱在江干，茆廬亦易安。」可見，陸游的「小隱」是一種半官半隱，「窮居半士農」的躬耕生活。對於隱逸的大小、眞僞，霍然曾對唐人與宋人謳歌山水田園的隱居意義提出分析：

> 盛唐人謳歌的山水田園，乃是時代審美主體青春煥發之時，志在進取而以隱求仕的「終南捷徑」；而南宋人吟咏的田園生活，則是時代審美主體歷經劫難成熟以後，厭倦政治鬥爭，而採取的怡情田園，休憩身心的審美創造方式。〔註 61〕

換言之，南宋文人是爲隱而隱，而唐人乃以隱求仕。雖然，南宋文人免不了因政治鬥爭中的敗退，而有無奈歸隱投閒的抑鬱苦悶，但因其「人間走遍卻歸耕」的經歷，從而將目光轉向田園農村，泛咏皋壤，對自然風物投以人文的審美觀照，則更接近文人詩酒耕讀之趣的本然意義。從這個角度來說，南宋人的歸隱，更爲純眞率直。因此，陸游也曾對前人以隱求仕的僞隱，提出批判。如卷四十〈讀隱逸傳〉詩云：

> 終南處士入都門，少室山人補諫垣。畢竟只供千載笑，石封三品鶴乘軒。（冊 40，頁 25034）

〔註 61〕霍然：〈論南宋田園題材作品的美學意蘊〉，《殷都學刊》第 3 期（2006 年），頁 60。

此詩慶元五年（1199）秋作於山陰，〔註62〕正是陸游致仕絕祿之時，從詩意看來，主要在嘲諷僞隱者。詩中以「終南處士」、「少室山人」典故，諷刺以隱求仕之人。《舊唐書》卷九十四〈盧藏用傳〉云：「隱居終南山，學辟穀練氣之術。長安中，徵拜左拾遺。……初隱居之時，有貞儉之操，往來於少室、終南二山，時人稱爲隨駕隱士。及登朝，趑趄詭佞，專事權貴，奢靡淫縱，以此獲譏於世。」〔註63〕陸游讀〈隱逸傳〉時，對於那些以隱求仕的所謂「隨駕隱士」深感不齒，故詩中以「畢竟只供千載笑」提出其批判。

另外，值得一提的是，陸游在一些詠隱趣、寄隱者、贈隱者等詩作中，也塑造了一個鏡湖隱者的形象。如卷七十三〈窮居〉一詩云：

> 仕宦初何得，窮居半士農。清寂叔夜鍛，平旦伯鸞舂。
> 馬磨猶支日，牛衣亦過冬。湖中有嘯父，何計得相從。
> （冊41，頁25551）

陸游在此詩下自注云：「湖中隱士月夜棹舟，其疾如飛，並湖有聞其嘯歌者。」〔註64〕開禧三年（1207）冬，詩人正隱居於鏡湖三山，由詩中「湖中有嘯父，何計得相從」之語看來，似乎是陸游欲追尋鏡湖中「月夜棹舟」之隱逸高人而不可得。然而，陸游詩中所出現的隱士，實另有「隱情」，如卷七十七〈寄太湖隱者〉一詩云：

> ……從來豪傑士，大指亦略同。具區古大澤，烟水渺千里。
> 可望不可到，中有隱君子。……有時跨蛟鯨，指撝雷雨奔。
> 嗟我獨何人，乃許望顏色。逝將從之遊，變化那得測。（冊41，頁25603）

此詩由詩意看來，也是表達追慕太湖隱者之情，對於「可望不可到」，神祕不可測的隱君子，詩人渴望「從之遊」，亦即擺脫塵俗紛擾，成爲那樣的隱逸君子，是詩人內心的理想。然而，現實中是否眞有「太

〔註62〕同註19，頁2541。

〔註63〕〔後晉〕劉昫等撰：《舊唐書》（台北：臺灣商務印書館，1986年3月，影印文淵閣四庫全書本），卷94，頁142。

〔註64〕同註20，頁25551。

湖隱者」的存在呢？據錢仲聯先生題解云：「此詩嘉定元年夏作於山陰。太湖隱者，猶詩中常見之鏡湖隱者，皆托言，非實有其人。」〔註65〕可見，湖中隱者的形象是詩人的想像，以及對自我的期望。「鏡湖俯仰兩青天，萬頃玻璨一葉船。拈棹舞，擁蓑眠，不作天仙作水仙。」（卷十九〈燈下讀玄眞子漁歌因懷山陰故隱追擬五首〉之三，頁24690。）這樣的隱逸閒情，也正是詩人心中對生活的理想期許。楊萬里在〈再答陸務觀郎中書〉中即曾指出：隱士其實就是陸游自己。其云：

> 斯人也，何人也？……公欲知其姓名乎？請索瓊茅，爲公卦之。其繇曰：「鴻漸之篚，實維我氏；不知其字，視元賓之名；不知其名，視言偃之字。」〔註66〕

錢仲聯先生《劍南詩稿校注》在卷三十二〈夜坐聞湖中漁歌〉詩中注云：「鴻漸爲陸羽之字，李元賓名觀，言偃字子游，是萬里以爲湖中隱者即游本人。」〔註67〕事實上，陸游早在通判豫章時就自號「漁隱」，晚年又築「漁隱堂」，〔註68〕可見，放翁退隱山林之思孕釀已久，終於在遍踐宦途駭機後，於暮年歸隱鏡湖三山、會稽石帆，過著小隱生活。而其詩中所塑造的湖中隱者形象，正是他長年以來所追尋的理想生存方式。

徜徉槿籬竹塢、青山秀水間，其安貧閒適，正如卷七十八〈溪上小雨〉一詩所描寫：

> 我是人間自在人，江湖處處可垂綸。
> 掃空紫陌紅塵夢，收得烟蓑雨笠身。（冊41，頁25619）

掃空紅塵虛名，換得「烟蓑雨笠」自在之身，「我是人間自在人」說明其擺脫遭貶處窮的困境羈絆，並得以安頓自我心靈，在仕隱的矛盾

〔註65〕同註19，頁4195。
〔註66〕〔宋〕楊萬里：《誠齋集》（台北：臺灣商務印書館，1986年3月，影印文淵閣四庫全書本），卷68，頁653。
〔註67〕同註19，頁2136。
〔註68〕同註13，頁243。

中，放翁隱逸之情似乎超越其抗金恢復的大志。然而，對照其念念不忘「九州同」的絕筆之作，筆者認爲，休官小隱只是放翁生存狀態中所追尋理想生活情境的一個面向，在其靈魂深處，家國之思依然不滅。

第二節　楊萬里詩中的隱逸情懷

楊萬里的人格特質中，有剛正不阿、誠實磊落、不畏強權的凜然風骨；有忠貞報國、關心民瘼、積極用世的遠大志向；有任眞自適、淡泊名利、告老林泉的深切渴望。追求自由、熱愛自然的性格，使其大量創作的山水自然詩作，成爲《誠齋集》中的重要題材；而忠貞愛國，關心民瘼的用世之志，也使楊詩中有不少抒發愛國之情、揭露時弊的詩篇，已如前章所述，但對楊萬里詩中仕隱情懷的探討，總因其詼諧靈動的「誠齋體」過於吸引眾人目光，而被略而不論。根據本論文「附錄三」的檢索，誠齋詩集中實也有不少表露仕隱情懷之作，本節將對此加以分析闡釋。

一、仕隱糾結與詩人的抉擇

楊萬里幾度京官與州官的生涯，以其主戰的立場與對國事的關注，以其立朝抗論、耿介直言的個性，遭受不同政治黨派的排擠，是可想而知的。同時，以其對民生疾苦的同情，但做官催科又與其仁者初衷大相逕庭，因此，作品中亦不禁透露了詩人的仕隱矛盾之情。如卷六〈送客既歸晚登清心閣〉一詩云：「出處俱爲累，昇沉盡聽他。」（頁 26144）即可視爲其內心仕隱之情的獨白。

仕與隱的矛盾，始終交織於楊萬里生命中。如淳熙二年（1175）夏，楊萬里被任命改知常州，楊上章力辭，請作祠官，如卷七〈待次臨漳諸公薦之易地毗陵自愧無濟劇才上章丐祠〉：

> 亦豈眞辭祿，誰令自不才。更須三釜戀，未放兩眉開。道我今貧卻，何朝不飯來。商量若爲可，杜宇一聲催。（冊 42，頁 26159）

開篇即云「亦豈眞辭祿，誰令自不才」，先自我嘲諷上章請領祠觀，不徹底棄官，仍貪戀官俸，是「未放兩眉開」，亦即不是眞放下。然而，內心深處亦知，若非爲了五斗米，否則眞不如歸去。詩末「商量若爲可，杜宇一聲催」，表達了南宋文人複雜的仕隱矛盾之情，仕與隱的抉擇在詩人心中不斷交逼。

眞正讓楊萬里稱病請祠，潛身而退的事件，是紹熙三年（1192），朝廷擬於江南八州行使鐵錢會子。誠齋當時爲江南總領，上奏力陳不便，請求停止此命令，其〈乞罷江南州軍鐵錢會子奏議〉云：「竊詳朝廷支降新印交子，止爲兩淮鐵錢艱於行用。」〔註69〕但此舉卻忤逆了當時丞相留正及吏部尙書趙汝愚，因而於同年五月四日，以疾請祠祿。如《宋史・楊萬里本傳》的記載：

> 因孝宗日曆作序事件，自劾失職，請求外任，遂出爲江東轉運副使，權總領淮西、江東軍馬錢糧。朝議欲行鐵錢於江南諸郡，萬里疏其不便，不奉詔，忤宰相意。改知贛州，不赴，乞祠。除祕閣修撰，提舉萬壽宮，自是不復出矣。〔註70〕

於是，楊萬里於紹熙三年「九月十六日返抵故鄉吉水南溪，自是不復出矣。……和淵明〈歸去來兮辭〉以見志。」〔註71〕又據羅大經《鶴林玉露》卷四〈誠齋退休〉云：

> 楊誠齋自祕書監漕江東，年未七十，退休南溪之上。老屋一區，僅庇風雨。長鬚赤腳，纔三、四人。徐靈暉贈公詩云：「清得門如水，貧惟帶有金。」蓋紀實也。聰明強健，享清閒之福十又六年。寧皇初元，與朱文公同召，文公出，公獨不起。文公與公書云：「更能不以樂天知命之樂，而忘與人同憂之憂，毋過於優遊，毋決於遁思，則區區者猶有望於斯世也。」然公高蹈之志已不可違也。嘗自贊云：「江

〔註69〕同註66，卷70，頁685。

〔註70〕同註7，卷433，頁107。

〔註71〕于北山：《楊萬里年譜》（上海：上海古籍出版社，2006年9月），頁454。

> 風索我吟，山月喚我飲。醉倒落花前，天地爲衾枕。」又云：「青白不形眼底，雌黃不出口中。只有一罪不赦，唐突明月清風。」〔註72〕

由上述引文可知，楊萬里稱疾請祠的緣由及退休南溪之上後，過著「老屋一區，僅庇風雨」的清貧生活。據徐璣〈投楊誠齋〉詩所述：「清得門如水，貧惟帶有金。」可知誠齋擺脫功名利祿之追求後，雖家徒四壁，但並不以仕途失意爲意，反而帶著閒適自得之心，「江風索我吟，山月喚我飲。醉倒落花前，天地爲衾枕。」在南溪上享退隱之趣，直至開禧二年（1206）去世爲止。

楊萬里不戀棧於仕宦，除了追尋與自然的契合外，也與當時的政治氛圍有關。在卷四十五〈和淵明歸去來兮辭〉中曾自抒思歸之情云：

> 予倦遊半生，思歸不得。紹熙壬子，予年六十有六，自江東漕司移病自免。蒙恩守贛，病不能赴。〔註73〕

然而，所謂「移病自免」應是一個藉口，因紹熙三年（1192），道學、反道學之爭方熾，楊萬里的稱病退休，實與其對黨爭的厭惡以及抑鬱避禍脫不了關係。早在淳熙十六年（1189）時，楊萬里對於黨論的盛行以及相黨間的黨同伐異狀況，即曾上疏云：

> 近日以來，朋黨之論何其紛如也。有所謂甲宰相之黨，有所謂乙宰相之黨，有所謂甲州之黨，有所謂乙州之黨，有所謂道學之黨，有所謂非道學之黨，是何朋黨之多歟！……若夫甲州之士，乙州之士，道學之士，非道學之士，好惡殊而向背異，則相攻相擯，莫不皆然。黨論一興，臣恐其端發於士大夫，而其禍及於天下國家，前事已然矣，可不懼哉！〔註74〕

上述引文所謂「甲宰相之黨」、「乙宰相之黨」，是指孝宗淳熙末年，

〔註72〕〔宋〕羅大經撰：《鶴林玉露》（台北：臺灣商務印書館，1986年3月，影印文淵閣四庫全書本），卷14，頁379。

〔註73〕同註20，頁26668。

〔註74〕同註66，卷69，頁673。見〈乙酉自筠州赴行在奏事十月初三日上殿第一札子〉。

先後形成的以王淮、周必大爲核心的相黨集團，而後又有趙汝愚、韓侂胄的兩相黨衝突，彼此互相排擠攻訐。楊萬里對於黨爭的厭惡，從文中所指：「黨論一興，臣恐其端發於士大夫，而其禍及於天下國家」可知，且士大夫間因好惡相殊而互相攻克、勾心鬥角，不僅是國家大憂，也會造成人才、生命的損失。因此，詩人無奈採取自保之道，稱病奉祠，退隱南溪之上。

其後，寧宗新立時，召朱熹與楊萬里赴朝，朱熹應召任經筵侍講，但楊萬里辭不赴任。朱熹在〈答楊廷秀萬里〉文中曾加以勸進曰：

> 時論紛紛，未有底止，契丈清德雅望，朝野屬心，切冀眠食之間，以時自重，更能不以樂天知命之樂，而忘與人同憂之憂。毋過於優游，毋決於遁思，則區區者猶有望於斯世也。〔註 75〕

對於朱熹勸進楊萬里之語，「更能不以樂天知命之樂，而忘與人同憂之憂」，論者或據此而認爲誠齋逃避現實，不關心國事發展，於國家危急存亡之秋，退歸山林，是所謂「忘與人同憂之憂」。然而，事實上楊萬里始終關注國家命運與關心民瘼，其憂國憂民之忱，已於前章得到明證，因此，這種批評並不中肯。思考楊萬里之所以辭不赴任的原因，綜合其詩文所述，應是有感於黨爭的險惡。有志之士處於此旋渦中，不僅無法成大事，更有遭受生命威脅之憂，因此楊萬里最終的抉擇是回歸自然懷抱，索江風、喚山月，「醉倒落花前，天地爲衾枕」，逃離黨爭旋渦，垂釣於南溪之上，化作天地間的清風。

二、隱逸情懷在誠齋詩中的呈現

以下將檢索誠齋詩作，分別闡述其由來已久的退歸之思、避禍全身之念，以及追慕陶淵明精神，攻克心中牢籠的隱逸情懷。

（一）退歸之思

楊萬里出仕退居皆出於任眞自適的性情，仕宦時，憂國憂民之懷

〔註 75〕同註 18，頁 96。

見於詩文與行動中；同時，他也追求自我價值的實現與個體的精神自由。因此，當政策、建言無法爲主政者所採納，對官場的虛僞、傾軋感到厭倦時，儒家對個體生命價值的指引，「達則兼濟天下，窮則獨善其身」的原則，便引領詩人遠離塵世紛擾，退居山林，以一竿風月、一江清風，平息世俗的擾攘，思索生命的意義。《誠齋詩集》中，表達退歸之思的作品不少，如卷三十六〈東園幽步見東山四首〉之二云：

> 何曾一日不思歸，請看誠齋八集詩。到得歸來身已病，是儂歸早是歸遲。（冊 42，頁 26563）

詩中自陳其誠齋八集詩中「何曾一日不思歸」，並對退歸太遲頗爲懊惱，可見，其退歸之思蘊釀已久。卷十六〈明發陳公徑過摩舍那灘石峰下十首〉之六，更堅定其歸心：

> 山轉江亦轉，江行山亦行。風鬟照玉鏡，素練縈青屏。我本山水客，澹無軒冕情。塵中悔一來，事外懷孤征。忽乘滄浪舟，仰高俯深清。餐翠腹可飽，飲淥身頓輕。鷓鴣不相識，還作故園聲。（冊 42，頁 26287）

此詩述詩人行舟於自然山水之境，並因山水勝境的召喚而醒悟對於宦途的執著。「我本山水客，澹無軒冕情。塵中悔一來，事外懷孤征。」即爲追悔自己在宦海中浮沉，當行舟摩舍那灘石峰之下，眼見「風鬟照玉鏡，素練縈青屏」的自然佳景，頓覺流連宦場之非，也喚醒心靈中對自然家園的嚮往。詩末「鷓鴣不相識，還作故園聲」，則以鷓鴣叫聲，深化詩人擺脫仕宦，回歸自然的決心。又如以下諸詩，也以子規、布穀等自然聲響，表達一己思歸之情。如：

> 今年未有子規聲，忽向宮中樹上鳴。告訴落花春不管，裴回曉月恨難平。斜風細雨又三月，柳絮浮雲空一生。豈不懷歸歸未得，倩渠傳語故園鶯。（冊 42，卷二十二〈景靈宮聞子歸〉，頁 26364。）

> ……駿奔三十年，辛勤竟何爲。髮從道塗白，面爲風雪黧。夜來白沙灘，老命輕如絲。洪濤舞一葉，呼天叫神祇。生全乃偶然，人力初何施。曉聞布穀聲，如在故山時。坐令

> 萬感集，初悟半世非。一險靡不悔，數悔庸何追。有田不歸耕，布穀眞吾師。（冊 42，卷十六〈明發白沙灘聞布穀有感〉，頁 26289。）

> 通宵不睡睡方奇，夢裡驚聞新子規。祇是一聲已斷腸，況當三月落花時。不論客子愁無那，便遣家人聽亦悲。歸到江西歸始了，江東歸得未爲歸。（冊 42，卷三十四〈宿黃土龕五更聞子規〉，頁 26536。）

古典詩歌中以子規、布穀等聲響表達思歸之情，其來有自，有其文化意涵。在文化積澱的影響下，許多聲響，包括人爲器樂與大自然聲響，都可能造成聲音接受者反射性反應。因此，文學作品中有許多定型化的思鄉信息。〔註 76〕所謂「胡笳落淚曲，羌笛斷腸歌。」〔註 77〕胡笳、羌笛、琵琶等胡樂，在文學中一再複製，因而聯繫成心理上的反射，造成一聞樂聲則觸動鄉情的普遍現象。而自然界中，文人心理上的懷鄉催化劑，則以子規（杜鵑）「不如歸去」的鳴聲最具代表性。《華陽國志》卷三云：

> 杜宇稱帝，號曰望帝。……帝升西隱焉時適二月，子鵑鳥鳴，故蜀人悲子鵑鳥鳴也。〔註 78〕

杜宇或曰子鵑、子規，傳說中是望帝死後魂所化。當望帝升西時，子規啼鳴，故蜀人悲子規鳴而思望帝，且因子規聲哀苦，其獨特的「不如歸去」叫聲，對於仕宦在外的詩人而言，更是觸動思歸的元素。因此，楊萬里詩中所書寫的子規鳴聲，除表達誠齋思鄉之情外，更透露了仕隱矛盾的情結。「豈不懷歸歸未得，倩渠傳語故園鶯」、「曉聞布穀聲，如在故山時。坐令萬感集，初悟半世非」、「有田不歸耕，布穀

〔註 76〕王立：《中國古代文學十大主題》（台北：文史哲出版社，1994 年 7 月），頁 235。其云：「樂音（包括聲樂）可分爲兩類，一爲鄉音，一爲異國之調。前者引人共鳴，向回憶中延伸，情感指向既往；後者使人頓悟身居異地，在現實的失落中警奮。」另外，文中也指出，聲音之觸動懷鄉情緒，除樂音之外，亦包括許多自然音響。

〔註 77〕同註 2，頁 1868。見庾信〈詠懷二十七首〉之七。

〔註 78〕〔晉〕常璩撰：《華陽國志》（台北：臺灣商務印書館，1986 年 3 月，影印文淵閣四庫全書本），卷 3，頁 154。

眞吾師」、「夢裡驚聞新子規。祇是一聲已斷腸」，均顯露了糾結於仕隱掙扎中的詩人情緒之波動，而子規「不如歸去」之聲，則喚醒了詩人「駿奔三十年，辛勤竟何爲」的自我質問；同時，也將一己之浮沉於宦場風惡比爲「洪濤舞一葉，呼天叫神祇」，其驚險危急之狀，更令詩人澈悟前非，興歸耕之念。

另一方面，在仕宦生涯中奉祠返鄉時，詩人所聽到的子規聲則有不同風情。如卷二十四〈午睡聞子規〉云：

> 睡眼矇鬆未爽時，一聲杜宇頓開眉。不須報道思歸樂，今我眞歸不用思。（冊 42，頁 26396）

以白描直露的筆法，毫不掩飾自己歸返故鄉的興奮心情。仔細尋思一樣子規兩樣情的原因，即在於詩人內心深處的仕隱矛盾之情。誠齋爲一任性自得、傾心自然的詩人，常自陳「我本山水客，淡無軒冕情」（卷十六〈明發陳公徑過摩舍那灘石峰下十首〉之六，頁 26287。）、「金印繫肘大如斗，不如游山倦時一杯酒」（卷十六〈游蒲澗呈周帥蔡漕張舶〉，頁 26277、26278。），可見其對宦場爭鬥的厭惡。因此，奉祠返鄉後所聽聞的子規聲就特別動人，「一聲杜宇頓開眉」，不再是思歸之愁苦了。誠齋的思歸之情，還可由卷二十六〈行役有嘆〉之一見及，詩云：

> 去年丏西歸，謂可休餘生。今年復東下，駕言入神京。臥治方小安，趨召豈不榮。何如還家樂，醉吟聽溪聲。（冊 42，頁 26420）

詩中「趨召豈不榮，何如還家樂，醉吟聽溪聲」之語，說明了詩人對仕隱的抉擇，赴召雖是士人光榮之事，但其心之所向，卻寧願返鄉「醉吟聽溪聲」。因此，慶元五年二月十七日，在「三請歸休」後，誠齋終以「通議大夫、寶文閣待制致仕」〔註 79〕，如卷三十八〈聖恩增秩

〔註 79〕根據《誠齋集》卷 71〈辭免轉一官仍除寶文閣待制致仕奏狀〉云：「臣昨於慶元二年六月內具狀陳乞引年致仕，奉聖旨不允，至三年七月內再申前請，俟命兩年，於今月初四日伏准省劄，以臣陳乞引年致仕，二月十七日三省同奉聖旨，與臣轉一官除寶文閣待制致仕者。

進職致仕感恩述懷〉一詩即寫此事，詩云：

雨露絲綸下玉宸，問天乞得箇閑身。一生無恨長多感，三請歸休恰四春。手板抽還大丞相，安車懸示後來人。從今萬八百場醉，忽自稱冤五柳巾。（冊 42，頁 26599）

誠齋「三請歸休」後終於獲准，詩中以「從今萬八百場醉」自抒其任情自適的清閒心態。「思歸日日只空言，一棹今眞水月間。」（頁 26078）對於回歸山林後的身心暢快感，誠齋也在詩中加以描繪，如卷十一〈寄題石湖先生范至能參政石湖精舍二首〉之二云：

不關白眼視青雲，四海如今幾若人。渭水傳巖看後代，東坡太白即前身。整齊宇宙徐揮手，點綴湖山別是春。解遣雙魚傳七字，遙知掉脫小烏巾。（冊 42，頁 26223）

擺脫官場之後，楊萬里隱居南溪，范成大隱居石湖，此詩爲楊萬里寄題石湖之作，「整齊宇宙徐揮手，點綴湖山別是春。解遣雙魚傳七字，遙知掉脫小烏巾。」寫出了無官一身輕的閒適之態。范成大也有次韻此詩之作，如《石湖詩集》卷二十〈次韻同年楊廷秀使君寄題石湖〉云：「公退蕭然眞吏隱，文名籍甚更詩聲。」指出了誠齋退居之後的瀟灑自得。另外，楊萬里與尤袤亦有退歸的唱和，如卷十〈謝尤延之提舉郎中自山間惠訪長句〉云：「……功名一念扶不起，儂歸螺山渠惠山，來歲相思二千里。」（頁 26021）「儂歸螺山渠惠山」句，因尤袤有〈送提舉楊大監解組西歸〉詩云：「從此相思隔煙水，夢魂飛不到螺山。」（頁 26860）之語，尤、楊二人在唱和中，對彼此的解組西歸，回到林泉懷抱，雖有相見困難的不捨之情，但均深感歡欣慶幸。正如誠齋於卷十〈秋懷〉一詩所稱：「從今歸去便歸去，未到無顏見白鷗。」（頁 26201）誠齋在仕隱的幾番交逼之後，最終作出率其性情的抉擇，隱居南溪之上，得享一竿風月、一江清風，過著「醉吟聽溪聲」的歸隱生活。

臣聞命驩喜，省躬震驚。……非有功而進職四等，更出非常之恩。……所有轉一官仍除寶文閣待制恩命，臣不敢祇受，止乞守本官職致仕。」同註 66，卷 71，頁 3。

（二）避禍全身之念與漁父形象

前文主要在闡述楊萬里詩中的退歸之思，本段則以影響誠齋退歸之念的原因爲討論重點。楊萬里退隱思歸之情，除了詩人本身的性情及對黨爭的厭惡外，與其人生中的痛苦挫折也有相當大的關係。如淳熙十六年（1189）閏五月，誠齋二孫夭折〔註80〕，使其隱逸之思更顯強烈。如卷二十五〈閏五月十四日因哭小孫子蓬孫歸志浩然〉詩云：

> 憲孫哭了哭蓬孫，老眼元枯也濕巾。名宦何須深插柳，山林從此早抽身。禍無避處唯辭福，命不如渠強學人。吟了此詩還毀了，莫令一讀一傷神。（冊 42，頁 26411）

「憲孫哭了哭蓬孫，老眼元枯也濕巾」，憲、蓬二孫的夭折，令詩人心情鬱悶悲苦，也使詩人有倦仕思歸之意。「名宦何須深插柳，山林從此早抽身」，直陳退隱山林之思，因爲「禍無避處唯辭福」之故，可見，避禍全身之念支配了詩人仕隱的抉擇。

另外，楊萬里以江東漕司「移病自免」，其稱病退休南溪之上，亦與黨禍造成士人彼此傾軋嫌隙有關，如前述誠齋所云：「黨論一興，臣恐其端發於士大夫，而其禍及於天下國家。」士大夫相互攻訐、勾心鬥角，不僅是國家之憂，更形成一種怖懼的氛圍，人人自危，而避禍自保之道，乃「移病自免」一途。如卷二十五〈感興〉一詩云：

> 去國還家一歲陰，鳳山錦水更登臨。別來蠻觸幾百戰，險盡山川多少心。何似閑人無藉在，不妨冷眼看昇沉。荷花正鬧蓮蓬嫩，月下松醪且滿斟。（冊 42，頁 26411）

詩中引《莊子・則陽》典故〔註81〕，「別來蠻觸幾百戰」，「觸氏」、「蠻氏」因寸地之爭而戰，造成伏屍數萬，並以此比喻孝宗父子彼此黨立、朝中相黨相爭之事，當時寧宗新立，召楊萬里與朱熹赴朝，但萬里堅辭不赴任，或即有感於「別來蠻觸幾百戰，險盡山川多少心」的顧慮，

〔註80〕據于北山《楊萬里年譜》淳熙十六年五月譜文：「閏月，二孫夭折，益見退隱思歸之意。」同註 71，頁 375。又據誠齋詩中自注，二孫小字分別爲「憲、蓬」。

〔註81〕同註 31。

楊萬里能於僞學黨禁中避禍以全身，實與其對世路風濤、宦場傾軋的深刻認識關係密切。

詩人歷經仕途坎坷，飽嘗世態險惡，認清官場污濁後，以一竿風月、一蓑煙雨的漁樵形象回歸林泉，尋求心靈的慰藉與解脫。誠齋詩中常以漁父形象自陳其志，如：

> 青鞋黄帽綠蓑衣，釣雪舟中雪政飛。歸自嚴州無一物，扁舟載得釣臺歸。（冊 42，卷七〈幽居三詠——釣雪舟〉，頁 26163。）

> 釣石三千丈，將何作釣絲。肯離山水窟，去作帝王師。小范眞同味，玄英也並祠。老夫歸已晚，莫遣客星知。（冊 42，卷二十四〈釣臺〉，頁 26396。）

> 帝里都無箇裏寬，苑深地禁到應難。蔚然綠樹去天近，上有子規啼月殘。便覺恍如還故里，不知聞處是長安。野薔薇發桐花落，孤負南溪老釣竿。（冊 42，卷十〈蚤謁景靈宮聞子規〉，頁 26339。）

> 金印龍章屬市朝，清風明月屬漁樵。世皆蠻觸君知止，渠自王公我豈騎。眞箇歸田何必賦，自家甘隱不緣招。老夫三徑都荒了，松菊雖存已半凋。（冊 42，卷三十四〈寄題周元吉左司山居三詠——可止亭〉，頁 26537。）

上述詩中，如「歸自嚴州無一物，扁舟載得釣臺歸」、「老夫歸已晚，莫遣客星知」，皆藉詠嚴子陵釣臺古跡，抒一己回歸林泉之志。陸游《老學庵筆記》卷十云：「嚴州有嚴光釣瀨，名嚴陵瀨。」〔註 82〕「嚴陵瀨」爲嚴光（子陵）隱居垂釣處，據《後漢書・逸民傳・嚴光》云：「除爲諫議大夫，不屈，乃耕於富春山，後人名其釣處爲嚴陵瀨焉。」〔註 83〕嚴光，本姓莊，少年時與劉秀同學，秀爲光武帝後，嚴子陵改變姓名，隱居不出，披羊裘釣於澤中。光武帝任其爲諫議大夫，子陵

〔註 82〕〔宋〕陸游撰：《老學庵筆記》（台北：臺灣商務印書館，1986 年 3 月，影印文淵閣四庫全書本），卷 10，頁 86。

〔註 83〕同註 4，卷 113，頁 618。

堅辭不就，歸隱富春山，並以此清高脫俗、淡泊名利的風節，贏得士大夫的仰慕。此二詩即以嚴子陵隱居垂釣、拒不受職之事，表白其隱逸之志。而〈寄題周元吉左司山居三詠——可止亭〉一詩則藉爲友人周頡題詩，抒發嚮往山林之思。「金印龍章屬市朝，清風明月屬漁樵。世皆蠻觸君知止，渠自王公我豈驕。」亦以遠離蠻觸相爭，避禍自保之抉擇，稱許友人周頡，詩中更以〈歸田賦〉、〈招隱詩〉之典故，表達任眞歸隱之志。東漢、張衡〈歸田賦〉云：「遊都邑以永久，無明略以佐時。徒臨川以羨魚，俟河清乎未期。……諒天道之微昧，追漁夫以同嬉。……苟縱心於物外，安知榮辱之所如。」〔註84〕另外，六朝時有一系列的招隱詩，以「招隱」爲題，最早出自《楚辭・招隱士》王逸注云：「陳山林傾危，草木茂盛，麋鹿所居，虎兕所行，不宜育道德，養情性，欲使屈原還歸郢也。」〔註85〕招隱詩本爲招喚隱士回歸朝中之意，但此詩云「自家甘隱不緣招」、「眞箇歸田何必賦」，以此表明回歸山林之意甚篤。

值得注意的是，從詩中「青鞋黃帽綠蓑衣」、「孤負南溪老釣竿」、「清風明月屬漁樵」等詩語可以發現，詩人有意追尋一種靜定自得、孤絕清高的漁隱生活形象。「孤舟蓑笠翁」的漁父形象，有儒、道傳統的仕隱糾結在其中，所象徵的意涵也各異，代表儒家傳統的《楚辭・漁父》，敘述屈原遭流放後形容枯槁，遊於江潭，行吟澤畔，見漁父，表達一己「舉世皆濁我獨清，眾人皆醉我獨醒，是以見放」的悲憤不平；對於屈原的感嘆，漁父對之以：「聖人不凝滯於物而能與世推移，世人皆濁何不淈其泥而揚其波；眾人皆醉何不餔其糟而歠其釃。……歌曰：『滄浪之水清兮，可以濯我纓，滄浪之水濁兮，可以濯我足。』……」〔註86〕在《楚辭》中，漁父的形象代表的是一種參透人

〔註84〕〔梁〕蕭統編、〔唐〕李善注：《文選》（台北：漢京文化事業有限公司，1983年9月，影印清胡克家覆宋淳熙本），卷15，頁223。

〔註85〕〔宋〕朱熹：《楚辭集注》（台北：藝文印書館，1983年6月），卷8，頁314。

〔註86〕同前註，頁218～220。

生、隨遇而安的入世智慧。而代表道家傳統的《莊子・漁父篇》中，則藉孔子與漁父的對話，表達了「法天貴眞」的道家哲學。漁父勸孔子「愼守其眞」，亦即如何保持自己的本眞個性與眞實面目的問題。「眞」是人秉受於天的稟性，「眞者，精誠之至也。」漁父主張「法天貴眞，不拘於俗」，順應自然，並批判孔子「不能法天而恤於人，不知貴眞，祿祿而受變於俗。」〔註87〕最後落得「再逐於魯，消迹於衛，伐樹於宋，圍於陳蔡」的狼狽慘況。因此，《莊子》的漁父是形象是「法天貴眞」、順其自然，是出世的。然而，不管入世或出世，儒、道二家的漁父形象，實則皆提供了士大夫在仕隱糾結中的一個精神回歸的方向。〔註88〕《楚辭》中的漁父與《莊子》中的漁父，前者尋求的是個人生命態度的灑脫與釋然；後者呼喚的是天地萬物的和諧與歸眞。

從上述引詩中楊萬里所嚮往的「青鞋黃帽綠蓑衣」漁隱形象，或是一再自陳的「孤負南溪老釣竿」等語看來，其隱逸的層次似乎是屬於擺脫官場蠻觸相爭紛擾，尋求個人生命灑脫釋然，詩中較無凸顯對天地萬物和諧歸眞哲思的探索，故偏向於儒家傳統的隱逸。在卷十〈曉登懷古堂〉一詩中誠齋又云：「不妨聊吏隱，何必更林泉。」（頁26199）「吏隱」即所謂「朝隱」，是六朝隱逸之道的變調，「就理論史的角度而言，此乃魏晉玄學必然的應和，就現實面而言，此又是知識份子在政治險惡環境中的處順之方。」〔註89〕換言之，知識份子面對詭譎險

〔註87〕同註31，卷10，頁3～6。《莊子・漁父第三十一》云：「孔子游乎緇帷之林，休坐乎杏壇之上，弟子讀書，孔子弦歌鼓琴，奏曲未半，有漁父者，下船而來，須眉交白，被髮揄袂。……謹脩而身，愼守其眞，還以物與人，則無所累矣。……孔子愀然曰：『請問何謂眞？』客曰：『眞者，精誠之至也。……眞在內者，神動於外，是所以貴眞也。……眞者，所以受於天也，自然不可易也，故聖人法天貴眞，不拘於俗。愚者反此。』……」

〔註88〕按，有關漁父的儒道合一意象，可參考梁黎麗、鄧心強：〈仕與隱的千古糾結——論古詩文中漁父儒道合一的二重意象〉，《牡丹江師範學院學報》第二期（2007年），頁23。

〔註89〕同註5，頁36。

惡的政治處境時，以「混迹晦心」的方式，避免因「抗志顯高」的遁隱山林而招來禍患；同時，又能「內不愧心，外不負俗」，保有個體心靈的自由。如王康琚〈反招隱〉詩所云：「小隱隱陵藪，大隱隱朝市。」〔註 90〕郭象亦云：「夫聖人雖在廟堂之上，然其心無異於山林之中，世豈識之哉。」〔註 91〕此說反映了長期以來知識份子調和仕隱衝突的自我說服方式。身在廟堂之上，心在山林之中，將仕與隱的界線消融泯滅，當現實中的諸多牽絆、顧慮，使形體無法追隨心之所向時，心隱但身不隱的「朝隱」方式，成爲士人消除內心徬徨、平衡仕隱矛盾的折衷之法。誠齋詩中雖或偶有此念，但根據本節所述，楊萬里「退休南溪之上，老屋一區，僅庇風雨」，「以天地爲衾裘」，則誠齋之隱逸，最終仍捨吏隱而歸林泉。

（三）追尋淵明之志

南宋文壇也有擬陶學陶的普遍傾向，但其特色並非在於字句風格的審美層面上，更主要是思想層面上的「獨與淵明親」，以「歸去來兮，斯言可師」爲動力，可以說「親近淵明，追擬陶『意』，是南宋文人在『朋黨之惡』的作用下掀起的一場經久不衰的思想運動。」〔註 92〕因此，遭貶處窮士人向陶淵明尋求精神力量，以攻克心中牢役、安頓心靈，便成爲一種普遍的現象。楊萬里詩中亦常抒發追尋淵明躬耕隴畝、退歸故里之志，如卷二十三〈張功父請祠甚力得之簡以長句〉云：

> ……金印如斗床滿笏，富貴何曾膏白骨。一世窮忙爲阿誰，
> 終日逢人皺兩眉。……張君有宅復有田，朱君歸去無一錢。
> 老夫老矣不歸去，五柳先生應笑汝。（冊 42，頁 26382）

詩中以張功父請祠得願，歸返故里爲契機，自嘲「一世窮忙爲阿誰，終日逢人皺兩眉」的違反性情的生存方式，對仕途倦遊形諸筆墨。詩

〔註 90〕同註 84，卷 22，頁 310。

〔註 91〕同註 31，卷 1，頁七上。見〈逍遙遊〉注。

〔註 92〕沈松勤：《南宋文人與黨爭》（北京：人民出版社，2005 年 4 月），頁 504。

末「老夫老矣不歸去，五柳先生應笑汝」則透露一己追隨淵明欲歸之志。

淳熙十一年（1184），楊萬里對於朋黨之惡造成人才流失、彼此黨立的現象深表憂心。淳熙十四年（1187）也曾建言，認爲孝宗下詔「太子參決庶務」，將造成父子嫌隙與朝中紛爭，所謂「天無二日，民無二王。……蓋宗乎二人，則向背之心生；向背之心生，則彼此黨立；彼此黨立，則讒間之言必起，父子之隙必開。」〔註93〕其後，孝宗父子的皇權衝突，朝中彼此黨立現象白熱化，光宗即位後三個月，道學的庇護者周必大罷相，甚至連尤袤也因被指爲周必大黨而遭牽連，果然讓楊萬里的擔憂成爲事實。淳熙十五年（1188），楊萬里因上疏駁政敵洪邁關於太廟高宗室配饗之議，力主張浚應配饗高宗廟祀，因言辭過於激烈，得罪孝宗而外貶筠州，更使他切身體驗了黨禍的可畏。淳熙十六年（1189）秋，楊萬里從筠州被召爲秘書監〔註94〕，此時正是孝宗父子開隙，彼此黨立的動盪時局，在被召回京途中，寫下卷二十六〈觀水歎二首〉，其一云：

> 我方臥舟中，仰讀淵明詩。忽聞灘聲急，起視惟恐遲。……眷然慨此水，念我年少時。迄今四十年，往來九東西。此日順流下，何日泝流歸。出處未可必，一笑姑置之。（冊42，頁26426）

「忽聞灘聲急，起視惟恐遲」，詩中藉江水湍急、亂石阻隔，水路難行及氣候的改變，暗示孝宗父子開隙、動盪的時局變化及仕途之險惡，在第二首中，更以「屢過屢驚顧」透露驚恐畏懼之情。在道學朋黨之爭中，楊萬里雖未遭受到慘酷的迫害，但由其詩中屢屢以「蠻觸幾百戰」來形容黨爭的險惡，即可知其畏懼之心，因此，詩中「仰讀淵明詩」、「何日泝流歸」，即表明追慕淵明的歸隱之志，且因其「獨與淵明親」的精神武裝，使誠齋對於出處之事，可以一笑置之。

〔註93〕同註66，卷62，頁592。見〈上皇太子書〉。

〔註94〕見〈秘書監告詞〉：「……敕朝議大夫直秘閣知筠州軍州事楊萬里，……可特授秘書監。」同註66，卷133，頁702。

紹熙三年（1192），楊萬里托病辭官，使他一直以來追慕淵明「守拙歸園田」的心願得以達成，因此作了〈和淵明歸去來兮辭〉自我表白。此詩題下誠齋自注云：「予倦游半生，思歸不得。紹熙壬子，予年六十有六，自江東漕司移病自免。蒙恩守贛，病不能赴，因和〈歸去來兮辭〉以自慰。」〔註95〕其辭曰：

> 歸去來兮，平生懷歸今得歸。有未歸而不懌，豈當懌而更悲。媿一陶之不若，庶二踈兮可追。肖令威之歸遼，喟物是而人非。……如鹿得草，望綠斯奔。如鶴出籠，豈復入門。……月喜予之言歸，隮清暉而照顏。山喜予以出迎，相勞苦其平安。江喜予而舞波，擊碎雪於雲關。紛鄰曲之老穉，羌堵牆以來觀。沸里巷之犬雞，亦喜翁之蚤還。驚鬢鬚之兩霜，尚赳赳而桓桓。歸去來兮，半天下以倦游，飢予驅而予出，奚佚飽而無求。觀一簞之屢空，躬自樂而人憂。……矧先人之敝廬，有一壑兮一丘。後千尋兮茂林，前十里兮清流。……對天地而一哂，酢風光以千詩。柢槁莖與朽殼，豈復從詹尹而決疑。（冊42，頁26669）

楊萬里托病辭官，「平生懷歸今得歸」，改變了「倦游半生，思歸不得」的內心交逼，從仕途的「亂石厄江水」、「屢過屢驚顧」，轉向「一壑兮一丘」、「後千尋兮茂林，前十里兮清流」的清閑退隱生活。從道學黨爭中潛身而退，得以避禍全身，不可否認，這種「獨與淵明親」的精神，確實發揮了消弭疲憊、安頓心靈的作用。因此，本詩篇首即揭示：「歸去來兮，平生懷歸今得歸。」興奮之情，溢於言表。「如鹿得草，望綠斯奔。如鶴出籠，豈復入門。」則呼應了陶淵明「久在樊籠裡，復得返自然」的自由宣言。「月喜予之言歸，隮清暉而照顏。山喜予以出迎，相勞苦其平安。江喜予而舞波，擊碎雪於雲關。紛鄰曲之老穉，羌堵牆以來觀。沸里巷之犬雞，亦喜翁之蚤還。」則以移情手法描述月、山、江，以及鄰曲老稚、里巷雞犬，皆沾染了自己回歸

〔註95〕同註20，頁26668。

的喜悅之情。「驚鬢髯之兩霜，尚赳赳而桓桓。」則表達了退隱之後堅定的節操。「觀一簞之屢空，躬自樂而人憂。」則書寫一己安貧自適之狀，如淵明「環堵蕭然，不蔽風日，短褐穿結，簞瓢屢空」，卻依然貧而不寠，自適自樂。「對天地而一哂，酢風光以千詩。」則自詡追尋如陶淵明「臥北窗下，涼風時至，自謂羲皇上人。」那般優哉游哉、任眞自得的生命境界。「柢槁莖與朽殼，豈復從詹尹而決疑。」則表達一己堅定不疑的退歸之志。詹尹，爲古卜筮者之名。《楚辭・卜居》云：「心煩慮亂，不知所從。乃往見太卜鄭詹尹。」〔註 96〕故此句即表明對於自己的退隱之志，不須「假蓍龜以決之」，不再心煩意亂，不再迷惘之意。因此，楊萬里退休南溪之上，〈和淵明歸去來兮辭〉正是「獨與淵明親」的堅定自白，以淵明面對「簞瓢屢空」、「不蔽風日」的窘迫，仍能貧而不寠、悠然自得的精神，化解內心因遭貶處窮、朋黨爭鬥所帶來的沉重鬱悶，從而保持本眞的澄明。另外，卷四十三〈趙平甫幽居八操——北窗操〉亦云：

> 一枕之甘，萬户不顧。清風之快，萬玉不價。爲我謝避俗翁，誰在羲皇之下。（冊 42，頁 26672）

「一枕之甘，萬戶不顧。清風之快，萬玉不價。」昭示了隱遁避世之志堅定不移，自在自適的隱逸生活，是詩人的無價之寶。楊萬里的「獨與淵明親」，在以下諸詩中亦得以見及：

> 已賡彭澤辭，更擬輞川詩。未老還山了，猶嫌歸較遲。（冊 42，卷三十〈蘚林五十詠——歸來橋〉，頁 26470。）
>
> 西風破幽馥，東籬散清好。淵明不可作，邂逅蘚林老。（冊 42，卷三十〈蘚林五十詠——菊坡〉，頁 26474。）
>
> 避世無功酒，臨流元亮詩。鶴鳴入天聽，葉下報秋悲。（冊 42，卷三十〈蘚林五十詠——東皋〉，頁 26474。）
>
> 三徑初開自蔣卿，再開三徑是淵明。誠齋奄有三三徑，一徑花開一徑行。（冊 42，卷三十六〈三三徑〉，頁 26561。）

〔註 96〕同註 85，卷 5，頁 214。

> 菊生不是遇淵明，自是淵明遇菊生。歲晚霜寒心獨苦，淵明元是菊花精。（冊 42，卷三十七〈賞菊四首〉之三，頁 26577。）

上述諸詩可以明顯見出，楊萬里退隱生活全然以淵明的躬耕隴畝、採菊東籬的悠然自適爲效法對象。紹熙三年九月，誠齋托病辭官返回故鄉，開始了退休生活，自闢東園，疊假山、鑿小池，正如〈三三徑〉一詩題下自注：「東園新開九徑，江梅、海棠、桃、李、橘、杏、紅梅、碧桃、芙蓉，九種花木，各植一徑，命曰三三徑。」〔註 97〕「三徑初開自蔣卿，再開三徑是淵明。」此詩開頭先說明「三三徑」命名由來，蔣卿即蔣詡，陶淵明集卷七與子儼等疏云：「蔣元卿之去袞州還杜陵，荊棘塞門，舍中有三徑，不出，唯二人從之遊，時人謂之二仲。」〔註 98〕後即以「三徑」爲歸隱者之家園。晉、陶潛〈歸去來兮辭〉亦云：「三徑就荒，松菊猶存。」〔註 99〕楊萬里即取蔣詡、陶潛之「三徑」，名爲「三三徑」，以稱自己歸隱之家園。「誠齋奄有三三徑，一徑花開一徑行」，悠然自得的歸隱之情見於詩中。卷三十七〈賞菊四首〉之三：「歲晚霜寒心獨苦，淵明元是菊花精。」淵明愛菊，詩人「獨與淵明親」，藉賞菊稱賞淵明之志，以菊殘傲霜枝讚賞淵明「不爲五斗米折腰」，慨然賦歸之志，在稱賞淵明的同時，也即是對自己效法淵明精神歸臥南溪的肯定。

綜上所述，南宋文人對陶淵明精神的追尋，主要是爲排遣因黨爭之惡所造成的情累，並以之攻克心役，以期在自我鎮定中安頓心靈，尋得一精神的止泊處。同時，也是對其用世之志遭受阻挫的一種補償。楊萬里雖未直接遭受黨禍牽連，但籠罩心中的情累，在追慕淵明精神中得以排遣，在「獨與淵明親」中也得以沉澱。

〔註 97〕同註 20，頁 26561。

〔註 98〕〔晉〕陶潛撰：《陶淵明集》（台北：臺灣商務印書館，1986 年 3 月，影印文淵閣四庫全書本），卷 7，頁 525。

〔註 99〕同註 98，卷 5，頁 514。

第三節　范成大詩中的隱逸情懷

南宋四大家中，范成大仕宦生涯最爲顯達。高宗紹興二十四年（1154）進士及第之後，仕宦之路幾乎一路順遂，所謂「外宦至方伯連帥，內官登侍從二府。」〔註 100〕從州守到制置使、安撫史，任職之內均能興利除弊，受到人民愛戴；奉使北行更抗辭不屈，全節歸來，贏得朝野讚賞，成就其仕途的光榮時刻。雖然，成大從政時期銳意進取、篤志事功，但早年接連遭逢父喪、母喪，淪落爲孤兒，曾在昆山縣薦嚴資福禪寺居寺讀書，與僧佛保持密切交往，參禪論佛。受到佛老思想的影響，使其早已流露隱逸情懷；加上晚年因長期臥病（苦風眩），朝廷當權派的排擠和思想中濃厚的佛老氣息，都使范成大晚年益發消極遁世，詩中也常抒發仕隱之情，本節將分別予以闡釋。

一、官場挫折、疾病糾纏與退隱之思

范成大順遂的仕宦生涯，從高宗紹興二十四年，除徽州司戶參軍起，乾道六年（1170），充金國祈請信史使金，遷中書舍人，淳熙二年（1175），除四川安撫置使，至淳熙十年，以疾奉祠。淳熙十五年，又被起知福州，但未赴。光宗紹熙三年（1192），更加資政殿大學士知太平州，直至紹熙四年卒，在四大家中，官運最爲顯達亨通。然而，不可避免的，其仕宦生涯中也有幾次挫折的經歷。如：乾道二年（1166）二月，除尚書吏部員外郎，「三月，爲言者論罷，旋領宮祠。」〔註 101〕主管台州崇道觀。又淳熙五年（1178）四月，拜參知政事兼權修國史日曆，六月，「爲言者論罷，奉祠，返里，賦〈初歸石湖〉。」〔註 102〕亦即范成大在副宰相任職二月後，因與孝宗政見不合，御史藉故彈劾，因此獲罪落職，領祠祿返鄉。〈神道碑〉對此事之記載云：

〔註 100〕于北山：《范成大年譜》（上海：上海古籍出版社，2006 年 6 月），頁 2。

〔註 101〕同前註，頁 94。

〔註 102〕同前註，頁 275、276。

才兩月，前御史亟論公，公即出門。明日宣押奏事，引咎而已。……公請以本官奉祠，詔如所乞，提舉臨安府洞霄宮。〔註 103〕

《宋史・范成大本傳》亦記載：「拜參知政事，兩月，爲言者所論，奉祠。」〔註 104〕所謂「言者所論」，上述史書均未言明爲何人。據于北山《范成大年譜》考證：「今考知此言者，即當時任侍御史之謝廓然。」〔註 105〕因謝廓然是依附曾覿進身，爲曾黨一員，而石湖早年與張說、曾覿不睦，此時身爲參知政事，曾黨必不能容忍其久立於朝，剛好此年正月范成大初任知貢舉之命，謝廓然即對貢舉事有所論列，欲使成大無所措手足，以開啓釁端。當時，范成大有感於朝政日非，早萌退意，又因小人得志，自知非己力所能獨自抗衡，因此「引咎」遁避，自請奉祠洞霄宮，於六月返回故里。

另外，病痛的折磨也是成大奉祠的原因。如淳熙十年（1183）時，「因苦風眩，自夏徂秋，五上章求閒。八月三十日除資政殿學士，提舉臨安府洞霄宮。」〔註 106〕淳熙十六年時，赴福州任上，行至婺州（浙江金華）時，也「稱疾力請奉祠」〔註 107〕。而另一個影響成大晚年退歸之思的原因，是紹熙三年（1192）時因痛失愛女，「遂請納祿」，傷心歸返故里。《年譜》對此事亦有記載：

加資政殿大學士知太平州，數辭不允，五月之官。……到任甫逾月，次女卒，託楊萬里爲作哀辭，遂請納祿。〔註 108〕

楊萬里《誠齋集》卷四十五有〈范女哀辭〉云：

〔註 103〕〔宋〕周必大撰：《文忠集》（台北：臺灣商務印書館，1986 年 3 月，影印文淵閣四庫全書本），卷 61，頁 648。見〈資政殿大學士贈銀青光祿士大夫范公成大神道碑〉一文，本文皆簡稱爲〈神道碑〉。

〔註 104〕同註 7，卷 386，頁 300。

〔註 105〕同註 100，頁 283。

〔註 106〕同註 100，頁 321。

〔註 107〕同註 100，頁 365。

〔註 108〕同註 100，頁 393。

> 石湖先生參政范公有愛女，……年十有七，紹熙壬子五月，從公泛舟，之官當塗。至公舍得疾，旬日而逝。公哀痛不自制。〔註 109〕

可見，痛失愛女使范成大晚年銳意之志不再，因此請歸石湖，直至紹熙四年（1193）秋，因疾病加劇，遂請致仕，不久即過世。

綜上所述，范成大之仕宦生涯、疾病糾纏及喪親之痛等，均是其退歸之思益發明顯的因素。同時，石湖早年喪親及居寺讀書期間，與佛僧往來，受到佛老思想的影響，歸隱之志實早已顯露端倪。以下分別加以闡述。

二、隱逸情懷在范成大詩中的呈現

范成大仕宦雖較順遂，但誠如上述，官場糾葛在所難免，因此詩中亦不乏避禍全身、排除情累之思，以及向陶淵明尋求精神之資源的傾向。另外，以其晚年隱居之地石湖爲題的詩作，則表達一種徜徉湖山、安頓身心之情，也是其隱逸詩作的一大特色。

（一）隱逸石湖的退歸之樂

范成大作爲田園詩的集大成者，其詩作將田園農家題材與憂民、憂農意識結合，成爲一有機整體。此項特色被視爲范成大對田園詩的重大貢獻，已如前章所述。本節所要討論的是，其歸隱石湖後心態的轉變，亦即步下勾心鬥角、醜惡紛擾的宦海生涯後，湖光山色給予其身心靈的安頓慰藉。

范成大「外宦至方伯連帥，內官登侍從二府」，在四大家中最爲顯達，因此，能以多年優厚俸給，在故鄉建造「園林之勝，甲於東南」的石湖別墅，〔註 110〕作爲晚年退休之所，並在城內宅南開闢了花木扶疏、日涉成趣的范村，〔註 111〕可以經常與來訪友人詩酒流連湖光山色中。可見，范成大的退隱，在物質生活條件上遠勝於陸游與楊萬

〔註 109〕 同註 66，卷 45，頁 487。
〔註 110〕 同註 100，頁 2。
〔註 111〕 同前註。

里，因此其隱逸情懷的詩作，也較無陸游的貧甚飢寒之語。

石湖位於蘇州城西南十里，是太湖的一個支脈，與姑蘇臺相距約半里，風光優美，是詩人晚年卜居之地。范成大詩中以「石湖」爲題的作品，即頗多自抒閒適自得心境與退歸之樂。如卷二十〈初歸石湖〉詩云：

> 曉霧朝暾紺碧烘，橫塘西岸越城東。行人半出稻花上，宿鷺孤明菱葉中。信脚自能知舊路，驚心時復認鄰翁。當時手種斜橋柳，無限鳴蜩翠掃空。（冊 41，頁 25938）

此詩是淳熙五年在參知政事任上，遭御使藉故彈劾，獲罪落職，返鄉後所作。雖然是「獲罪落職」，領祠祿返歸故里，但詩人卻無落寞憤激之氣，反而帶著一種愉悅之情歸返石湖。首二句先指明石湖所在位置，在「橫塘西岸越城東」。三、四句寫一路所見景物，「行人半出稻花上，宿鷺孤明菱葉中」，觀察細膩中還帶有一種諧趣。五、六句接寫舊時路與鄰翁，昔日種種，一一浮現眼前，帶給詩人親切熟悉感。末二句則寫昔日親手栽種的柳樹，以及樹上一片蟬鳴的熱鬧景象迎接歸人，此時宦場的不如意一掃而空，詩人的喜悅之情盡現於詩中，完全不見怨恨惆悵的罷官沮喪。可見，歸返石湖恰與其心意相互契合。又如卷二十八〈三月十六日石湖書事三首〉之三亦云：

> 湖光明可鑑，山色淨如沐。閒心愜舊觀，愁眼快奇矚。依然北窗下，凝塵滿書簏。訪我烏皮几，拂我青氈褥。荒哉賦遠遊，幸甚遂初服。老紅餞餘春，眾綠自幽馥。好風吹晚晴，斜照入疎林。兀坐胎息勻，不覺清夢熟。（冊 41，頁 26014）

「湖光明可鑑，山色淨如沐」，寫石湖風光可以洗滌詩人的愁眼；「荒哉賦遠遊，幸甚遂初服」，則自我慶幸歸隱抉擇的正確；「好風吹晚晴，斜照入疎林。兀坐胎息勻，不覺清夢熟。」寫石湖晚照、清風令詩人身心俱適，其退歸生活愜意如此。

另外，詩人仕宦在外，未歸之際，也常有懷歸石湖之作。如：

> 午行清湘縣，妍暖春事嘉。柴荊鬧桃李，冥冥一川花。故

園豈少此，愈此百倍加。我寧不念歸，顧作失木鴉。百年北窗涼，安用天一涯。君恩重喬嶽，敢計征路賒。鄉心與官身，鑿枘方聱牙。橘柚走珍貴，何如繫匏瓜。明當復露奏，天日臨幽遐。儻許清江使，曳尾還汙邪。（冊 41，卷十五〈清湘縣郊外雜花盛開有懷石湖〉，頁 25878。）

浩蕩沙鷗久倦飛，摧頹櫪馬不勝鞿。官中風月常虛度，夢裡關山或暫歸。橘社十年霜欲飽，鱸江一雨水應肥。冷雲著地塘蒲晚，誰爲披蓑煖釣磯。（冊 41，卷十七〈有懷石湖舊隱〉，頁 25910。）

〈清湘縣郊外雜花盛開有懷石湖〉一詩，寫詩人行至清湘縣，見郊外花團錦簇，春事甚嘉的情景，因而想起石湖故居景物之美，更有過之，「故園豈少此，愈此百倍加」，並由此而勾起懷歸之思。「我寧不念歸，顧作失木鴉。百年北窗涼，安用天一涯。」與其仕宦天涯，歸臥北窗之下更是詩人心之所向，但念及職務在身，總無法如人所願，「鄉心與官身，鑿枘方聱牙。」仕與隱的掙扎，在詩人內心交相煎逼。然而，對隱逸的眷戀最終仍戰勝仕宦之志，「儻許清江使，曳尾還汙邪。」則以《莊子》寓言說明了詩人的歸隱之志，《莊子・秋水》云：「莊子釣於濮水，楚王使大夫二人往先焉，曰：『願以竟內累矣。』莊子持竿不顧，曰：『吾聞楚有神龜死已三千歲矣，王巾笥而藏之廟堂之上，此龜者，寧其死爲留骨而貴乎？寧其生而曳尾於塗中乎？』二大夫曰：『寧生而曳尾塗中。』莊子曰：『往矣，吾將曳尾於塗中。』」〔註 112〕由此可知，成大對仕宦虛名視如浮雲，同樣「寧生而曳尾塗中」，以歸隱爲念。〈有懷石湖舊隱〉一詩，「浩蕩沙鷗久倦飛，摧頹櫪馬不勝鞿。官中風月常虛度，夢裡關山或暫歸。」寫出久宦思歸、慨嘆虛度時光之情，思念之甚，連夢魂都返歸石湖舊隱。詩末「冷雲著地塘蒲晚，誰爲披蓑煖釣磯。」則以自責之語慨嘆身仍未歸，一竿風月、一蓑煙雨的垂釣隱逸之樂，至今還只能在夢中思念。

〔註 112〕同註 31，卷 6，頁 15。

未歸石湖時魂牽夢縈的思念，到眞歸時則化爲雀躍歡欣的眞情流露。如卷十一〈初約鄰人至石湖〉詩云：

> 窈窕崎嶇學種園，此生丘壑是前緣。隔籬日上浮天水，當户山横匝地煙。春入葑田蘆綻筍，雨傾沙岸竹垂鞭。荒寒未辦招君醉，且吸湖光當酒泉。（冊 41，頁 25842）

「窈窕崎嶇學種園，此生丘壑是前緣」，以躬耕隴畝，融入農家生活的閒適，昭告自己與丘壑山林的緣份；「荒寒未辦招君醉，且吸湖光當酒泉」，則呈現出嚮往自然回歸林泉，徜徉湖光的悠閒自適。又如以下諸詩，也是在湖光瀲影中抒發歸隱之樂。如：

> 走徧塵埃倦鳥還，故鄉元在水雲間。黃粱飯裡夢魂醒，青箬笠前身世閒。鷗鷺飛來俱玉立，松篁歲晚各蒼顔。岷峨交舊如相問，鐵鎖無扃任客攀。（冊 41，卷二十〈次韻蜀客西歸者來過石湖并寄成都舊僚〉，頁 25939。）

> 契闊相逢一笑歡，當年森桂共驂鸞。試談舊事醒村酒，仍趁新晴暖客鞍。梅粉都皴啼宿雨，柳黃不展噤春寒。從今鼎鼎多幽事，仍喜蛙聲不在官。（冊 41，卷二十〈與游子明同過石湖〉，頁 25941。）

> 曲誤不須顧，客狂當好看。日斜雙槳急，風駛夾衣寒。謄説歸田樂，休歌行路難。石湖三萬頃，何處覓憂端。（冊 41，卷二十〈次韻同年楊使君回自毘陵同泛石湖舟中見贈〉，頁 25943。）

> 何須駟馬衒鄉關，只作歸農老圃看。夢裡曾腰緒結佩，年來新著惰遊冠。和煙種竹聊醫俗，帶月聞蛙不在官。久矣此心恬不動，如今併與此身安。（冊 41，卷二十〈晚歸石湖〉，頁 25948。）

上述諸詩，或與友朋泛舟湖上，詩酒流連湖光山色中，再次肯定歸隱之志，並在山光水色中安享歸隱之樂。「走徧塵埃倦鳥還，故鄉元在水雲間。黃粱飯裡夢魂醒，青箬笠前身世閒」，乃悟昨非而今是，倦鳥知返，仕宦風波險惡，昨日種種彷如黃粱一夢，詩人之歸隱石湖，正如從虛偽夢境返回自然純真的境地，因此，上述諸詩中屢言退歸之樂事：「從今鼎鼎多幽事，仍喜蛙聲不在官」、「石湖三萬頃，何處覓憂端」、「和煙種竹聊醫俗，帶月聞蛙不在官」、「久矣此心恬不動，如今併與此身安」，一派輕鬆自在，以歸園田居自樂，以石湖風光解憂，官場上的爭端醜惡，均被「石湖三萬頃」的波光剪影給消融於無形；畏禍及身的情累，也因湖水的洗滌而沖淡。「何須駟馬銜鄉關，只作歸農老圃看」，回歸鄉里後，詩人以老農自居，和煙種竹、帶月聞蛙，無官一身輕，自在自適之情流動於詩行之間。

（二）和樂融融的石湖農村風俗畫

除了徜徉於湖光翠色，享受自然的洗禮外，范成大在詩中也描述了與石湖農村居民的和諧互動。如卷二十八〈三月十六日石湖書事三首〉之一云：

> 春事日已闌，暑陰正清美。拖笻入林下，秀綠照衣袂。盧橘梅子黃，櫻桃桑椹紫。荷依浪花顫，簡破苔色起。風日收宿陰，物色有新意。鄰曲知我歸，爭來問何似。病惱今有無，加飯日能幾。掀髯謝父老，衰雪已如此。（冊 41，頁 26013）

「鄰曲知我歸，爭來問何似。病惱今有無，加飯日能幾。掀髯謝父老，衰雪已如此。」從這幾句簡單的日常關心與問候語，足見范成大退歸石湖後與鄰里父老相處和諧融融。又如卷三十三〈閏月四日石湖眾芳爛熳〉詩云：

> 北垞南岡總是家，兒童隨逐任讙譁。開嘗臘尾蒸來酒，點數春頭接過花。盡把園林蒙錦繡，多添門戶鎖煙霞。杖藜想被春風笑，扶卻衰翁管物華。（冊 41，頁 26052）

「北垞南岡總是家，兒童隨逐任讙譁。」寫鄉里兒童的歡快嬉鬧；「盡把園林蒙錦繡，多添門戶鎖煙霞。」則寫盡石湖初春眾芳爛熳景致；「杖藜想被春風笑，扶卻衰翁管物華。」可以想見詩人亦融入這幅眾芳紛飛、繽紛燦爛的春景中。兒童、衰翁、石湖煙霞錦繡，交織成詩人退歸的田園之樂圖。當然，書寫農村風俗及與石湖農村居民和諧互動之作，決不能忽略其代表作《四時田園雜興六十首》，這組詩寫於宋孝宗淳熙十三年（1186）詩人退居石湖時，詩題下范成大自注云：

> 淳熙丙午，沉痾少紓，復至石湖舊隱。野外即事，輒書一絕，終歲得六十篇，號《四時田園雜興》。〔註 113〕

這組大型田家詩，除隱含詩人個人徜徉田園四季風光變化的樂趣之外，更能生動眞實地寫出農家的憂歡悲喜，以及描繪出農家的勞動生活，並且也把江南農村的風俗習慣收入詩篇中，宛如一幅農村風俗畫，〔註 114〕而詩人悠閒自在的退歸生活也靈動如在目前。如卷二十七〈春日田園雜興十二絕〉之三與之五：

> 高田二麥接山青，傍水低田綠未耕。桃杏滿村春似錦，踏歌椎鼓過清明。（之三，冊 41，頁 26002。）

> 社下燒錢鼓似雪，日斜扶得醉翁回。青枝滿地花狼藉，知是兒孫鬥草來。（之五，冊 41，頁 26002。）

〈春日田園雜興十二絕〉之三，是寫清明所見的景象與習俗。「高田二麥接山青」，二麥指大麥與小麥，因麥怕水耐旱，所以江南農民將二麥種在高田裡，遠望時麥子的青色與山上的草色連成一片碧綠風光。「傍水低田綠未耕」，因清明正是浸種的時候，每石種子澆幾碗冰水可以解除暑氣，所以浸種之時，農田尙未耕耘。由這句詩也可發現，詩人對於耕種季節觀察入微。後二句寫插秧之前農民趁閒慶祝節日。「桃杏滿村春似錦，踏歌椎鼓過清明」，所描寫的正是南宋時鄉下農村流行的以「踏歌椎鼓」過清明的習俗。〈春日田園雜興十二絕〉之

〔註 113〕 同註 20，頁 26002。

〔註 114〕 按，于北山先生指出《四時田園雜興六十首》：「舉凡四時朝暮景物之變化，陰晴雨雪對農業生產之關係，男女老幼對蠶桑勞動之熟稔與喜愛，對歲收豐歉歡笑愁苦之情，剝削階級迫害剝削之殘酷，乃至地方風土，節日習俗，無不盡收眼底，統攝毫端，歷歷在目，栩栩如生，既是江南農村之風景畫，亦是勞動人民之耕織圖，蓋非久居農村，留心觀察，深入體會者不能著筆也。」同註 100，頁 350。由此也可印證：范成大退歸園田，觀察入微，用情至深，田園湖光山林之樂，早已消解仕宦場上的爭端怨怒。

五，「社下燒錢鼓似雪」是寫春社時農民祭社公的熱鬧情景，如《荊楚歲時記》云：

> 社日，四鄰並結宗會社，宰牲牛，爲屋於樹下，先祭神，然後享其胙。〔註115〕

春社的祭祀是祈祝豐收的重要節日，因此，焚燒紙錢財帛討好社神，並敲鑼打鼓製造熱鬧氣氛，是社日常見的景象。「日斜扶得醉翁回」，即爲吃完祭肉、喝完祭酒後，父老醉歸的景況。「青枝滿地花狼藉，知是兒孫鬥草來」，也是描寫當時的一種遊戲——「鬥百草」〔註116〕活動，這種活動是找些奇異花草互相比賽，以新奇或品樣多者獲得勝利。在詩中，對於「鬥百草」的過程並沒有加以描寫，而是由醉歸老人眼中所見景象「青枝滿地花狼藉」，呈現出先前活動的熱鬧景象。此詩不僅具有民俗價值，同時也抒發了農村生活悠然動人的情致，具有庶民生活的氣息，也是詩人融入農家生活的體驗。又如卷二十七〈晚春田園雜興十二絕〉之六、之十二：

> 三旬蠶忌閉門中，鄰曲都無步往蹤。猶是曉晴風露下，采桑時節暫相逢。（之六，冊41，頁26003。）
>
> 烏鳥投林過客稀，前山煙暝到柴扉。小童一棹舟如葉，獨自編闌鴨陣歸。（之十二，冊41，頁26003。）

〈晚春田園雜興十二絕〉之六一詩，「三旬蠶忌閉門中，鄰曲都無步往蹤」，由寫蠶禁入手，表現農民勞動的情況與農業社會中的習俗。蠶忌習俗由來已久，如《禮記‧月令》記載，每年季春之月（三月），國家要舉行與蠶事相關的祭祀活動，並有諸多禁忌規定。《禮記‧月

〔註115〕〔梁〕宗懔撰：《荊楚歲時記》（台北：臺灣商務印書館，1986年3月，影印文淵閣四庫全書本），頁19。

〔註116〕按，「鬥百草」活動最早見於《荊楚歲時記》，本是南朝時風俗，唐時相沿下來，不過，時間卻在端午節。至於南宋時是否仍有此習俗？在《東京夢華錄》、《武林舊事》、《夢梁錄》中，並無記載，但從范成大此詩看來，鬥草遊戲活動在南宋仍存在，只是改爲在社日舉行。參見繆鉞等撰：《宋詩鑑賞辭典》（上海：上海辭書出版社，2004年3月），頁1042。見劉逸生賞析。

令》云：

> 季春之月，……后妃齋戒，親東鄉，躬桑禁，婦女毋觀，省婦使以勸蠶事。蠶事既登，分繭稱絲，效功以共郊廟之服，無有敢墮。〔註117〕

由於當時農民還無法完全認識養蠶的規律，所以對於蠶桑的豐歉，有神祕感及諸多禁忌和傳說，如有女化蠶，以衣披於人間，而成爲「馬頭娘神」等。既化爲神祇，則須虔心祝禱，故多禁忌。《宋代文化史》關於「蠶神」的說明爲：

> 蠶神主要是先蠶，宋徽宗以前多是遣官祭祀，宣和時以皇后親祀，諸命婦陪祭，是爲「親蠶」。民間祭祀蠶神之禮，據秦觀《蠶書・禱神》云：「臥種之日，升香以禱天駟，先蠶也。割雞設醴以禱婦人寓氏公主，蓋蠶神也。毋治堰，毋誅草，毋沃灰，毋室入外人，四者，神實惡之。」〔註118〕

所謂「先蠶」、「寓氏公主」兩個神祇，實際上是在強化養蠶季節的特殊規則，亦即須專心、講究衛生、防止外人入室中干擾，以避免傳染病毒，這些禁忌對出絲實有積極作用。因此，詩中「鄰曲都無步往蹤」即描寫農曆三月蠶忙時節，禁忌百端，家家戶戶柴門緊閉不相往來，只有出外採桑時短暫相逢的狀況。范成大這首春日田園雜興之作，顯現了詩人對鄉里細微景致的觀察與對農家生活民俗的關注，同時，也將歸隱石湖的生活融入這幅風俗畫中。〈晚春田園雜興十二絕〉之十三，這首詩主要是描寫夕陽西下的石湖晚景，「烏鳥投林過客稀」，點明倦鳥歸巢，人煙越來越稀少。「前山煙暝到柴扉」，暮靄籠罩柴門，指暮色漸深沉。「小童一棹舟如葉，獨自編闌鴨陣歸。」小童獨自划著小船，驅趕著鴨群歸來，作者在景物的描寫中，勾勒出一幅石湖向晚的悠閒畫面，也顯現了詩人細部的觀察與深入的感受，並沉浸於農村平凡而有味的生活美景中。

〔註117〕〔漢〕鄭玄注、〔唐〕孔穎達疏：《十三經注疏——禮記》（台北：藝文印書館，1993年9月），頁304。

〔註118〕姚瀛艇主編：《宋代文化史》（開封：河南大學出版社，1999年12月），頁567。

由以上諸詩可以得知，范成大以深入生活，切近實際的眼光，融入田園農家的生活，而淳樸的農家生活場景與農村民俗，也成了他的精神寄託，並從農村生活的氣息中，品味出歸於平淡的生活美學。因此，詩人飽受宦海風波摧殘的心靈，便因和樂融融的農家田園而得到撫慰與平復。

（三）不為物累、心空無待的詩思

范成大在與友朋詩酒相尚、互相往來酬唱中，除了上述自陳其率眞自然，不事功名的隱逸情懷外，也抒發其不爲物累、傾情山水之樂的志趣。如卷二十〈次韻同年楊廷秀使君寄題石湖〉之二云：

> 半世輕隨出岫雲，如今歸作臥雲人。小山有賦招遊子，大塊無思佚老身。禪版夢中千嶂曉，鬢絲風裡萬花春。新年社瓮鵝黃滿，賸醉田頭紫領巾。（冊 41，頁 25942）

前四句詩中呈現出「歸作臥雲人」後，適性逍遙，不爲物役的詩思，擬以山水清暉洗淨胸中多年積垢；後四句寫恍然大悟半世輕出之非，如今則彷如從夢中清醒，並表現出一種自在自適之情。崔敦禮在〈石湖賦〉中曾記載了他與范成大的一段對話，可以印證成大不爲物累、傾情山水之樂的志趣。其云：

> 崔子問於石湖先生曰：「富貴人所願，閑寂不可居。位通顯者有洋洋之志，處幽曠者懷戚戚之悲，此人之常情也。先生芥鍾鼎而不盼，屣軒冕而若遺。居無墻宇之飾，而丘壑以爲樂；家無珠玉之玩，而泉石以爲資，不已迂乎？」先生莞爾而笑曰：「子安知予之眞樂哉？寓形宇宙間，身世同浮萍。吾嘗委心任去留，奚肯逐物而營營？時乎見用，則進而上紫微之掖；一朝遇坎，則退而歸石湖之耕。方其余在紫微，未嘗忘江湖之夢；及其余之耕石湖也，益自覺公侯之輕。蓋山林斯余之至樂，而簪紱不能以攖情者也。」〔註 119〕

〔註 119〕〔明〕解縉等纂：《永樂大典》（北京：中華書局，1998 年 4 月），卷 2266，頁 804。

由崔敦禮與范成大的對話可知，石湖固窮守志、退而獨善其身，且不以退耕爲苦，所謂「一朝遇坎，則退而歸石湖之耕」，又云「蓋山林斯余之至樂，而簪紱不能以攖情者也」，並以山林爲其至樂，高官厚祿均不可易此樂也。同時，在對話中也可以發現老莊思想對其退歸心靈的指引，「寓形宇宙間，身世同浮萍。吾嘗委心任去留，奚肯逐物而營營？」不爲物累，縱身大化，莊老思想安撫了石湖退歸心靈，不以罷官處幽曠而有戚戚之悲，相反的，更開闊其人生境界。以此對話與前述諸詩互相印證，更可確認成大以湖光山色化解情累、自我安頓，體現了南宋得罪處窮者共同的精神追求與創作底蘊。

另外，范成大早年的一些經歷，如喪親後「十年不出」，隱居昆山薦嚴寺，並自號「此山居士」，實早已埋下隱逸之思。友人勸其出仕，行經南徐道中，成大自覺出仕與本心違背，曾作〈南徐道中〉詩自陳：

> 生憎行路與心違，又逐孤帆擘浪飛。吳岫湧雲穿望眼，楚江浮月冷征衣。長歌悲似垂垂淚，短夢紛如草草歸。若有一廛供閉户，肯將篋舫換柴扉。（冊 41，卷一，頁 25754。）

「生憎行路與心違」，可知，出仕是生活所迫的不得已，「若有一廛供閉戶，肯將篋舫換柴扉。」因此，他的歸隱之思與其戀鄉情懷是不可分的。如卷十二〈邯鄲道〉詩亦云：

> 薄晚霜侵使者車，邯鄲阪峻且徐驅。困來也作黃粱夢，不夢封侯夢石湖。（冊 41，頁 25851）

這首詩是使金七十二絕句之一，「不夢封侯夢石湖」，可知石湖故居時刻牽引著詩人的心靈歸向，即使在仕途的巔峰時期，仗節使金途中，思歸之情始終交織於征途。范成大的從政生涯，從出仕到致仕近四十年的時間，有多次提舉主管宮觀，請祠原因除前述獲罪罷職的政治因素外，有很大一部分是個人的身體因素。他在〈問天醫賦并序〉中曾自述：

> 余幼而氣弱，……生十四年，大病瀕死。至紹興壬申，又十三年矣，疼痛疴癢，無時不有。〔註 120〕

〔註 120〕〔宋〕范成大撰：《石湖詩集》（台北：臺灣商務印書館，1986 年 3 月，影印文淵閣四庫全書本），卷 34，頁 839。

淳熙十年以疾請祠時，亦云「因苦風眩」，可見，長期病痛對范成大歸隱之思也深有影響，並因對生命苦痛的深刻體會，使其思想中的佛老之思滲入歸隱的情感中。如卷三十一〈戲題無常鐘二絕〉之二云：

> 合成四大散成空，草木經春便有冬。生滅去來相對待，爲君題作有常鐘。（冊 41，頁 26038）

范成大接受佛家宇宙構思世界的四大元素：地、水、火、風，「四大散成空」，四種元素聚合則生，分散則滅，一切因緣和合，世界也是暫時相聚，是非實體，是空。因此，人也是空，所以說「點檢病身還一笑，本來四大滿虛空。」（卷二十三〈謝範老問病〉，頁 25966。）「生滅去來相對待」，范成大視生死變化爲自然變遷運動的結果，視死生如夢覺晝夜，而仕宦生涯在他看來更是一場夢，官場的勾心鬥角、爭名奪利，就如同蠻觸之爭毫無價值，只有退出官場的閒適生活，才是夢的覺醒，也只有歸隱的生活，摒除功名利祿之心後，才能使心空無待，悟得本眞。如卷二十〈說虎軒夜坐〉一詩云：

> 白雲深處臥癡頑，挂起東窗水月寬。但得好詩生眼底，何須寶刹現毫端。一身莫作官身想，萬境都如夢境看。蟹舍鄰翁能日醉，呼來分與一蒲團。（冊 41，頁 25945）

「一身莫作官身想，萬境都如夢境看。」即以仕宦生涯爲一場夢，而只有歸臥白雲深處，探賞東窗水月，與鄰翁醉眼共賞此美景，心空無待，不汲汲於功名利祿的閒適生活，才是人生的歸宿。又如以下諸詩，也可以發現成大「空」的詩思，如：

> 蠻觸紛拏室未虛，心知懲忿欠工夫。腹須空洞方容物，事過清涼已喪吾。萬仞我山高不極，一團心火蔓難圖。從今立示寒灰觀，笑看蒼黃走鄭巫。（冊 41，卷三十〈蠻觸〉，頁 26032。）

> 偶然寸木壓岑樓，且放渠儂出一頭。鯨漫橫江無奈蝗，鵬雖運海不如鳩。躬當自厚人何責，世已相違我莫求。石火光中爭底事，寬顏收拾付東流。（冊 41，卷三十〈偶然〉，頁 26033。）

病後天魔不戰降，夢中千頃白鷗江。心空境寂聲塵盡，卻愛秋蠅撲紙窗。（冊 41，卷三十一〈放下菴即事三絕〉之二，頁 26039。）

屋角靜突兀，雲下低鴻濛。殘葉颭疎雨，孤花側淒風。北窗午睡起，一笑萬事空。無人共此意，莎階咽微蛩。（冊 41，卷二十九〈壽櫟東齋午坐〉，頁 26022。）

〈蠻觸〉一詩中，對於官場爭名奪利、勾心鬥角，范成大以「腹須空洞方容物，事過清涼已喪吾。」來自我寬解，並指出「萬仞我山高不極」，過度強調自我，反而使心火蔓延，不利於排解情累，因此，須「喪我」，使心空無物，才能笑看世事的「蒼黃反覆」〔註 121〕。〈偶然〉一詩，「鯨漫橫江無奈螘，鵬雖運海不如鳩。」雖也有時不我予，才不爲世所用之嘆，但「石火光中爭底事，寬顏收拾付東流」一語，亦看透官場虛名如夢一場，既然「世已相違」則「我莫求」，唯有放空自己，寬顏以對，才能安頓身心。〈放下菴即事三絕〉之二，則是在長期病痛折磨後所悟得的境界，也以「心空」、「放下」自我慰解，如「心空境寂聲塵盡，卻愛秋蠅撲紙窗。」心空，乃能關注到周遭的細小景物、細碎聲響，更能以欣賞的眼光看待，連平凡不經易的景物，也能引起生活中美的凝視。〈壽櫟東齋午坐〉一詩「殘葉颭疎雨，孤花側淒風」，先描述午後大自然的變化，風雨交逼，而「北窗午睡起，一笑萬事空。」則以「空」的哲思，細細品味周遭歲月流轉，景物變換，對於無情的宦場傾軋，疾病苦痛，能「一笑萬事空」。詩末以「無人共此意，莎階咽微蛩」，回歸一種無須多言的存在樂趣。

〔註 121〕按，《墨子・所染》云：「見染絲者而嘆曰：『染於蒼則蒼，染於黃則黃。所入者變，其色亦變。……』。」李漁叔註譯：《墨子今註今譯》（台北：臺灣商務印書館，1984 年 3 月），頁 11。其後即以「蒼黃」喻事物變化不定，反覆無常。如唐張說〈王氏神道碑〉：「蒼黃反覆，哀哉命也。」

（四）在追和淵明中深化其人生哲思

范成大受「朋黨之惡」牽連不似陸、楊之深，但淵明歸返自然的行動，與成大本身的退歸之思相契合，因此，其詩中或藉誦讀、追和淵明之作，深體其生活哲學，同時，也深化自身的立身之道。如卷三〈時敘火後意不釋然作詩解之〉詩云：

> 潘郎曉衾夢蘧蘧，舞馬竟與融風俱。前驅炎官後熱屬，席捲不貸淵明廬。君家十年四立壁，震風凌雨啼妻孥。平生白眼蓋九州，閉戶不納結駟車。清貧往往被鬼笑，付與一炬相揶揄。……浮生適來且適去，況此茅屋三間餘。掃除劫灰得空闊，新月恰上東牆隅。幕天席地正可樂，爲君鼓旗助歌呼。（冊 41，頁 25768）

此詩於「席捲不貸淵明廬」下自注云：「淵明有火後詩。」亦即藉用陶淵明〈戊申歲六月中遇火一首〉之詩，寬慰友人潘時敘。淵明火後詩之詩云：「草廬寄窮巷，甘以辭華軒。正夏長風急，林室頓燒燔。一宅無遺宇，舫舟蔭門前。……」〔註 122〕淵明遇火後，草屋八九間付之一炬，只能牽小舟爲住室，但詩中仍以「形迹憑往化」自寬，亦即形體本隨遷化而推移，草屋消逝毀壞亦時所必然，從火災中悟得了生命哲思，范成大即以此詩寬慰有相同遭遇的友人潘時敘。潘時敘是石湖居昆山時的詩友之一，成大在此詩中以輕鬆詼諧之語：「君家十年四立壁，震風凌雨啼妻孥。平生白眼蓋九州，閉戶不納結駟車。清貧往往被鬼笑，付與一炬相揶揄。」半開玩笑的安慰友人，家塗四壁之宅付與一炬，也不必太過傷懷，「浮生適來且適去，況此茅屋三間餘？」以人生如寄、事物變化生滅相對之哲理，勸勉潘時敘不必因屋付之一炬而傷神，面對此禍劫，應敞開心懷，「掃除劫灰得空闊，新月恰上東牆隅」，以全新開闊的眼光，重新審視生活周遭。詩末更以歡樂的心情鼓舞友人，「幕天席地正可樂，爲君鼓旗助歌呼」，這種生命境界的體會，與陶淵明〈神釋〉一詩中：「……甚念傷吾生，正宜委

〔註 122〕同註 6，卷 3，頁 100、101。

運去。縱浪大化中，不喜亦不懼。應盡便須盡，無復獨多慮。」〔註123〕的哲思可以互相印證。過於執著，徒傷其生，因此，順其自然，才是安頓心靈的良方。可見，范成大追和淵明精神，除了自我安頓外，也寬慰了友人潘時敘。其他追和淵明之作，如：

> 先生有道抗浮雲，拄頰看山意最眞。霜鬢不堪痟首疾，翠蛾常作捧心顰。官如斯立藍田小，家似淵明栗里貧。俯仰別來蓂莢換，衹今誰與話情親。（冊41，卷八〈次胡經仲知丞贈別韻〉，頁25813。）

> 稺子呼牛女拾薪，山妻自膾小溪鱗。安知曝背庭中老，不是淵明行輩人。（冊41，卷三十三〈田家〉，頁26059。）

〈次胡經仲知丞贈別韻〉是與友人的送別詩，此詩後成大自注云：「經仲與侍兒皆多病，又不樂贊邑，賦〈歸去來詞〉。」〔註124〕詩中讚賞胡經仲的退歸，是「先生有道抗浮雲，拄頰看山意最眞」，而「官如斯立藍田小，家似淵明栗里貧」二句，則以淵明安貧守節的精神勉勵胡經仲，同時，也是對胡經仲爲官廉潔的稱賞。〈田家〉一詩中，呼牛的稺子、拾薪的女兒、「膾小溪鱗」的妻子，與庭中曬太陽的老翁，勾勒出一幅悠然自得、與世無爭的歸隱之樂圖，對田家生活的嚮往，也正訴說著范成大對淵明擺脫塵俗、歸返自然生活的嚮往。

綜上所述，范成大詩中追和淵明之作，不如陸、楊多，且陸、楊二人追和淵明之作，大都以自身遭貶處窮經歷爲核心，並以淵明安貧自適的精神自我紓解；而范成大則在贈友人之詩中追和淵明精神，並深化一己之人生哲思。這是范成大與陸、楊二人追和淵明之作中，值得特別注意的地方。

〔註123〕按，《陶淵明詩箋注》引《鶴林玉露》解此詩曰：「『縱浪大化中』四句，是不以死生禍福動其心，泰然處順，養神之道也。淵明可謂知道之士矣。……此釋氏所謂斷常見也。此公天姿超邁，眞能達生而遺世。」同註6，卷2，頁45、46。

〔註124〕同註20，頁25813。

第四節　尤袤詩中的隱逸情懷

尤袤作品流傳於世不豐，在這些現存詩作中，明顯呈現隱逸情懷的作品約六首左右，如〈凝思堂〉、〈台州四詩〉之二、三、四、〈己亥元日〉、〈大暑留召伯埭〉等，以下將分別予以闡釋。

一、尤袤的仕宦生涯與隱逸之思

尤袤是高宗紹興十八年（1148）進士，其仕宦生涯歷任循吏與諍臣，在地方上，以勤政愛民贏得人民敬重，為立生祠；在朝廷上，則忠言諍諍，善盡職守，其淑世情懷已如前述。自紹興十八年進士後，仕途尚稱順遂，但淳熙十六年（1189）時，曾因「忤姜特立事」而居家二年。

淳熙十六年二月，孝宗禪位於光宗，五月，道學的庇護者左丞相周必大罷相，「姜特立與譙熙載并用事，恃恩無所忌憚，時謂曾、龍再出。」〔註 125〕周必大罷相後，尤袤也隨之被指為周必大黨而去國，所謂「忤姜特立事」，即因當時光宗即位後，開講筵，尤袤上書建議不應破格提拔官員過快，因而為姜特立所猜忌，導致被罷職返鄉。但尤袤並不因此而退卻，仍言所當言，如《宋史・尤袤本傳》所載：

> 立朝抗論，與人主爭是非，不允不已，而能令終完節。〔註 126〕

對於光宗詔加封韓侂冑官職一事，尤袤一再繳奏，倡論「朝廷官爵徇侂冑之求，非所以為摩厲之具也。」〔註 127〕進而觸怒光宗，甚至「手裂其奏章」。由此可見，尤袤個性的耿介直率，能為他獲取清名高節；但同時也使他不免陷於黨爭的傾軋，被迫罷職。所以，即使尤袤的憂國憂民之情見於其任職事蹟行誼中，但隱逸之思仍如影隨形，也散見於詩中。

〔註 125〕同註 71，頁 374。
〔註 126〕同註 7，卷 389，頁 345。
〔註 127〕同註 7，卷 389，頁 335。

另外，尤袤自號「遂初居士」〔註128〕，也透露其隱逸之思。《宋史・尤袤本傳》載：

嘗取孫綽〈遂初賦〉以自號，光宗書匾賜之。〔註129〕

所謂「遂初」，即「返初服」。初服是未仕者之布衣，是相對於官服而言。如〈離騷〉卷一云：「進不入以離憂兮，退將復脩吾初服。」〔註130〕可見，尤袤以孫綽〈遂初賦〉之「遂初」自號的用意深遠。據《世說新語・言語第二》云：「孫綽賦遂初，築室畎川，自言見止足之分。」其下注引〈遂初賦敘〉曰：「余少慕老莊之道，仰其風流久矣。卻感於陵賢妻之言，悵然悟之，乃經始東山，建五畝之宅，帶長阜，倚茂林，孰與坐華幕擊鐘鼓者，同年而語其樂哉。」〔註131〕因此，尤袤自號「遂初居士」，即表達其效法孫綽「建五畝之宅，帶長阜，倚茂林」，回歸隴畝、布衣躬耕之意。陸、楊二人皆有關於「遂初堂」之詩與尤袤往來，如楊萬里〈題尤延之右司遂初堂二首〉之一云：

漫仕風中絮，歸心水上鷗。把茅新結屋，藜杖舊經丘。
花底春勾引，燈前夜校讎。何如添我住，二老更風流。
（冊43，卷二十，頁26342。）

「漫仕風中絮，歸心水上鷗」，開頭即點明歸心，可見楊萬里深知尤袤「返初服」的思歸心態。「何如添我住，二老更風流」，除了自陳一己亦有歸意外，也說明了尤、楊二人的深交。另外，陸游也說尤袤「年年說歸」，其〈尤延之侍郎屢求作遂初堂詩詩未成延之去國因以奉送〉詩亦云：

……遂初築堂今幾時，年年說歸眞得歸。……請將勳業付諸郎，身踐當年遂初賦。（冊39，卷二十一，頁24719。）

〔註128〕按，尤袤自號「遂初居士」，「最遲在淳熙十五年十二月」。此說可參考張艮先生的考證論述，見張艮：〈南宋詩人尤袤詩文思想內容探微〉，《瀋陽農業大學學報》第1期（2008年2月），頁113。

〔註129〕同註7，卷389，頁336。

〔註130〕同註85，卷1，頁25。

〔註131〕余嘉錫：《世説新語箋疏》（台北：華正書局，1989年3月），頁140。

詩中指出尤袤「年年說歸眞得歸」，「身踐當年遂初賦」，可以說實現了自己一直以來的初衷，得以歸隱林泉。另外，尤袤強烈的隱逸之思，也與其精通佛典，曾爲不少寺院作記文有關，如〈輪藏記〉、〈定業院新鑄銅鐘記〉、〈報恩光孝寺僧堂記〉等〔註 132〕，佛家思想的影響，也深化尤袤歸隱山林之志。

二、隱逸情懷在尤袤詩中的呈現

尤袤的罷官奉祠、個人初衷，以及佛家思想的影響，均使其詩中流露出退歸山林之思，喜愛吟詠梅花與雪，以表達自我高潔懷抱。雖然，其傳世的作品不多，但仍可發現明顯呈現隱逸情懷之作。如〈凝思堂〉云：

> 失脚墜塵網，牒訴裝吾懷。公庭了官事，時來坐幽齋。天風肅泠泠，山鳥鳴喈喈。我思在何許，獨對蒼然崖。（冊 43，頁 26851）

淳熙三年（1176），尤袤在台州任上，利用政餘之暇建成凝思堂、霞起堂、清平閣、參雲亭、玉霄亭、樂山堂……等，並一一題詩。〔註 133〕〈凝思堂〉詩中「失腳墜塵網，牒訴裝吾懷。」對官場勞神損形之事，亦比之淵明「誤入塵網中」，詩末「我思在何許，獨對蒼然崖。」則表達了退歸擺脫俗務之思。另外〈台州四詩〉之二、三、四云：

> 百病瘡痍費撫摩，官供仍媿拙催科。自憐鞅掌成何事，贏得霜毛一倍多。
>
> 多病多愁老使君，不憂風雨不憂貧。三年不識東湖面，枉與東湖作主人。
>
> 兩載終更過七旬，今朝方始是閑身。細看壁上題名記，六十年間只五人。（冊 43，頁 26853）

尤袤曾於淳熙二年出知台州，「百病瘡痍費撫摩，官供仍媿拙催科。」

〔註 132〕〔宋〕尤袤撰：《梁谿遺稿》（台北：臺灣商務印書館，1986 年 3 月，影印文淵閣四庫全書本），卷 2，頁 517～522。

〔註 133〕詳參《全宋詩》尤袤詩卷，因並非所有題詩均涉及仕隱情懷，故不列入本節討論。同註 20，頁 26851、26852。

寫出了自己受身體病痛所苦，以及為官必須向民催科，與本心相違的憂苦。因此，詩末自嘲「自憐鞅掌成何事，贏得霜毛一倍多」，退歸之思即隱藏於霜毛之中。之三，則自陳「多病多愁」的老使君，既不憂風雨，又不憂貧困，然所憂者何？「三年不識東湖面，枉與東湖作主人。」即為詩人所憂，退歸林泉之情溢於言表。另外，即使是以記遊寫景為主的詩作，如〈張公洞〉一詩〔註134〕，尤袤亦不忘提及：

> ……平生丘壑念，蚤歲泉石癖。豈不思三山，所恨無六翮。樂哉茲辰游，逸興潛有激。……（冊43，頁26855）

念念不忘丘壑林泉之思，當在仕宦時，恨無六翮可以飛歸；一旦徜徉林泉，則逸興遄飛，樂不可抑。「平生丘壑念，蚤歲泉石癖」，由此詩更可印證，尤袤的隱逸之思由來已久。又如〈己亥元日〉一詩：

> 玉曆均調歲啓端，東風又逐斗杓還。蕭條門巷經過少，老病腰支拜起難。白髮但能欺槁項，青春不解駐朱顏。餘齡有幾仍多幸，占得山林一味閒。（冊43，頁26856）

前人評此詩，多讚其技巧，如方回評云：「『幽棲地僻經過少，老病人扶再拜難。』少陵詩也。尤延之小改，用作元日詩，卻似稍切。」紀昀則評曰：「實是點化得妙。」〔註135〕技巧固然可觀，但詩中尤袤的想法更值得尋思，「玉曆均調歲啓端，東風又逐斗杓還」，一年復始，詩人感慨老病行動不便之餘，也不免悲嘆歲月的流逝，但由「餘齡有幾仍多幸，占得山林一味閒」二句，可知對於能歲晚歸山林，詩人仍慶幸不已。再看〈大暑留召伯埭〉一詩：

> 清風不肯來，烈日不肯暮。平生山林下，散髮頗箕踞。一官走王事，三伏在道途。我非褦襶兒，亦爾困馳騖。居然戀俎豆，安得免羈馵。區區竟何營，汩汩此飄寓。淵明應

〔註134〕按，〈張公洞〉一詩，主要是以記遊寫景為主，如詩下尤袤自注云：「……余游山川多矣，茲游最可紀，因成五百字貽我同志，以備他日觀覽焉。」同註20，頁26855。

〔註135〕〔元〕方回選評、李慶甲集評校點：《瀛奎律髓彙評》（上海：上海古籍出版社，2005年4月），頁612。

笑人，有底不歸去。（冊 43，頁 26861）〔註 136〕

「一官走王事，三伏在道途」、「居然戀俎豆，安得免羈馽」，對於大暑三伏天仍得於道中奔波勞苦，詩人自我檢討原因，指出是「戀俎豆」之故，因此，身不清閒，故詩末亦自陳：「區區竟何營，汩汩此飄寓。淵明應笑人，有底不歸去。」欲效法淵明辭彭澤令，歸返故園。以耿介直言、濟世情懷，博得清名令譽的尤袤，對於宦場奔波，以心爲形役，也難免有惆悵苦惱之時，因此，詩中亦不時流露山林之念，隱逸之思。

綜合上述各節的檢析、闡釋，發現四大家隱逸情懷詩中所呈現的殊異是：陸游詩中詠貧、貧居戲作等主題的作品，明顯多於其他三人，這顯示陸游所經歷的斷炊之苦更甚於三人；但同時也豐富了陸詩以淵明安貧守賤、「君子固窮」的精神面對生活困境的詩意。而楊萬里詩中所呈現的追和淵明精神，則主要爲效法淵明躬耕隴畝、採菊東籬的悠然生活態度。至於范成大退歸之詩思，最獨特的就是以隱居石湖的經歷，親身細膩的觀察，融入農村的生活與習俗，並將珍貴的農俗與民俗記錄於詩中，是深刻貼近生活周遭事物的詩人。而尤袤的隱逸之詩，則主要在仕宦的勞形損神中，流露個人退歸山林之初衷。然而，從上述各節的探討，也可以得知四大家隱逸情懷詩作的共相：即各家表達隱逸情懷的詩作，在數量上並不亞於表達用世之志的淑世精神與憂患意識之作；且在表現內涵上，陸游、楊萬里、范成大、尤袤詩中，均有因罷官奉祠的遭遇而追尋淵明精神，以安頓身心、排解情累之主題。可見，親近淵明、追擬陶意，確實是南宋文人在朋黨之惡的糾葛下，所形成的一場「經久不衰的思想運動」。

〔註 136〕按，〈大暑留召伯埭〉一詩，根據《全宋詩》尤袤詩整理者，吳鷗先生於此詩下注云：「此詩原出明《永樂大典》，清四庫館臣誤輯入汪藻《浮溪集》卷二九。本書亦誤入「汪藻一」，今仍錄入尤袤名下。」同註 20，頁 26861。

第七章　邁向精神家園之路——「孔顏之樂」在陸、楊、范詩中的呈現

前章論及南宋四大家詩中的仕隱情懷，所關注的焦點是，文人士大夫面對仕宦之途的失落與黨爭之禍的陰影下，由外向的積極淑世精神逐漸向內在精神世界建設的心態轉變。「我讀古人書，獨與淵明親」，在與陶淵明建立獨親、常親的關係中，以陶淵明「南窗幽意」、「委心任運」作爲精神支柱，排遣情累、攻克心役，這是文人士大夫邁向精神家園，尋得一止泊處時，心靈活動的一個過程，而此過程必將引導士人最終尋得心靈的安棲之所，發現生命存在的另一層境界。在這個向內心深度拓展的精神運動中，詩人們一方面在和陶、擬陶中構築了「樂意相關」的意境；一方面又根據自己的現實處境，對陶淵明「簞瓢屢空」、「安貧樂道」精神的重新詮釋後，深入內在精神天地的「樂道」境界，體悟淵明的「簞瓢可樂」，亦即顏子「一簞食，一瓢飲，在陋巷，人不堪其憂，回也不改其樂。」〔註1〕的顏子之樂。

宋士大夫對顏子學極爲重視，自北宋中後期即已成爲學術中重要領域。因此，「孔顏之樂」的探討與追尋，亦成爲南宋士人體悟人生

〔註1〕〔魏〕何晏注、〔宋〕邢昺疏：《十三經注疏——論語》（台北：藝文印書館，1993年9月），頁53。見〈雍也篇〉。

的終極關懷，達成個體內在超越的精神來源，更是士人嚮往的人格精神理想境界。檢索南宋四大家詩作，關於「安貧樂道」等探索內在精神止泊之作，雖不如抒發用世之志的淑世精神、憂患意識作品豐富〔註2〕，但仍有加以闡釋之價值。透過此探討，從思與詩的對話中，一方面可以了解宋學的理性精神，亦即主體對內心世界省察的知性精神，對文學創作主體的價值追求所產生的滲透；另一方面，透過本章的研究，再與前述各章比較，也可以更進一步明瞭南宋四大家的創作傾向。

第一節　「孔顏之樂」的心傳與精神境界

考察「孔顏之樂」的論題來源，可推至北宋理學宗師周敦頤。《宋史・周敦頤傳》云：

> 掾南安時，程珦通判軍事，視其氣貌非常人，與語，知其爲學知道，因與爲友，使二子顥、頤往受業焉。敦頤每令尋孔顏樂處，所樂何事？二程之學源流乎此矣。故顥之言曰：「自再見周茂叔後，吟風弄月以歸，有『吾與點也』之意。」〔註3〕

至於何謂「孔顏樂處」？周敦頤云：

> 顏子「一簞食，一瓢飲，在陋巷，人不堪其憂而不改其樂。」夫富貴，人所愛也，顏子不愛不求而樂乎貧者，獨何心哉？天地間有至貴至愛可求，而異乎彼者，見其大而忘其小焉爾。見其大則心泰，心泰則無不足，無不足則富貴貧賤處之一也，處之一，則能化而齊，故顏子亞聖。〔註4〕

〔註2〕根據本文檢索，陸游詩中約有二百八十多首，楊萬里約十八首，范成大約十五首，尤袤詩作因佚散，僅由現存詩作並無法判定，故尤袤不列入本章討論，僅探討三家詩作。可參閱本文「附錄四」之整理。

〔註3〕〔元〕脫脫等修：《宋史》（台北：臺灣商務印書館，1986年3月，影印文淵閣四庫全書本），卷427，頁13。

〔註4〕〔宋〕尹焞：《和靖集》（台北：臺灣商務印書館，1986年3月，影印文淵閣四庫全書本），卷4頁29、30。

周敦頤指出，顏回能於逆境中處之泰然的原因，在於能「見大」，而所謂「大」，即天地間「至貴」、「至愛」，因有「至貴至愛可求」，故能「見其大而忘其小焉爾」，能見大，則世間一切貧賤憂愁皆不足掛齒。而所謂「大」、天地間的「至貴至愛」，周敦頤認為：「天地間，至尊者道，至貴者德而已矣。至難得者人，人而至難得者，道德有於身而已矣。」〔註5〕因此，能悟道、體道之人，即能見天地間之大者，自然心泰而無不足，自能超越富貴貧賤、榮辱虛名，自我安頓心靈，因而常保心中充實愉悅，這種心靈美境，才是士人應追求的生活理想境界。

對這種生活境界的追求，陶淵明實為顏子的繼承者，錢鍾書先生曾指出：「儒家自孔子、曾晳以還，皆以怡情於山水花柳為得道。」〔註6〕亦即以山水之道通於道理，本亦孔門心法。因此指出：

> 以余觀之，淵明之學，正自經術中來，故形之於詩，有不可掩。榮木之憂，逝川之歎也。貧士之詠，簞瓢之樂也。〈飲酒〉末章有曰：「羲農去我久，舉世少復真；汲汲魯中叟，彌逢使其淳。」豈玄虛之士可望耶。〔註7〕

因此，淵明中年聞道，是志於道者，「庶幾顏子之卓爾」〔註8〕。如陶淵明有詩云：「先師有遺訓，憂道不憂貧」〔註9〕、「朝與仁義生，夕死復何求」〔註10〕、「周生述孔業，祖謝響然臻。道喪向千載，今朝復斯聞。……老夫有所愛，思與爾為鄰。」〔註11〕可見，陶淵明「南

〔註5〕〔宋〕周敦頤撰：《周元公集》（台北：臺灣商務印書館，1986年3月，影印文淵閣四庫全書本），卷1，頁431。

〔註6〕錢鍾書：《談藝錄》（台北：書林出版有限公司，1999年2月），頁237、238。

〔註7〕同前註，頁238。

〔註8〕〔宋〕陳淳撰：《北溪大全集》（台北：臺灣商務印書館，1986年3月，影印文淵閣四庫全書本），卷10，頁575。見〈竹林精舍錄後序〉。

〔註9〕丁仲祜編纂：《陶淵明詩箋注》（台北：藝文印書館，1989年1月），頁93。見〈癸卯歲始春懷古田舍二首〉之二。

〔註10〕同前註，頁154。見〈詠貧士七首〉之四。

〔註11〕同前註，頁57。見〈示周續之祖企謝景夷三郎一首〉。

窗幽意」之樂與顏子之樂，有著千古承襲的密切關係。

由此，我們便可以更清楚宋人以己意重新詮釋陶淵明之脈絡與用意，處窮的宋士大夫們，「孔顏之樂」的悟道、體道哲學，無疑是其人生幽谷中的一盞指引明燈。因此，承襲顏子的陶淵明，也成了宋代士人效法、親近的對象。除了蘇軾等文人外，還有以朱熹爲首的道學之儒，二者同樣都受到黨爭傾軋之禍，因此，也都「獨與淵明親」，並向淵明精神尋求安頓心靈的哲學。尤其，朱熹將陶淵明視爲「孔顏之樂」的心傳者，因此，也有必要就朱熹對陶淵明精神的認同加以闡釋。與宋代文人稍不同的是，朱熹對陶淵明的認同，是建立在道學所張揚的價值標準之上的，如《楚辭集注・楚辭後語》卷四云：

> 〈歸去來辭〉者，晉處士陶潛淵明之所作也。潛有高志遠識，不能俯仰時俗，嘗爲彭澤令，督郵行縣，且至，吏白：「當束帶見之。」潛歎曰：「吾安能爲五斗米折腰，向鄉里小兒耶？」即日解印綬去，作此詞以見志。後以劉裕將移晉祚，恥事二姓，遂不復仕。宋文帝時，特徵不至，卒，諡靖節徵士。歐陽公言：「兩晉無文章，幸獨有此篇耳。」然其詞義夷曠蕭散，雖託楚聲而無其尤怨切蹙之病云。〔註 12〕

可見，朱熹認爲陶潛明君臣大義、「恥事二姓」，且其〈歸去來兮辭〉「詞義夷曠蕭散，雖託楚聲而無其尤怨切蹙之病」，此乃心性修養的最高境界，故而將陶淵明視爲得「孔顏之樂」的清高脫俗之士。此看法與錢鍾書先生上述看法，可謂不謀而合。如朱熹在〈陶公醉石歸去來館〉一詩云：

> 予生千載後，尚友千載前。每尋高士傳，獨嘆淵明賢。……景物自清絕，優游可忘年。……臨風一長嘯，亂以歸來篇。〔註 13〕

〔註 12〕〔宋〕朱熹：《楚辭集注》（台北：藝文印書館，1983 年 6 月），卷 4，頁 527。

〔註 13〕傅璇琮等編：《全宋詩》（北京：北京大學出版社，1998 年 12 月），卷 2389，頁 27612。

又〈題鄭德輝悠然堂〉亦云：

> 高人結屋亂雲邊，直面群峰勢相連。車馬不來眞避俗，簞瓢可樂便忘年。移笻綠幄成三徑，回首黃塵自一川。認得淵明千古意，南山經雨更蒼然。〔註14〕

朱熹千載之後「獨嘆淵明賢」，認爲淵明之「千古意」即孔顏之樂的心傳，因顏子「一簞食，一瓢飲，在陋巷，人不堪其憂，回也不改其樂。」而淵明也有「簞瓢可樂」，因此心境明淨，「心境明淨，則觀景自清麗，處世眞避俗。」〔註15〕換言之，「簞瓢可樂」正是孔子稱賞顏子之處，至於爲何簞瓢仍可「樂」呢？朱熹更加以闡釋指出：

> 顏子私欲克盡，故樂。……惟其私欲既去，天理流行，動靜語默日用之間無非天理，胸中廓然，豈不可樂。〔註16〕

所以，朱熹認爲陶淵明亦如顏子「簞瓢可樂便忘年」，「胸中廓然，豈不可樂」，也達到了窮盡天理後的人格最高境界。因此，經過理學家重新詮釋後的陶淵明，也與顏子之樂聯結起來，更成爲孔顏之樂的心傳者。

自「孔顏之樂」成爲宋代士人追求的人格精神境界後，對於「孔顏之樂」的定位及「所樂者何」的探討頗多。如：「孔顏之樂」是否爲儒者所獨有之樂？是否爲聖賢所獨有之樂？以及「樂」的體驗內容爲何？都是關注的重點。

首先，「孔顏之樂」是一個關於人生理想與人生境界的問題，其所討論的主題是：孔子與顏回在物質極度匱乏下，因何而樂？雖然，道、釋各家都存在著對人生境界的探討與心性修養方法，且「孔顏之樂」也是屬於心性之學，提出之初，不可避免的也受到釋、老心性之

〔註14〕同前註，卷2386，頁27537。

〔註15〕沈松勤：《南宋文人與黨爭》（北京：人民出版社，2005年4月），頁511。

〔註16〕〔宋〕朱熹撰、〔宋〕黎靖德編：《朱子語類》（台北：臺灣商務印書館，1986年3月，影印文淵閣四庫全書本），卷31，頁795～799。見〈雍也篇二・賢者回也章〉。

學的影響，但因其主題所探討的是顏子不以功業爲念，不以軒冕爲意，而是通過自身內在的正心、養性、克己復禮，不斷追求仁的精神境界，而此「仁」的內在體驗，便是「樂」。因此，從這個角度說，「孔顏之樂」是儒者所自有之樂。

另外，儒者通過心性修養，追求仁的精神境界，最終達到「渾然與物同體」，體會到個體與宇宙的和諧，「無一物不得其所」之樂，一個儒者一旦俱有此「樂」，那麼，他也就不再只是一個一般儒者，而是達到與孔子、顏回一樣的聖賢境界了。因此「孔顏之樂」與其他常人之樂不同，它是由體「仁」而得來之樂，也是聖賢所獨有之樂。〔註 17〕但是，並不能據此否認一般士人有將此境界作爲追尋目標的努力。換言之，本章所探討的詩人也許離聖賢境界尚有一段距離，但其詩作中卻呈現出朝向此精神家園努力的路上前進，凡此類作品亦皆爲本文所闡釋的對象。

至於「樂」的體驗內容爲何？亦即其所達到的精神境界爲何？首先，是一種與天地萬物同體的境界，通過心去體「仁」、「道」與「自然」，達到人與天地渾融一體的境界。程顥云：「以天地萬物爲一體，莫非己也。」〔註 18〕亦即把自己與天地中萬物看作是一個息息相關的整體，萬物皆是「我」的一個組成部份的眞實體驗，「萬物皆備於我，反身而誠，樂莫大焉。」〔註 19〕通過這種體驗，可達到與至大的「道」一體的自得、活潑、灑落的境界。可見，「孔顏之樂」的精神境界是超越功利，無執無著的境界。

其次，在宋代理學中占主流觀點的是認爲「孔顏之樂」是與「理」合一的境界。其主要特徵是以敬畏、謹慎、持敬之心，循理而行，最

〔註 17〕李煌明、李保才：〈「孔顏之樂」辨說〉，《求索》（2007 年 10 月），頁 159、160。

〔註 18〕〔宋〕朱熹編：《二程遺書》（台北：臺灣商務印書館，1986 年 3 月，影印文淵閣四庫全書本），卷 2 上，頁 19。

〔註 19〕〔漢〕趙岐注、舊題〔宋〕孫奭疏：《十三經注疏——孟子》（台北：藝文印書館，1993 年 9 月），頁 229。

後達到與「理」合一之至樂〔註20〕。程頤云：

> 古人言：「樂循理之謂君子」，若勉強，只是知循理，非是樂也。纔到樂時，便是循理爲樂，不循理爲不樂，何苦而不循理，自不須勉強也。〔註21〕

換言之，循「理」並無私毫勉強，「樂」自然而生，達到此不須勉強的境界，則心與理完全合一，精神上所產生的愉悅感便是「孔顏之樂」。「道」在心中，自然有「樂」，然而，此「道」、此「理」並非外在於心的對象，而是心即道，道即心，如此，才能達到孔子所謂「從心所欲，不逾矩」的體驗，也才是「孔顏之樂」的境界。

第二節　「孔顏之樂」與以詩見道

士人所追求的「孔顏之樂」，亦即人格精神上的悟道、體道之樂，使退歸處窮的文學創作者，常有以詩見「道」，進而在詩中表達理趣之作。且如前述錢鍾書先生所言：「儒家自孔子、曾晳以還，皆以怡情於山水花柳爲得道。」可見，以山水之道通於道理，本亦孔門心法。因此，詩人於創作中以詩見道，以詩明理，即爲承襲自孔門的心法。

「道」無所不在，亦即萬物一體皆有此「理」，生生不息，「天理流行，萬物各得其所」，因此，人亦可在靜觀萬物中，契悟一己生命與宇宙生命的同一性。理學家也常以詩化方式證道、悟道，此方式也影響了詩歌的創作，使詩中隱含理趣。然而，有理趣的作品並不一定要在詩中明言「道」、「理」，而是將此道、此理融入詩中，化爲無形。如王維的「行到水窮處，坐看雲起時」，即爲隨遇皆道，觸處可悟之作。錢鍾書先生指出：

> 道非雲水，而雲水可以見道，《中庸》不云乎：「詩曰：『鳶飛戾天，魚躍在淵』，言道之上下察也。」《傳燈錄》卷十四載李翱偈，亦曰：「我來問道無餘說，雲在青天水在瓶。」

〔註20〕參見李明煌：〈「孔顏之樂」——宋明理學中的理想境界〉，《中州學刊》第6期（2003年11月），頁152。

〔註21〕同註18，卷18，頁149。

此理固儒釋之所同窺也。〔註22〕

宋代理學論詩亦悟此旨，如《二程外書》記明道語：「石曼卿詩云：『樂意相關禽對語，生香不斷樹交花』。明道曰：『此詩形容得浩然之氣。』」〔註23〕朱熹在〈答李堯卿〉中又說：

「樂意相關禽對語，生香不斷樹交花。」此語形容得浩然之氣。莫是那相關不斷底意，可以見浩然者本自聯屬？〔註24〕

由以上所述，可以歸納出「樂意相關」所包含的意思，有「形容得浩然之氣」以及「相關不斷底意」。而所謂「相關不斷底意」，即「生生不已」、「體化日新」之意，一種萬物欣欣向榮的宇宙生命意識。而此「浩然之氣」與「相關不斷底意」，是基於一個「實理」，此「實理」即道學家所謂「理一分殊」的內容。換言之，「樂意相關」即是「以實理掃卻浮華後形成的一種生命境界」〔註25〕，也是宋代士人在「孔顏之樂」的心傳者，陶淵明精神中所尋求的一種生命的實踐形態。士人一方面在貶謫處窮中追尋此一境界，一方面在文學創作、鑑賞中也力求表現此一境界——詩中見道，詩中見理，理與詩融合無間。如《草堂詩話》引張九成《橫浦心傳錄》曰：

讀子美「野色更無山隔斷，天光直與水相通。」已而嘆曰：「子美此詩非特爲山光野色，凡悟一道理透徹處，往往境界皆如此也。」〔註26〕

《鶴林玉露》卷八亦云：

杜少陵絕句云：「遲日江山麗，春風花草香。泥融飛燕子，沙暖睡鴛鴦。」……上兩句見兩間莫非生意，下二句見萬物莫不適性。……大抵古人好詩，在人如何看，在人把做

〔註22〕同註6，頁228。

〔註23〕〔宋〕朱熹編：《二程外書》（台北：臺灣商務印書館，1986年3月，影印文淵閣四庫全書本），卷11，頁329。

〔註24〕〔宋〕朱熹撰：《晦菴集》（台北：臺灣商務印書館，1986年3月，影印文淵閣四庫全書本），卷57，頁720。

〔註25〕同註15，頁505。

〔註26〕〔宋〕蔡夢弼撰：《草堂詩話》（台北：臺灣商務印書館，1986年3月，影印文淵閣四庫全書本），卷下，頁534。

> 甚麼用。如「水流心不競，雲在意俱遲」；「野色更無山隔斷，天光直與水相通」；「樂意相關禽對語，生香不斷樹交花」等句，只把做景物看亦可，把做道理看，其亦儘有可玩索處。〔註27〕

換句話說，從詩中可以見天地之間欣欣向榮之意，可以見萬物自適自得之性，凡是此類詩作，均具有「目擊道存」之特性，既可純作景物詩看待，亦可作爲詩中見「道」、詩中見「理」之作觀，此即孔門心法「以怡情於山水花柳爲得道」，亦所謂「以草木文章，發帝機杼」、「以花竹和氣，驗人安樂」〔註28〕，凡此類詩作，即使詩中無禪語，而禪、道在其中矣。如朱子〈春日〉絕句下半首云：「等閑識得東風面，萬紫千紅總是春。」〔註29〕錢鍾書先生評曰：「詩雖非凡，略涵理趣。」〔註30〕即屬此類以詩見「道」、見「理」之作。

值得一提的是，由於春爲萬物發生之季節，因此，道學家似乎於春別有會心，常於描寫春景之詩中發揮道理。如錢鍾書先生曾指出：

> 宋儒論道，最重活潑潑生機，所謂乾也，仁也，天地之大德曰生也，皆指此而言。春即其運行流露也，故明道稱石曼卿詩能寫浩然之氣。《鶴林玉露》卷十八載尼悟道詩云：「盡日尋春不見春，芒鞋踏遍隴頭雲。歸來笑撚梅花嗅，春在枝頭已十分。」正可與朱子詩比勘。〔註31〕

錢先生文中又舉楊誠齋〈雨霽〉詩：「不須苦問春多少，暖幕晴簾總是春。」認爲此詩「較朱子『萬紫千紅』語不著色滯相。」〔註32〕由以上諸例可知，宋儒論道詩，確實於春別有會心，同時，能將山水花柳之道通於天地之道，體會「天理流行，萬物各得其所」之理。

〔註27〕〔宋〕羅大經撰：《鶴林玉露》（台北：臺灣商務印書館，1986年3月，影印文淵閣四庫全書本），卷8，頁325。

〔註28〕〔宋〕魏了翁：《鶴山集》（台北：臺灣商務印書館，1986年3月，影印文淵閣四庫全書本），卷53，頁595。見〈黃太史文集序〉。

〔註29〕同註13，卷2384，頁27500。

〔註30〕同註6，頁230。

〔註31〕同前註。

〔註32〕同前註。

嚴羽《滄浪詩話·詩辯》認為，好詩是「不涉理路，不落言筌者上也」〔註33〕，雖然此說是對宋人作詩喜好「以文字為詩，以才學為詩，以議論為詩」的批判，但從上述闡釋中也可以得到支持的論點，理之在詩中，須「如水中鹽，蜜中花，體匿性存，無痕有味，現相無相，立說無說，所謂冥合圓顯者也。」〔註34〕不著痕跡，目擊道存，舉物寫心，詩中隱涵理趣而不見理語。亦即：詩中見「道」、詩中見「理」，但須避免理語與說道，才是以詩見道的佳作。

第三節　陸、楊、范詩中的「孔顏之樂」

上二節分別闡述了士人對「孔顏之樂」安貧樂道、與道合一的人格精神境界的追求，以及由此延伸而來的以詩見「道」的詩歌理趣追求，此二者均為士人邁向精神家園之路的重要驛站。本節則將從「易窮餓而不怨」的安貧哲學，及「體道、悟道的生命樂境」二個面向，闡釋陸、楊、范三人詩中「孔顏之樂」的呈現。

一、「易窮餓而不怨」的安貧哲學

蘇轍在〈答黃庭堅書〉中云：

> 蓋古之君子不用於世，必寄於物以自遣。阮籍以酒，嵇康以琴。阮無酒，嵇無琴，則其食草木而友麋鹿，有不安者矣。獨顏氏飲水啜菽，居於陋巷，無假於外，而不改其樂，此孔子所以嘆其不可及也。〔註35〕

蘇轍指出，當一個君子不用於世，「必寄於物以自遣」，如「阮籍以酒，嵇康以琴」，否則心靈無以安頓，「有不安者矣」。蘇轍文中特別舉顏子「飲水啜菽，居於陋巷」，物質生活極度匱乏，但卻仍「無假於外，而不改其樂」，可見，其內在精神境界已戰勝外在慾望的需求，故面

〔註33〕何文煥訂：《歷代詩話》（台北：藝文印書館，1991年9月），頁443。
〔註34〕同註6，頁231。
〔註35〕〔宋〕蘇轍：《欒城集》（台北：臺灣商務印書館，1986年3月，影印文淵閣四庫全書本），卷22，頁244。

對貧窮能不怨、不怒，安於所有。顏子達到此境界，其精神必有可「樂」之處，蘇轍在〈東軒記〉中又說：

> 嗟夫！士方其未聞大道，沉酣勢利，以玉帛子女自厚，自以爲樂矣。及其循理以求通，落其華而牧其實，從容自得，不知夫地之爲大，與生死之爲變，而況其下者乎？故其樂也，足以易窮餓而不怨，雖南面之王不能加之，蓋非有德不能任也。〔註 36〕

顏子之所樂乃「循理以求通，落其華而牧其實，從容自得，不知夫地之爲大，與生死之爲變。」亦即與理爲一，與道爲一的精神境界，接觸到了性命之本根。又如周敦頤所指出的，明瞭了「天地間有至貴至愛可求」，故能「見其大而忘其小」，體會了天地間的「至尊」之道與「至貴」的德，以此體道、悟道之心，自然能「心泰」而無不足；既已體道爲自足，則貧賤富貴均不能動其心，因此，能超越富貴貧賤，自我安頓心靈，使心中充實且愉悅，此即顏子「安貧樂道」的生活哲學。

在南宋四家詩中，陸游表達此「安貧」哲學的作品較其他三人多，同時也更爲深刻。如：

> 老子堪咍老轉癡，幽居喜及早寒時。芋魁加糝香出屋，菰首芼羹甘若飴。顛倒朱黃思誤字，縱橫黑白戲拈棋。此懷敢向今人說，骨朽諸賢卻見知。（冊 39，卷十三〈幽居〉，頁 24546。）

> ……心樂簞瓢同鼎食，身安山澤謝弓招。數間茅屋誰知處，烟雨濛濛隔斷橋。（冊 40，卷三十九〈書懷〉，頁 25015。）

> 平昔飄然林下僧，更堪衰與病相乘。殘年已任身生死，一念猶關道廢興。皎皎初心質天地，兢兢晚節蹈淵冰。子孫勿厭藜羹薄，此是吾家無盡燈。（冊 40，卷四十五〈平昔〉，頁 25111。）

> 阨窮心自樂，寂寞道常尊。老病頻辭客，嬉遊不出村。淖糜均列鼎，徒步當華軒。不但終吾世，猶堪遺子孫。（冊 40，

〔註 36〕同前註，卷 24，頁 254。

卷四十六〈窮居〉，頁 25128。）

八十頹齡安所歸，蕭然終日掩柴扉。清心始信幽棲樂，窮理方知俗學非。山果滿筐猿食足，石泉通筧藥苗肥。衰翁莫道渾無事，掃葉歸來又落暉。（冊 40，卷四十八〈齋中雜興二首〉之一，頁 25166。）

吾廬雖甚陋，窗扉亦疏明。開卷冬日暖，曲肱暑風清。昨日一鳥鳴，今日一木榮。欣然與之接，悲慨何由生。（冊 40，卷六十六〈東齋雜書十二首〉之一，頁 25446。）

壽居福之首，貧為士之常。造物賦我貧，乃以壽見償。處常而受福，每恐不得當。掬澗以沃渴，屑柏以為糧。雖云未免饑，何至死道傍。猶勝遼東丁，化鶴還故鄉。（冊 41，卷七十一〈貧歌〉，頁 25523。）

……有飯已多矣，無衣亦晏如。堅頑君勿怪，豈失遂吾初。（冊 41，卷七十八〈堅頑〉，頁 25624。）

「芋魁加糝香出屋，菰首芼羹甘若飴」、「此懷敢向今人說，骨朽諸賢卻見知」、「心樂簞瓢同鼎食，身安山澤謝弓招」、「皎皎初心質天地，兢兢晚節蹈淵冰。子孫勿厭藜羹薄，此是吾家無盡燈」、「阨窮心自樂，寂寞道常尊」、「淖糜均列鼎，徒步當華軒」、「清心始信幽棲樂，窮理方知俗學非」、「壽居福之首，貧為士之常」、「掬澗以沃渴，屑柏以為糧」、「有飯已多矣，無衣亦晏如」，以上所引諸詩句，均可見其超越物質生活的匱乏，「易窮餓而不怨」的安貧哲學。罷歸奉祠，半俸乃至停俸的窮阨艱難，並不能侵擾詩人心靈的平靜，「菰首芼羹」但卻甘之如飴，因其有「皎皎初心」可以「質天地」，故能阨窮而心自樂，亦即「孔顏之樂」的處世哲學，安頓其處窮之心，使心中因見「大」而心泰，而充實且愉悅。尤其〈東齋雜書十二首〉之一：「吾廬雖甚陋，窗扉亦疏明。開卷冬日暖，曲肱暑風清。昨日一鳥鳴，今日一木榮。欣然與之接，悲慨何由生。」則全然得自孔顏之心傳，並有淵明「南窗幽意」之樂，因其體道、悟道，故能以甚簡陋之處所，得天下之大自在，「昨日一鳥鳴，今日一木榮。欣然與之接，悲慨何由生。」

見天地之大者，心泰而無不足，心境清明，觀景自清麗，天理流行，「欣然與之接」，則何悲之有？何樂不爲？由此可見，陸游實已深體孔顏樂處，並以之作爲精神生命的依歸。

楊萬里詩中，自陳窮困生活及處窮態度的詩作雖不多，但還是能由少數詩作中見其安貧哲學。如：

> 剪雪作梅只堪嗅，點蜜如霜新可口。一花自可嚥一杯，嚼盡寒花幾杯酒。先生清貧似飢蚊，饞涎流到瘦脛根。贛江壓糖白於玉，好伴梅花聊當肉。（冊 42，卷七〈夜飲以白糖嚼梅花〉，頁 26162。）

> ……若無窗月誰相伴，聽盡雞聲不肯晨。尚有布衾寒似鐵，無衾似鐵始言貧。（冊 42，卷十四〈夜寒獨覺〉，頁 26259。）

> 雪韭霜菘酌歲除，也無牛乳也無酥。貧中卻富何人會，自有村醪不用沽。（冊 42，卷三十九〈除夜小飲歎都下酥乳不至〉，頁 26616。）

〈夜飲以白糖嚼梅花〉一詩，「贛江壓糖白於玉，好伴梅花聊當肉」，寫其貧困以白糖嚼梅花當肉的窘狀。「先生清貧似飢蚊，饞涎流到瘦脛根」，仍以一種輕鬆諧謔、自得其樂的心情，從容面對生活的困頓。〈夜寒獨覺〉一詩，則因夜間寒氣侵襲，醒後無眠，仍自我安慰：「尚有布衾寒似鐵，無衾似鐵始言貧。」可見其處窮的安貧哲學。〈除夜小飲歎都下酥乳不至〉一詩，則描寫除夕夜的晚餐，「雪韭霜菘酌歲除，也無牛乳也無酥」，菜色雖不甚豐富，但詩人仍不以物質匱乏爲苦，「貧中卻富何人會，自有村醪不用沽」，呼應了顏子「簞瓢可樂」的生活境界。

至於范成大與尤袤詩中描寫貧困生活態度的詩極少，尤袤的〈台州四詩〉之三云：「多病多愁老使君，不憂風雨不憂貧。」可略見其安貧態度；而范成大因其仕宦生涯較爲順遂，晚年隱居石湖物質亦無匱乏，較少於詩中自陳貧困之狀，但在贈答友人詩中，則可見其不汲汲於功名利祿，超越富貴貧賤的精神。可詳參前章，本節不再贅述。

二、體道、悟道的生命樂境

「孔顏之樂」是儒者所追尋，與道合一，世間任何功名富貴皆無法與之相比的人生至樂；「孔顏之樂」也是儒家內聖之道，是士大夫在心靈修爲上體道、悟道，進而達成與道渾然同體的人格精神理想境界，亦即聖賢境界的至樂。南宋四家中，以陸游詩中此類作品較多，尤、楊、范三人作品則不多見。其中，范成大更因其思想中的佛老因素，使其詩中呈現的安身立命之「道」，參雜極大的佛老之思，根據前節對「孔顏之樂」的內涵說明，本不應列入本章討論，但因其所體悟的佛「道」，亦爲安頓其心靈、止泊其精神的重要思想，故本節亦略述於後，作爲范成大體道、悟道之補充。

首先，闡述陸游詩中的體道、悟道樂境。陸游生當理學盛行之世，雖也常於詩中言及欲直探儒學本源，探究蘊含於六經中的聖賢之道，但其所最關注的是抗金收復的問題，主要仍是外王之道，經世治國之道。如卷二十八〈斯道〉一詩云：

> 斯道有顯晦，所憂非賤貧。乾坤均一氣，夷狄亦吾人。朋黨消廷論，鉏耰洗戰塵。清時更何事，處處是堯民。（冊 39，頁 24844）

陸游心中的「道」，其本質內容均指向治國與憂國，希望「朋黨消廷論，鉏耰洗戰塵」，國家內無朋黨之憂，外無金國之患，則政治清平。「清時更何事，處處是堯民」爲其心中的理想社會，可見，儒家「治國、平天下」的外王理想深入其心。然而，外王理想因朝廷的苟安政策似已無法達成，故陸游亦轉向內在探尋，對於儒道的推崇與探索，可由卷八十四〈聖門〉一詩得知，詩云：

> 聖門妙處不容思，千古茫茫欲語誰。晞髮庭中新沐後，舞雩沂上咏歸時。研求豈足窺微旨，博約何由遇碩師。小疾掃空身尚健，蓬窗更作數年期。（冊 41，頁 25702）

此詩作於嘉定二年（1209）秋〔註 37〕，陸游已是多病之秋，但仍不忘

〔註 37〕〔宋〕陸游著、錢仲聯校注：《劍南詩稿校注》（上海：上海古籍出版社，2005 年 4 月），頁 4481。

對聖門奧旨的思考，「晞髮庭中新沐後，舞雩沂上咏歸時」，可知其對儒家之道的追尋，不是拘守章句訓詁之學，而是欲追隨孔子、曾皙，怡情山水而近於道，從六經之旨中探尋治國修身之道。因此，對於漢儒研讀六經乃爲擢取「青紫」，則深表鄙視。如卷八十四〈書生〉一詩云：

> 書生事業苦難成，點檢常憂害至誠。夢寐未能除小忿，文辭猶欲事虛名。聖言甚遠當深考，古義雖聞要力行。漢世陋儒吾所斥，若爲青紫勝歸耕。（冊 41，頁 25704）

「青紫」即官服，據《漢書・夏侯勝傳》云：「勝每講授，常謂諸生曰：『士病不明經術，經術苟明，其取青紫爲俯拾地芥耳。學經不明，不如歸耕。』」唐、顏師古注云：「地芥，謂草芥之横在地上者，俯而拾之，言其易而必得也。青紫，卿大夫之服也。」〔註 38〕詩中指出「漢世陋儒吾所斥，若爲青紫勝歸耕」，陸游認爲此乃不明聖言之要旨，欲以文辭事虛名，是不能明道、悟道者。「聖言甚遠當深考，古義雖聞要力行」，聖賢之道並非死守章句，而是要身體力行，親身體道。由此可知，陸游以宗經明道爲己任，是以儒學爲主體的哲思，其思想中儒學「外王」之道已於前文論及，本章所要探討的是其思想中的「內聖」之道，亦即其透過自我修爲所追求的人格精神境界，其以詩見道、論道之作，如以下諸詩：

> ……潔己工夫先盥類，正心事業始冠纓。聖賢雖遠詩書在，殊勝鄰翁擊磬聲。（冊 40，卷四十九〈冬朝〉，頁 25168。）

> 妄意斯文力弗勝，苦心猶欲付雲仍。數編魯壁家傳學，一盞吳僧夜講燈。南犬固應多吠雪，夏蟲那得解知冰。但令吾道常無墜，飲水何妨枕曲肱。（冊 40，卷五十四〈秋夜讀書有感二首〉之一，頁 25256。）

> 語道無如孔孟，佛莊雖似非同。倘有一人領會，何須客滿坐中。（冊 40，卷五十六〈六言雜興九首〉之三，頁 25293。）

〔註 38〕〔漢〕班固撰、〔唐〕顏師古注、王先謙補注：《漢書補注》（台北：藝文印書館，1996 年 8 月），卷 75，頁 1397。

> ……窗間一編書，終日聖賢對。東皋客輸米，粲粲珠出碓。南山僧餉茶，細細雪落磑。吾兒亦解事，稀甲自鉏菜。一錢既退舍，百念皆卷旆。閒身去俗遠，澄念與道會。宿疴走二豎，美睡造三昧。挂冠反布韋，上印謝銀艾。庭中石蒼然，此客眞度外。（冊 40，卷五十七〈北窗〉，頁 25295。）

> ……亹亹循天理，兢兢到死時。窮空顏子巷，勤苦董生帷。……（冊 40，卷六十一〈衰嘆〉，頁 25371。）

> 篤學仁何遠，窮居道亦行。能充氣剛大，誰蔽性光明。家世艱難業，鄉閭宿昔情。歲殘相勞苦，惟是語春耕。（冊 40，卷六十三〈重示〉，頁 25398。）

> 學者學聖人，斯須不容苟。百年樂簞瓢，千載仰山斗。家庭盛弦誦，父子相師友。但令書種存，勿愧耕壟畝。（冊 40，卷六十六〈東齋雜書十二首〉之十二，頁 25447。）

> 磨鏡要使明，拭几要使淨。奈何視吾心，不若几與鏡。垢汙倘未除，秋毫即爲病。吾曹亦聖徒，可不學顏孟。（冊 41，卷七十七〈雜感十首以野曠沙崖淨天高秋月明爲韻〉之五，頁 25607。）

> 虛極靜篤道乃見，仁至義盡餘何憂。名山采藥恐未免，策蹇孰能從我遊。（冊 41，卷七十七〈秋思十首〉之十，頁 25609。）

> 周流惟一氣，天地與人同。天道故不息，人爲斯有窮。蛟龍上雲雨，魚鳥困池籠。宴坐觀茲理，吾其若發蒙。（冊 41，卷八十四〈宴坐二首〉之二，頁 25714。）

從上述諸詩，均可見陸游在貧困生活中的自我修爲之道，引導其邁向「孔顏之樂」的人格精神境界。「潔己工夫先盥頮，正心事業始冠纓」，從日常細節修養做起；「但令吾道常無墜，飲水何妨枕曲肱」，心中體道、悟道，自可超越簞食瓢飲的生活困境。其他如「窗間一編書，終日聖賢對」、「閒身去俗遠，澄念與道會」、「亹亹循天理，兢兢到死時」、

「篤學仁何遠，窮居道亦行。能充氣剛大，誰蔽性光明」、「學者學聖人，斯須不容苟。百年樂簞瓢，千載仰山斗」、「虛極靜篤道乃見，仁至義盡餘何憂」等句，均可見及陸游以聖賢爲目標，窮居體道，遵循天理，兢兢業業之心，尤其〈宴坐〉一詩，「周流惟一氣，天地與人同。……宴坐觀茲理，吾其若發蒙。」更見其體道、悟道之樂，深體「性與天道一也」之理。此詩作於嘉定二年（1209）秋〔註 39〕，陸游辭世前幾個月，此詩以天地間大氣周流與人體之氣視爲一氣相通，《易・繫辭下》云：「變動不居，周流六虛。」孔穎達疏云：「言陰陽周遍流動。」〔註 40〕葛洪《抱朴子・內篇・至理》論人與天地與氣的關係，亦云：「夫人在氣中，氣在人中，自有天地至于萬物，無不須氣以生者也。」〔註 41〕道家養生注重吐納之術，養氣乃與修道結合，宋代新儒學融合儒釋道之說，陸游亦將養氣作爲學道修練的一種工夫，將學道、養生、養氣結合在一起。「周流惟一氣，天地與人同」，即爲對宇宙大生命交流往復之「道」的體會。「發蒙」指思慮的澄澈、不再懷疑。《易・蒙卦》云：「初六發蒙。」孔穎達疏云：「以能發去其蒙也。……蒙既發去，無所疑滯。」〔註 42〕「無所疑滯」即深體「天地與人同」之至道、至樂也。「人受天地之中，其生也具有天地之德，柔強昏明之質雖異，其心之所然者皆同。」〔註 43〕陸游在聖賢之道的研讀中，深悟此理，「澄念與道會」，在日常修爲中提高自我精神境界，「吾曹亦聖徒，可不學顏孟？」深體人之可貴，與天地周流一氣，是指引其向精神家園前進的動力。《孟子・離婁上》云：「誠者，天之道也；思誠者，人之道也。」趙岐注云：「授人誠善之性者，天也；思

〔註 39〕同註 37，頁 4516。
〔註 40〕〔魏〕王弼、韓康伯注、〔唐〕孔穎達疏：《十三經注疏——周易》（台北：藝文印書館，1993 年 9 月），頁 173、174。
〔註 41〕〔晉〕葛洪撰：《抱朴子內外篇》（台北：臺灣商務印書館，1986 年 3 月，影印文淵閣四庫全書本），卷 1，頁 29。
〔註 42〕同註 40，頁 23、24。
〔註 43〕〔宋〕衛湜：《禮記集說》（台北：臺灣商務印書館，1986 年 3 月，影印文淵閣四庫全書本），卷 133，頁 247。引程頤之語。

行其誠以奉天者，人也。」〔註 44〕至誠之人即聖賢，行爲舉止能與天道自然相合，而一般人亦秉受來自於天的「誠善之性」，如能「思誠」，也可以體悟天道的境界，「反身而誠，樂莫大焉」，人可由自我修養，克制私欲，體悟天地之道，與天地合其德，與天地之道同體，亦即人的道德價值本源與宇宙大生命交流往返，同質同構，「周流惟一氣，天地與人同」，因此，陸游在此亦爲自己的主體精神與人格理想，尋得宇宙的高度。正因如此，故可謂其爲體悟「孔顏之樂」者，並以此樂道之精神，「見其大而忘其小焉爾」，消解生命中的困頓愁思，遺聲利，冥得喪，忘卻遭變遇讒、流離困悴的失志與沮喪，回歸其精神家園。

詩人悟道、體道之樂，是人格精神境界的提升，表現於詩中，除上述陸游詩中的直陳手法之外，更値得玩味的是，詩中不見道理，但理趣與道均在其中者，這種悟道、樂道之詩，與宋儒論道最重活潑潑生機有關。如前述朱子〈春日〉絕句下半首：「等閑識得春風面，萬紫千紅總是春。」一詩，即不專說理，而以狀自然之物態生生不息之意以明理，託物起興，而天地流轉變幻之理具在其中，可見「相關不斷底意」。然而，此類型作品在放翁詩中較不多見，如錢鍾書先生曾批評：

> 即詩家長於組織如陸放翁，……集中以理語成篇，雖免於《擊壤集》之體，……亦寬腐不見工巧。〔註 45〕

此評或許稍重，但亦可知錢先生對於融理入詩與理語成篇詩作之高下判別〔註 46〕，認爲以詩言理，「理過其詞，淡乎寡味」、「平典似道德

〔註 44〕同註 19，頁 133。

〔註 45〕同註 6，頁 234。

〔註 46〕按，錢先生對於詩主理趣，而對理語多所批評，如在綜論沈歸愚於乾隆三年爲虞山釋律然《息影齋詩鈔》所撰寫的序中，即指出：「詩貴有禪理禪趣，不貴有理語。王右丞詩：『行到水窮處，坐看雲起時。』；『松風吹解帶，山月照彈琴。』韋蘇州詩：『經聲在深竹，高齋空掩扉。』；『水性自云靜，石中本無聲。如何兩相激，雷轉空山驚。』柳儀曹詩：『寒月上東嶺，泠泠疏竹根。』；『山花落幽户，中有忘機客。』皆能悟入上乘。」又云：「張說之之『澄江明月内，應是色成空。』(〈江中誦經〉)；太白之『花將色不染，心與水俱閒。』；

論」之作，實非有理趣之詩作，並以此標準評陸游部份言理之作，如：

> 〈道室〉諸作，雲笈繙籤，仙圖開弔。向〈抱朴內篇〉、〈黃庭外景〉中搬取家當，煊染仙靈，亦未能免「霞冠珠佩」、「瓊漿玉酒」等俗態。〔註47〕

確實，凡言道、悟道之詩，以理趣爲高，不以理語爲貴。因爲「道」散爲萬殊，聚則一貫，「故妙道可以要言，著語不多，而至理全賅。」〔註48〕如果一味說理，不僅與詩之興觀群怨之旨背道而馳，且予人味同嚼蠟之譏。因此，有理趣之詩，必然具有以下特色：

> 不泛說理，而狀物態以明理；不空言道，而寫器用之載道。拈形而下者，以明形而上；使寥廓無象者，託物以起興，恍惚無朕者，著述而如見。譬之無極太極，結而爲兩儀四象；鳥語花香，而浩蕩之春寓焉；眉梢眼角，而芳悱之情傳焉。舉萬殊之一殊，以見一貫之無不貫，所謂理趣者，此也。〔註49〕

隱含理趣，不著痕跡，目擊道存，舉物寫心之類型的詩作，在以抒發憂國憂民、淑世精神爲特色，偏向外向型的詩人陸游集中，確實難得一見。上文所引陸游的樂道、悟道詩中，也時見理語，因此，在技巧與境界上，放翁的體道、樂道詩雖具內涵，但理趣稍嫌不足。另外，楊萬里的山水自然作品雖時有理趣、諧趣，但因與本文「孔顏之樂」主題較不相關，故略而不論。

常建之『山光悅鳥性，潭影空人心。』；朱灣之『水將空合色，雲與我無心。』（〈九日登青山〉）皆有當於理趣之目。而王摩詰『山河天眼裡，世界法身中。』；孟浩然『會理之無我，觀空厭有形。』；劉中山之『法爲因緣立，心從次第修。』；白香山之『言下忘言一時了，夢中說夢兩重虛。』；顧逋翁之『定中觀有漏，言外證無聲。』；李嘉祐之『禪心起忍辱，梵語問多羅。』；盧綸之『空門不易啓，初地本無程。』；曹松之『有爲嫌假佛，無境是眞機。』則祇是理語而已。」同註6，頁223、224。由上述之例可知，錢先生對理趣與理語之詩作的分別標準與高下判斷。

〔註47〕同註6，頁225。

〔註48〕同註6，頁227。

〔註49〕同註6，頁228。

還須附帶一提的是，陸游思想除了以儒學爲核心外，也浸潤於道、釋二家，由陸游爲道院、佛院所作大量碑記，及詩集中的道、釋之作，亦可見知。而道、釋二家中，又以道家對陸游的影響最爲顯著。陸游讀道書、學道，其目的在於養氣、養形，從而實現養生。陸游的道家思想可歸因爲兩大因素：客觀因素，包括了政治影響、社會影響、家世影響、交游影響；主觀因素，則包括了逃避現實、嚮往游仙等方面。〔註50〕值得討論的是，陸游與道的結緣，實與宋朝崇道的環境，以及他常期任祠祿官有關。宋朝崇道，多置宮觀，並置祠官，宮觀是尊奉道教的活動場所，凡提舉或主管宮觀的祠官，又稱「寶籙官」，寶籙，爲道家符籙。〔註51〕陸游自高宗紹興二十八年出仕，到寧宗嘉泰四年致仕，在四十六年的仕宦生涯中，任祠官總計約十七年，佔其仕宦期間的百分之三十七左右。〔註52〕陸游在卷六〈夏日感舊四首〉之二即自注云：「予任仕宦，屢歷宮祠：崇道、玉局、武夷、佑神、太平，凡五任。」〔註53〕祠官雖不必親到所提舉或主管的宮觀實際履任，但有其位而食其祿，再加以前述于北山先生所論的主、客觀因素，均可證陸游所受道教影響。因此，其詩中也常有論道、養生之樂。如：

> 學道已非生死流，極知心外更何求。理窮性盡命亦至，氣住神全形自留。大藥一爐眞度世，孤桐三尺可忘憂。故人怪我歸來晚，太華峰頂又素秋。（冊40，卷六十四〈道院述懷二首〉之一，頁25404。）

> 學道知專氣，尊生得養形。精神生尺宅，虛白集中扃。出岫孤雲靜，凌霜老柏青。晨興取澗水，漱齒讀黃庭。（冊41，卷七十四〈學道〉，頁25565。）

〔註50〕于北山：《陸游年譜》（上海：上海古籍出版社，2006年6月），頁572～580。因本文主題並非介紹陸游的道家思想，故不一一探究細節，詳細論說可參見附錄〈評陸游的道家思想〉一文。

〔註51〕參見邱鳴臯：《陸游評傳》（南京：南京大學出版社，2002年2月），頁272。

〔註52〕同前註。

〔註53〕同註13，頁25378。

> 景德祥符草野臣，登封曾望屬車塵。已經成住壞空劫，猶是東西南北人。（冊41，卷七十六〈道院偶述二首〉之一，頁25589。）

雖然「極知心外更何求」，但是接受道教浸濡的陸游，仍於詩中表達養氣全神的養生之論，從上述詩語，「理窮性盡命亦至，氣住神全形自留」，「大藥一爐眞度世，孤桐三尺可忘憂」，「學道知專氣，尊生得養形」，「晨興取澗水，漱齒讀黃庭」，「已經成住壞空劫，猶是東西南北人」等，皆可見陸游練丹服食，養氣養神，養生之論，這些內在修爲的工夫，雖亦屬陸游個人精神世界的體道之樂，但此「樂」並不完全等同於本文主題所探討的「孔顏之樂」，因此，這些詩作只能作爲餘論加以探討。

另外，關於范成大詩中呈現悟道之作，其實也不全然是儒家「孔顏之樂」所樂之道，更大的成份是佛道，但因到宋代「各派思想主流如佛、道、儒諸家已趨融合，漸成一統之局，遂有民族本位文化的理學產生。」〔註54〕有見於宋代新儒學實融合了儒釋道三家之說，故本文亦將范成大的體「道」、樂「道」之詩加以討論如下：

> 法法刹那無住，云何見在去來。若覓三心不見，便從不見打開。孟說所過者化，莊云相代乎前。何處安身立命，飢餐渴飲困眠。（冊41，卷二十三〈二偈呈似壽老〉，頁25967。）

> 有箇安心法，無時不可行。只將今日事，隨分了今生。窗外塵塵事，窗中夢夢身。既知身是夢，一任事如塵。（冊41，卷二十五〈十二月二十六日偈〉之二、之三，頁25992。）

> 情知萬法本來空，猶復將心奉八風。逆順境來欣戚變，咄哉誰是主人翁。（冊41，卷二十六〈偶箴〉，頁25994。）

> 古來誰道四并難，對境心空著處安。要識見聞無盡藏，先除夢幻有爲觀。削平丘垤孤峰峻，撤去藩籬萬象寬。快誦老坡秋望賦，大千風月一毫端。（冊41，卷二十六〈寄題永

〔註54〕傅樂成：《漢唐史論集》（台北：聯經出版事業公司，1981年6月），頁380。見〈唐型文化與宋型文化〉一文。

新張教授無盡藏〉，頁 25998。）

合成四大散成空，草木經春便有冬。生滅去來相對代，爲君題作有常鐘。（冊 41，卷三十一〈戲題無常鐘二絕〉之二，頁 26038。）

以上諸詩，均以佛老之思體悟人生事事物物，「情知萬法本來空」、「古來誰道四并難，對境心空著處安」、「要識見聞無盡藏，先除夢幻有爲觀」、「合成四大散成空」、「生滅去來相對代」等，均融合佛氏之說以明心性。從佛家思想出發，范成大認爲「合成四大散成空」，地、水、火、風四大元素的暫時聚合則物生，渙散則物滅，因此不能生成眞實不變的實體。所以，石湖認爲「本來四大滿虛空」、「情知萬法本來空」，世界是空，而人亦本無眞實存在的本體，「生滅去來相對代」，一切都是因緣和合，相對暫時的，因此，能得「心安」，能讓心靈止泊的方法是心無雜念、心恬不動的「心空」境界。「古來誰道四并難，對境心空著處安」，詩中用謝康樂「良辰美景、賞心樂事，四者難并。」〔註 55〕典故，指出摒除功名利祿的追求，才能止泊其心，同時，不執著眼前所見，破除「夢幻有爲」的觀點，「削平丘垤孤峰峻，撤去藩籬萬象寬」，才能展開眼界，識得宇宙萬象，天地無盡藏。「大千風月一毫端」，則以《莊子・齊物論》的觀點：「天下莫大於秋毫之末，而大山爲小，莫壽乎殤子，而彭祖爲夭。天地與我並生，而萬物與我爲一。」〔註 56〕破除以形相對，小大之執著，而以「性分自足」之觀點看待，則天下無小無大、無壽無夭，「苟足於天然，而安其性命」〔註 57〕，則能欣然而自得。可見，范成大以佛老之思拉開與俗世的距離，展現了出世的心境，在這些詩中，皆可感受到詩人心靈的昇

〔註 55〕〔梁〕蕭統編、唐李善注：《昭明文選》（台北：漢京文化事業股份有限公司，1983 年 9 月），卷 30，頁 437。見謝靈運〈擬魏太子鄴中集詩序〉云：「天下良辰、美景、賞心、樂事，四者難并。」

〔註 56〕〔周〕莊周撰、〔晉〕郭象注：《莊子》（台北：臺灣中華書局，1993 年 6 月），卷 1，頁 18、19。

〔註 57〕同前註，頁 19。見郭象注。

華與精神的歸趨。不過，須補充說明的是，佛老之思雖安頓了詩人的心靈，使其尋回精神家園之路，然而，終究非嚴格意義上的「孔顏之樂」。

三、結語

「內聖」與「外王」是宋代士人兩大生命價值取向，也是宋學對宋代士人精神的建構與滲透，同時，更是形塑宋型文化的重要因素。尤其，「內聖」之學關乎個體安身立命與精神的止泊，《朱子語類》卷八云：「大抵爲己之學，于他人無一毫干預。」〔註 58〕然則何謂「爲己之學」？「學乎內者也，養其德者也。」〔註 59〕換言之，「爲己之學」即爲內聖工夫，是內在心性的修養之學。宋代士人身處憂患之際，以此「養其德」的爲己之學，排遣情累，淨化心性，保持主體的浩然之氣，營造「心樂簞瓢同鼎食」、「安貧樂道」的生命境界，從而更堅定自我的生命意識，實現自我的生命價值，回歸其精神家園。雖然，心性修養的方式或有不同，如：陸游以儒學爲核心，較爲深刻的表達顏子安貧樂道之生活哲學，並雜以道家養氣全神的養生之道修養心性；楊萬里自陳處窮態度的詩作雖不多，還是可由少數詩作見其安貧哲學；而范成大則主要以佛老之思安頓其心靈。所依循的思想雖有差異，但最終均通過內在心性的修養工夫，達成個體的精神自由，爲自我心靈尋得棲居之所。

〔註 58〕同註 16，卷 8，頁 127。見〈學二、總論爲學之方〉。

〔註 59〕〔宋〕周行己撰：《浮沚集》（台北：臺灣商務印書館，1986 年 3 月，影印文淵閣四庫全書本），卷 6，頁 650。見〈從弟成己審己直己存己用己字說〉。

第八章　南宋四大家與宋調

從北宋末年到南宋初年，江西詩派主盟詩壇，且其影響更一直持續到南宋末年，因此，成爲宋詩中最有影響的流派，也被視爲宋調的典型。如劉克莊在《江西詩派小序・山谷》中云：「豫章稍後出，會萃百家句律之長，究極歷代體製之變，蒐獵奇書，穿穴異聞，作爲古律，自成一家，雖隻字半句不輕出，遂爲本朝詩家宗祖。」〔註 1〕自此，黃庭堅與江西詩派即被視爲典型的宋調。作爲宋調的典型，其特徵呈現出與唐音明顯的區別：詩歌中的意識指向，更關心士人的精神安頓，關注士人的心態，以及內斂的理性思考和人文氣息的加強；詩歌內容，則以士人的日常生活和文化品味爲主，並表現出淡泊名利、執著人生的情懷，追求高風絕塵的詩歌理想境界；在詩歌創作技巧上，則追求精緻化，以才學爲詩，鍛鍊勤苦，句法奇崛，力盤硬語，用工深刻，巧妙用典，句意深折，奪胎換骨，點鐵成金。創立了老健瘦勁，洗剝枯淡，深折透闢，以意爲主，以理爲主，以筋骨見長的詩風，有別於唐音的興象玲瓏。

第一節　江西詩派內部的宋調轉型

講究繩墨、法度的詩歌創作法則，使江西後學或學黃、陳等人的

〔註 1〕丁福保輯：《歷代詩話續編》（北京：中華書局，1997 年 3 月），頁 478。見〔宋〕劉克莊撰：《江西詩派小序》。

深折勁健與瘦硬詩風不成，反而造成粗硬、險怪、枯澀之弊。因此，乃有呂本中、曾幾、韓駒、徐俯、陳與義等人，力求新變以矯時弊，促成了宋調的轉型。宋調的轉型是由江西詩派內部開始的，如呂本中欲以「活法」改變江西後學墨守正體的弊端，呂本中曾總結其「活法」說云：

> 紫微公作〈夏均父集序〉云：「學詩當識活法。所謂活法者，規矩備具而能出於規矩之外，變化不測而亦不背於規矩也。是道也，蓋有定法而無定法，無定法而有定法，知是者，則可以與語活法矣。謝玄暉有言：『好詩流轉圜美如彈丸』，此眞活法也。」〔註 2〕

以上說明了「活法」的定義與特徵，以及產生的風格，是一種有別於黃、陳「老健勁瘦」的「流轉圜美」風格，活法雖是一種變化，但此變化仍是在黃、陳法度內的變化，所謂「變化不測而亦不背於規矩也」。然而，呂本中畢竟對江西詩派講求法度、體式的「法」的創作傾向進行了反思，其所提倡的「活法」，要求擴大詩歌的創作空間，是較爲靈活自由的創作方法，對其後楊萬里等人的詩歌創作均有所啓發與先導，如楊萬里本此「活法」說，進一步提倡一種更爲自由書寫的創作主張：「問儂佳句如何法？無法無盂也沒衣。」〔註 3〕

其他江西中人，如徐俯（東湖）亦不滿黃庭堅所謂「作詩不須多」之論，認爲：「詩豈論多少？衹要道盡眼前景致耳。」〔註 4〕曾季貍《艇齋詩話》指出：徐東湖「論作詩，喜對景能賦，必有是景，然後有是句。若無是景而作，即謂之『脫空』詩，不足貴也。」〔註 5〕「對景能賦」、「道盡眼前景致」主張的提出，反應了當時詩壇對黃、陳等江

〔註 2〕同前註，頁 485。見《江西詩派小序・呂紫微》。

〔註 3〕傅璇琮等編：《全宋詩》（北京：北京大學出版社，1998 年 12 月），頁 26597。見〈酬閤皂山碧崖道士甘叔懷贈美名人不及佳句法如何十古風二首〉之二。

〔註 4〕〔宋〕胡仔纂集：《苕溪漁隱叢話前集》（台北：長安出版社，1978 年 12 月），卷 49，頁 337。

〔註 5〕同註 1，頁 284。

西詩派主張從典籍尋求靈感，以及過於注重技巧、法度等「脫空」現象的質疑與不滿。這種拋開技巧法度與典籍，要求「對景能賦」的主張，可說是對江西詩法的背離；同時，也對稍後楊萬里等人師法自然的外向型創作方向，產生直接影響。

又如韓駒的「遍參」說：「……學詩當如初學禪，未悟且遍參諸方。一朝悟罷正法眼，信手拈出皆成章。」〔註6〕「遍參」說，在當時引起回響，如陸游早年所師事的曾幾，便將韓駒的「遍參」與呂本中的「活法」結合，提出：「學詩如參禪，愼勿參死句」的「活參」說，也提供陸游對詩歌創作方向的思考。

另外，作爲江西詩派「一祖三宗」之一宗的陳與義，早年師從陳師道，但其詩作特色卻變「後山體」的枯淡、刻筋露骨，爲光景明麗、肌骨勻稱。如《吳禮部詩話》云：「世稱宋詩人句律流麗，必曰陳簡齋。」〔註7〕可見，其詩風與其他江西詩人的差異。南渡後，動蕩不安的國勢與社會現況，更加深其詩中深沉的家國之思，方回在《瀛奎律髓》中稱賞陳與義詩「悲壯激烈」、「氣勢雄渾」、「規模廣大」，而這種雄渾蒼楚的詩風，除了有別於宋調的典型外，更直接影響了陸游。這種詩風，再經陸游以實際從戎體會的創作經驗弘揚光大，便成爲令人印象深刻的宋調變奏。

綜上所述可知，南渡前後，江西詩派內部即已開始了宋調的轉型，呂本中、曾幾、徐俯、韓駒、陳與義等人，不僅以理論及實際創作開創了江西的變調，也影響並啓發了南宋中興詩人。陸游、楊萬里、范成大等人，沿著他們早年所師事取法的江西詩派持續轉變，完成了宋調的轉型。陸游在熱烈昂揚的南鄭經歷中，悟得「詩家三昧」，創作大量的愛國軍旅詩作；楊萬里以獨特的感悟，具體細微的物象描繪，用新奇的活法，詼諧的筆調，道盡眼前自然山川；范成大以出使金國及隱居石湖的經歷，在詩中表達對國家處境及農民生活的關注。

〔註6〕同註3，頁16588。見〈贈趙伯魚〉。
〔註7〕同註1，頁593。見〔元〕吳師道：《吳禮部詩話》。

這些創作方向，均將書齋雅興的宋調，拉進熱烈昂揚的社會現實。中興詩人自覺擺落江西詩法，走向現實，反映現實，以廣闊的經歷，聯結大量詩歌創作實踐，將宋調內省內斂主旋律，轉為外向型的大膽謳歌，實可視為宋調的變奏。因此，本章將從中興詩人的創作實踐與詩法主張，探討其與宋調典型的離合。

第二節　南宋四大家與宋調的變奏

南宋四大家與宋調典型江西詩派，均有或深或淺的淵源，其學自江西又能擺脫江西詩法的束縛，開創不同於宋調典型的詩風，體現另一種詩美，正是在這個意義上，豎立了中興四大家在南宋詩壇的地位，並給予後世研究者探索的興味。本節將就四大家出自江西又擺落江西的詩法主張與創作實踐分別闡述，不同於前面各章針對宋型文化特質對南宋四家詩意識指向滲透的橫向聯繫探討，本節是屬於對詩歌內部繼承與轉變上縱的探究。另外，由於「誠齋體」歷來被視為宋調轉型的代表，因此，以下將採楊、陸、范、尤之次序論述之。

一、楊萬里「誠齋體」的形成與創作主張對宋調的背離

「誠齋體」作為宋調轉型的代表，以「跳騰踔厲」的筆法，新、活、快、諧的風格，改變了江西正體瘦勁拗峭、深折隱曲、洗剝枯淡的風氣；而楊萬里與江西詩派的關係也最為密切，不僅其學出自江西，更為江西詩派作序〔註8〕，曾極為推崇江西詩法云:「參透江西社，無燈眼亦明。」〔註9〕與江西詩派可謂淵源極深。然而，他卻自覺的擺落江西，欲突破江西藩籬，開創詩歌新局。雖然，早年對於江西詩法的學習，其中潛移默化的影響，不可能因「紹興壬午七月」的一把火即灰飛煙滅，但從《誠齋詩集》現存的四千多首詩作來看，顯然與

〔註8〕按，如《誠齋集》卷80有〈江西宗派詩序〉一文。
〔註9〕同註3，頁26104。見〈和周仲容春日二律句〉之二。

江西詩風不同，楊萬里自覺自由的創作努力，是明顯可見的。我們從楊萬里自述其創作轉變的過程，可以見其背離宋調的決心。如〈南海集序〉云：

> 予生好爲詩，初好之，既而厭之。至紹興壬午，予詩始變，予乃喜。既而又厭之，至乾道庚寅，予詩又變。至淳熙丁酉，予詩又變。……嗟乎，予老矣，未知繼今詩猶能變否？延之嘗云予詩每變每進，能變矣，未知猶能進否？〔註 10〕

方回在《瀛奎律髓》卷一嘗指：「楊誠齋詩一官一集，每一集必一變。」〔註 11〕由上述序中所言可知，楊萬里自認其詩歷經四次變化，在創作上自覺擺脫江西外，又不斷超越自我。楊萬里九種詩集跨度四十六年，詩序的寫作則跨度六年，由淳熙十三年（1186）六月至紹熙三年（1192）五月〔註 12〕，由各詩集序所述，可將其改變的歷程分述如下：

（一）擺落江西，遍參諸家

楊萬里在〈江湖集序〉中云：

> 予少作有詩千餘篇，至紹興壬午七月皆焚之，大概江西體也。今所存曰《江湖集》者，蓋學後山及半山及唐人者也。予嘗舉似舊詩數聯于友人尤延之，如「露窠蛛卹緯，風語燕懷春。」如「立岸風大壯，還舟燈小明。」如「疏星煜煜沙貫日，綠雲擾擾水舞苔。」、「坐忘日月三杯酒，臥護江湖一釣船。」延之慨然曰：「焚之可惜。」予亦無甚悔也。

〔註 10〕〔宋〕楊萬里：《誠齋集》（台北：臺灣商務印書館，1986 年 3 月，影印文淵閣四庫全書本），卷 81，頁 85。

〔註 11〕〔元〕方回選評、李慶甲集評校點：《瀛奎律髓彙評》（上海：上海古籍出版社，2005 年 4 月），卷 1，頁 44。

〔註 12〕詳參張君瑞：《楊萬里評傳》（南京：南京大學出版社，2002 年 3 月），頁 214、215。張君瑞先生根據詩序所述，將楊萬里詩分爲四期：（一）模仿期：三十六歲以前，紹興壬午（1162）七月以前。（二）模仿與創新探索期：（1162～1177）（三）形成期：（1177～1178 以後）（四）變化期：（1189）淳熙十六年十一月以後。頁 216～243。

然焚之者無甚悔，存之者亦未至於無悔。〔註 13〕

由引文所舉詩例看來，句法、音節考究，仍存有江西詩派影子。紹興壬午七月，楊萬里已三十六歲，其焚燬舊作，否定自己早年師事的江西體，可以說宣誓了擺脫江西的決心。而今現存於《江湖集》中的詩作，大多爲學後山五律、半山七絕及唐人絕句之作，進入了逐步探索自我風格的過渡期。擺脫江西束縛後，楊萬里變參諸家，其詩中也常自陳詩法，顯示了對江西詩派的背離，如：

晚因子厚識淵明，早學蘇州得右丞。忽夢少陵談句法，勸參庾信謁陰鏗。（冊 42，卷七〈書王右丞詩後〉，頁 26159。）

不分唐人與半山，無端橫欲割詩壇。半山便遣能參透，猶有唐人是一關。（冊 42，卷八〈讀唐人及半山詩〉，頁 26185。）

傳派傳宗我替羞，作家各自一風流。黃陳籬下休安腳，陶謝行前更出頭。（冊 42，卷二十六〈跋徐恭仲省幹近詩三首〉之三，頁 26431。）

笠澤詩名千載香，一回一讀斷人腸。晚唐異味同誰賞？近日詩人輕晚唐。

松江縣尹送圖經，中有唐詩喜不勝。看到燈青仍火冷，雙眸如割腳如冰。

拈著唐詩廢晚餐，傍人笑我病詩顛。世間尤物言西子，西子何曾直一錢。（冊 42，卷二十七〈讀笠澤叢書三首〉之一、之二、之三，頁 26432。）

受業初參且半山，終須投換晚唐間。國風此去無多子，關捩挑來祇等閑。（冊 42，卷三十五〈答徐子材談絕句〉，頁 26545。）

由以上諸詩可以見出，楊萬里對江西詩派的背離與遍參諸家的過程，「傳派傳宗我替羞」、「黃陳籬下休安腳」，擺脫江西束縛後，楊萬里不僅參王安石與晚唐人，還包括了杜甫、柳宗元、陶淵明、王維、韋應物，甚至庾信、陰鏗等前代詩人，以及本朝詩人如蘇軾等，可以說

〔註 13〕同註 10，卷 81，頁 84。

用江西詩派的變調理論，如韓駒的「遍參」與曾幾的「活參」，邁向其「誠齋體」的創造目標。《誠齋詩話》云：

> 五七字絕句最少，而最難工，雖作者亦難得四句全好者，晚唐人與介甫最工于此。如李義山憂唐之衰云：「夕陽無限好，只是近黃昏。」……如「芭蕉不解丁香結，同向春風各自愁。」如「鶯花啼又笑，畢竟是誰春。」……〈寄邊衣〉云：「寄到玉關應萬里，戍人猶在玉關西。」〈折楊柳〉云：「羌笛何須怨楊柳，春風不度玉門關。」皆佳句也。如介甫云：「更無一片桃花在，爲問春歸有底忙」，「祇是蟲聲已無夢，三更桐葉強知秋」，「百囀黃鸝看不見，海棠無數出牆頭」，「暗香一陣風吹起，知有薔薇澗底花」，不減唐人。然鮮有四句全好者，杜牧之云：「清江漾漾白鷗飛，綠淨春深好染衣。南去北來人自老，夕陽長送釣船歸。」唐人云：「樹頭樹尾覓殘紅，一片西飛一片東。自是桃花貪結子，錯教人恨五更風。」……介甫云：「水際柴扉一半開，小橋分路入青苔。背人照影無窮柳，隔屋吹香併是梅。」……四句皆好矣。〔註14〕

從上述引詩可知，楊萬里對唐人與王安石的仰慕與推崇，尤其王安石晚年所作七言絕句，誠齋認爲「不減唐人」。王安石絕句往往通過對自然景物的體悟，表達心靈感觸與審美感受，風格平淡雋永，並在直覺觀照中，將自我心靈融入自然中，呈現物我合一之境。這種直覺頓悟，自由創作的詩風，對「誠齋體」的活法以及「師法自然」的創作觀，有深刻的影響。另外，楊萬里對晚唐詩亦有取法學習，與當時大部份詩人的「輕晚唐」不同，如上引晚唐絕句，可證楊萬里對晚唐的推重。如卷二十七〈讀笠澤叢書三首〉云：「晚唐異味同誰賞？近日詩人輕晚唐」，「松江縣尹送圖經，中有唐詩喜不勝」，「拈著唐詩廢晚餐」等，均可見其重視與喜愛晚唐詩作，《笠澤叢書》爲晚唐詩人陸龜蒙所作，因曾隱居松江笠澤，因以爲名。詩中「近日詩人」，指江

〔註14〕同註1，頁141、142。見楊萬里《誠齋詩話》。

西詩派作家而言，當時包括陸游在內，很多人看輕中晚唐詩人之作，如陸游詩云：「文章光焰伏不起，甚者自謂宗晚唐。」、「數仞李杜牆，常恨欠領會。元白纔倚門，溫李真自鄶。」、「陵遲至元白，固已可憤疾。及觀晚唐作，令人欲焚筆。」〔註 15〕詩中輕視之態，溢於言表。晚唐詩與江西詩派在當時屬於對立的兩個詩派，因此遭致許多貶評。然而，晚唐詩雖有缺點，卻也不能一筆抹殺，而楊萬里則把握了晚唐詩值得學習之處，因此，由王安石絕句的源頭，以唐人詩之精麗、輕細、圓熟作爲遍參對象，以矯江西之瘦勁、奧峭、奇崛之詩風。

楊萬里選擇遍參半山與晚唐詩人之七絕，來擺脫江西束縛，以作爲創建「誠齋體」的風格，是相當具有自覺的，而其中最突出的表現，就是在語言的創作上追求一種流動、自然、明快的風格，並且善用疊字，使音節連接呼應，產生聲情回環反復，渾然一體的審美效果。由以下楊萬里描寫自然山川的七絕小詩，即可印證其語言創作上的用心，如：

> 淡淡清霜薄薄冰，曉寒端爲作新晴。殷勤喚醒梅花睡，枝上春禽一兩聲。（冊 42，卷四〈早行鳴山二首〉之一，頁 26116。）
>
> 露草欣逢曉日新，各將珠琲鬥呈珍。紅光影裡如何揀，顆顆圜明顆顆勻。（冊 42，卷十七〈明發曲坑二首〉之二，頁 26300。）
>
> 老子年來畫入神，鑿空幻出墨梅春。壁爲玉板燈爲筆，整整斜斜樣樣新。（冊 42，卷七〈醉後撚梅花近壁以燈照之宛然如墨梅〉，頁 26161。）

上引諸詩可見到「誠齋體」絕去雕琢、不用典故、不避淺近的特色，拋開技巧法度與典籍，以淺近自然的語言，「道盡眼前景致」，寫其所見所感，或寫早行所見景致，或寫醉後觀物的特殊視角，皆能不「脫

〔註 15〕同註 3。以上三詩分見陸游詩，依次爲卷四十五〈追感往事五首〉之四，頁 25114。卷七十八〈示子遹〉，頁 25627。卷七十九〈宋都曹屢寄詩且督和答作此示之〉，頁 25631。

空」而作。在語言表現上，善用疊字、類字等技巧，如「淡淡清霜薄薄冰」、「顆顆圓明顆顆匀」、「整整斜斜樣樣新」，藉著字音的重復出現，使音節產生回環往復之美；對於自然景物的變化，也能以敏銳細微的知覺，呈現一種鮮明生動的姿態。可見，楊萬里自覺的逐步背離江西詩派「蒐獵奇書，穿穴異聞，無一字無來處」的詩風。

（二）辭謝前人，師法自然

淳熙丁酉（1177）四月，楊萬里赴任常州，在創作上也辭謝了對前人的遍參模仿期，進入創作的自由飛越階段，對大自然的偏愛，更成爲其一生創作的趨向。在〈荊溪集序〉中，楊萬里欣喜表達此一拋棄模仿學習而自成一家的過程：

> 予之詩始學江西諸君子，既又學後山五字律，既又學半山老人七字絕句，晚乃學絕句於唐人。學之愈力，作之愈寡。……戊戌三朝，時節賜告，少公事，是日即作詩，忽若有悟，于是辭謝唐人及王、陳、江西諸君子皆不敢學，而後欣如也。試令兒輩操筆，予口占數首，則瀏瀏焉無復前日之軋軋矣。〔註16〕

「戊戌三朝」即淳熙五年（1178），楊萬里已五十二歲，至此乃擺脫唐音與宋調諸人的束縛，創立了「新、奇、快、活、諧、趣」的「誠齋體」。擺脫前人之後，楊萬里以自然爲其詩歌靈感的來源，同時，也擺脫習慣的思維，對物我關係作新的思考，並賦外物以人的思想與感情，因此，其詩中的萬物萬象，均有活潑靈動的情感，使「誠齋體」別具諧趣。對其創作的「欣如」狀態，〈荊溪集序〉中也有言及：

> 自此，每過午，吏散庭空，即攜一便面，步後園，登古城，采擷杞菊，攀翻花竹，萬象畢來獻予詩材。蓋麾之不去，前者未讎，而後者已迫，渙然未覺作詩之難也。〔註17〕

〔註16〕同註10，卷81，頁84。
〔註17〕同註10，卷81，頁84。

「萬象畢來獻予詩材」、「前者未讎，而後者已迫」，這種詩情、詩思、詩材應接不暇，來不及吟詠描繪的創作「欣如」狀態，說明了楊萬里心靈與詩思的自由自在，無所拘束。在學習過程中，經由「歲鍛月鍊，朝思夕維，然後大徹大悟」〔註 18〕的欣悅之情，見於字裡行間。然而，能達到此一「筆端有口，句中有眼」、「未覺作詩之難」的「瀏瀏焉」狀態，並非一日可成，是經由前述遍參江西、半山、唐人，而後所臻至的境地，更是楊萬里創作主張上自覺擺落江西詩派的努力。對此回歸自然後的創作狀態，其描述是：

> 我初無意于作是詩，而是物是事適然觸乎我，我之意亦適然感乎是物是事，觸焉，感焉，而是詩出焉，我何與哉！天也，斯之謂與。〔註 19〕

楊萬里「悟」後的創作狀態，是在與萬象的偶然接遇中展開的，繼而有所感動，而後乃形成詩中所欲表達的事理、情感，「觸先焉，感遂焉，而是事出焉」，楊萬里將這種我無意於作詩，是「詩來尋我」的創作過程，認爲是「天也」，是自然而然的，與「撚斷數莖鬚」的苦心孤詣全然不同。這種創作觀念，其思想上的根本變化是，「詩歌的源泉不再是前人的詩歌遺產，而是自然、生活；詩歌創作不是詩法的探討，而是要表現自然和生活。」〔註 20〕這一轉變，使宋調由書齋走向生活，使內省型的宋調，面向了廣闊的外界生活與自然變化。楊萬里在諸多詩中亦屢屢提及這種創作狀態與主張，如：

> ……郊行聊著眼，興到漫成詩。（冊 42，卷二〈春晚往永和〉，頁 26095。）

> 學詩須透脱，信手自孤高。衣缽無千古，丘山只一毛。句中池有草，子外目俱蒿。可口端何似，霜螯略帶糟。句法天難秘，工夫子但加。參時且柏樹，悟罷豈桃花。……（冊

〔註 18〕〔宋〕周必大撰：《文忠集》（台北：臺灣商務印書館，1986 年 3 月，影印文淵閣四庫全書本），卷 49，頁 525。見〈跋楊廷秀石人峰長篇〉。

〔註 19〕同註 10，卷 67，頁 639。見〈答建康府大軍庫監門徐達書〉。

〔註 20〕呂肖奐：《宋詩體派論》（成都：四川民族出版社，2002 年 7 月），頁 17。

42，卷四〈和李天麟二首〉，頁 26112。）

歸路元無遠，行人倦自遲。野香寒蝶聚，秋色老楓知。得得逢清蔭，休休憩片時。江山豈無意，邀我覓新詩。（冊 42，卷五〈豐山小憩〉，頁 26137。）

秋夜眞成晝，西山卻在東。吹高半輪月，正賴一襟風。清景今年過，何人此興同。青天忽成紙，似欲借詩翁。（冊 42，卷六〈中秋後一夕登清心閣二首〉之二，頁 26143。）

城裡哦詩枉斷髭，山中物物是詩題。欲將數句了天竺，天竺前頭更有詩。（冊 42，卷二十〈寒食中同舍約游天竺得十六絕句呈陸務觀〉，頁 26335。）

山思江情不負伊，雨姿情態總成奇。閉門覓句非詩法，只是征行自有詩。（冊 42，卷二十六〈下橫山灘頭望金華山四首〉之二，頁 26427。）

兀坐船中只欲眠，不如船外看山川。松江是物皆詩料，蘭槳穿湖即水仙。（冊 42，卷二十八〈過太湖石塘三首〉之三，頁 26450。）

鍊句爐錘豈可無，句成未必盡緣渠。老夫不是尋詩句，詩句自來尋老夫。（冊 42，卷二十九〈晚寒題水仙花并湖山三首〉之三，頁 26462。）

去秋行部慘山容，得似春山意態濃。嫩綠峰當新雨後，亂紅花發爛晴中。仙姿玉骨丹青寫，霧鬢風鬟錦綉幪。染得筆頭生五色，急將描取入詩筒。（冊 42，卷三十四〈新路店道中〉，頁 26533。）

……好詩排闥來尋我，一字何曾撚白鬚。（卷三十七〈曉行東園〉，頁 26580。）

贈我新詩字字奇，一奩八百顆珠璣。問儂佳句如何法，無法無盂也沒衣。（冊 42，卷三十八〈酬閤皂山碧崖道士甘叔懷贈美名人不及佳句法如何十古風二首〉之二，頁 26597。）

晚愛肥仙詩自然，何曾繡繪更琱鐫。春花秋月冬冰雪，不聽陳玄只聽天。(冊42,卷四十〈讀張文潛詩二首〉之一,頁26625。)

由上述所引諸詩可以發現,楊萬里一旦面向自然,便詩興遄飛,詩意盎然,「江山豈無意,邀我覓新詩」、「青天忽成紙,似欲借詩翁」、「城裡哦詩枉斷髭,山中物物是詩題」、「閉門覓句非詩法,只是征行自有詩」、「老夫不是尋詩句,詩句自來尋老夫」,面對生機勃勃的世界,一片詩意的自然,任何景物細微的變化,均能引發誠齋詩興,並從中領略不同情趣,筆下一片自然生機,這絕不是「閉門覓句」的詩法所能描摩的意境。楊萬里從呂本中的「活法」進化到「無法」,一片天成的創作過程,不再作規矩變化的探討,不再討論技巧雕飾,而是跳脫「法」外,自由創造,徹底改變江西作風,此即其所謂「問儂佳句如何法,無法無盂也沒衣」,以自然爲師,詩情隨處可得,詩料隨處可覓,所以,姜夔曾戲稱:「年年花月無閑日,處處山川怕見君。」〔註21〕

楊萬里以此種新鮮靈動的寫法直面自然,使其所創立的「誠齋體」呈現一種嶄新的風格,展現了不同於宋調典型的特徵。當時文壇即已注意到此一現象,如項安世云:

醉語夢書辭總巧,生擒活捉力都任。雄吞詩界前無古,新創文機獨有今。〔註22〕

張鎡在〈攜楊秘監詩一編登舟因成二絕〉亦云:

造化精神無盡期,跳騰踔厲即時追。目前言句知多少,罕有先生活法詩。〔註23〕

可以說發現了楊萬里以「跳騰踔厲」的活法,追描造化無窮變化的創作過程,其所呈現的快捷靈活、隨機變化,以及新鮮靈動特色,是當時詩歌所欠缺的。正如錢鍾書先生在《談藝錄》中對陸、楊二人詩風

〔註21〕同註3,頁32037。見姜白石〈送《朝天續集》歸誠齋時在金陵〉。
〔註22〕同註3,卷2372,頁27255。見項安世〈題劉都監所藏楊秘監詩卷〉。
〔註23〕〔宋〕張鎡:《南湖集》(台北:臺灣商務印書館,1986年3月,影印文淵閣四庫全書本),卷7,頁619。

的比較：

> 人所曾言，我善言之，放翁之與古爲新也；人所未言，我能言之，誠齋之化生爲熟也。放翁善寫景，而誠齋擅寫生。放翁如圖畫之工筆；誠齋則如攝影之快鏡，兔起鶻落，鳶飛魚躍，稍縱即逝而及其未逝，轉瞬即改而當其未改。眼明手捷，蹤矢躡風，此誠齋之所獨也。〔註24〕

「人所未言，我能言之」、「化生爲熟」、「擅寫生」、「攝影之快鏡」、「眼明手捷，蹤矢躡風」，上述評論確實抓住了誠齋詩作「新、奇、快、活」的特色。同時，也指出了楊萬里對宋代詩壇的貢獻，正在於其勇於創新、自出機杼，促成宋調的轉型，使宋詩更爲多元且充滿生機。

（三）取法民歌，不避俚俗

淳熙丁酉以後，「誠齋體」的風格逐步成形，除了「新、奇、快、活」的特色外，又吸取竹枝歌、圩丁詞等民歌的特點，以俚俗流暢、節奏明快、平淺自然的詩句，擺脫高雅格調，使「誠齋體」呈現一種諧俗的詩趣。《朝天續集》以後，楊萬里認眞看待民歌，吸收民歌入詩的創作態度，從其詩作中即可發現。如卷二十八〈竹枝歌七首〉序云：

> 晚發丹陽館下，五更至丹陽縣。舟人及牽夫終夕有聲，蓋謳吟嘯謼，以相其勞者。其辭亦略可辨，有云：「張哥哥，李哥哥，大家著力齊一拖。」又云：「一休休，二休休，月子彎彎照幾州。」其聲淒婉，一唱眾和。因櫽括之爲〈竹枝歌〉云。〔註25〕

〈竹枝歌〉，或稱〈竹枝詞〉，源出巴渝，本是樂府曲名，屬近代曲辭。《樂府詩集》卷第八十一《近代曲辭三》云：

> 《竹枝》本出巴渝。唐貞元中，劉禹錫在沅湘，以俚歌鄙陋，乃依騷人《九歌》作《竹枝》新辭九章，教里中兒歌之，由是盛於貞元、元和之間。禹錫曰：「竹枝，巴歈也。

〔註24〕錢鍾書：《談藝錄》（台北：書林出版有限公司，1999 年 2 月），頁118。

〔註25〕同註3，頁26447。

巴兒聯歌，吹短笛、擊鼓以赴節。歌者揚袂睢舞，其音協黃鐘羽。末如吳聲，含思宛轉，有淇濮之豔焉。〔註26〕

從《樂府詩集》的記載可知，劉禹錫以巴渝「俚歌鄙陋，乃依騷人《九歌》作《竹枝》新辭九章」，亦即根據巴渝民歌創新詞，又保留原謠曲色彩，因此盛行於貞元、元和之間。楊萬里在丹陽縣聽到船家及牽夫所唱的歌聲，因而取其歌辭加以整理，成爲極具民歌神韻的詩作。如〈竹枝歌七首〉之六云：

月子彎彎照幾州，幾家歡樂幾家愁。愁殺人來關月事，得休休處且休休。（冊42，頁26447）

藉著疊字、類字等重復出現，營造一種音節往復回環的聲情美，節奏明快又俚俗流暢，既吸收了船民號歌特色，又描繪出人民苦樂與豁達樂觀的生活態度。另外，如：

龜魚到此總回頭，不但龜魚蟹亦愁。底事詩人輕老命，犯灘衝石去韶州。一灘過了一灘奔，一石橫來一石蹲。若怨古來天設險，峽山不到也由君。（冊42，卷十六〈峽山寺竹枝詞五首〉之三、四，頁26285。）

石磯作意惱舟人，東起波濤遣怒奔。撐折萬篙渾不枉，石磯贏得萬餘痕。大磯愁似小磯愁，篙稍寬時船即流。撐得篙頭都是血，一磯又復在前頭。（冊42，卷十六〈過顯濟廟前石磯竹枝詞二首〉，頁26285。）

絕壁臨江千尺餘，上頭一徑過肩輿。舟人仰看膽俱破，爲問行人知得無。（冊42，卷二十六〈過白沙竹枝歌六首〉之六，頁26428。）

灘聲十里響千鼙，躍雪跳霜入眼奇。記得年時上灘苦，如今也有下灘時。小郎灘下大郎灘，伯仲分司水府。關誰爲行媒教作贅，大姑山與小姑山。（冊42，卷二十六〈過烏石大小二浪灘俗呼浪爲郎因戲作竹枝歌二首〉頁26429）

〔註26〕〔宋〕郭茂倩：《樂府詩集》（北京：中華書局，1996年7月），卷81，頁1140。

兩岸沿隄有水門，萬波隨吐復隨吞。君看紅蓼花邊腳，補去修來無水痕。

年年圩長集圩丁，不要招呼自要行。萬杵一鳴千畚土，大呼高唱總齊聲。

兒郎辛苦莫呼天，一日修圩一歲眠。六七月頭無點雨，試登高處望圩田。（冊42，卷三十二〈圩丁詞十解〉之五、六、七，頁26505。）

上述竹枝歌均呈現詩人征行所見所感，並在詩歌創作中吸取民歌活潑、新鮮、生動、自然、口語的特色，如〈過烏石大小二浪灘俗呼浪爲郎因戲作竹枝歌二首〉「小郎灘下大郎灘」、「大姑山與小姑山」，即以諧音之趣再加上擬人修辭手法，使詩中呈現一種諧趣。另外，〈圩丁詞〉〔註27〕也補捉了勞動人民「萬杵一鳴千畚土，大呼高唱總齊聲」的民歌特色。清人翁方綱曾云：「誠齋之詩，巧處即其俚處。」〔註28〕亦即「誠齋體」的諧俗，正是其特色，而此特色與詩人學習民歌、深受民歌影響，實有密切關係。不過，誠齋以民歌俗語、口語入詩的創作方式，也常招致俚俗過甚，「滿紙村氣」的批評。如李慈銘《越縵堂日記》「光緒十一年乙酉十月初四日」評云：

石湖律詩雖亦苦槎枒拗澀，墮南宋習氣，然尚有雅音。……誠齋則粗梗油滑，滿紙村氣，似擊壤而乏理語。〔註29〕

事實上，「粗梗油滑」、「滿紙村氣」，正是楊萬里有意擺脫江西詩派句

〔註27〕筆者按，〈圩丁詞〉雖非以「竹枝」爲名，但楊萬里在此詩序中云：「江東水鄉，隄河兩涯而田其中，謂之圩。農家云：圩者，圍也。內以圍田，外以圍水，蓋河高而田反在水下。……鄉有圩長，歲晏水落，則集圩丁，日具土石揵畚以修圩。余因作詞，以擬劉夢得《竹枝》、《柳枝》之聲，以授圩丁之修圩者歌之，以相其勞云。」同註3，頁26505、26506。可知，〈圩丁詞〉是楊萬里擬〈竹枝〉、〈柳枝〉之聲而創詞，其用意即提供圩丁修圩時的勞動歌唱。因此，可列入受〈竹枝〉民歌影響的創作。

〔註28〕郭紹虞編選、富壽蓀校點：《清詩話續編》（上海：上海古籍出版社，1999年6月），頁1436。見翁方綱《石洲詩話》卷4。

〔註29〕〔清〕李慈銘：《越縵堂日記》（揚州：廣陵書社，2004年5月），頁10902、10903。見〈荀學齋日記〉庚集下第15冊。

意深折、巧用典故等用工深刻技法的自覺努力，也是「誠齋體」的重要特色之一。

嚴羽《滄浪詩話・詩體》論宋代詩壇云：「以人而論則有，……東坡體，山谷體、後山體、王荊公體、邵康節體、陳簡齋體、楊誠齋體。」〔註30〕在南宋詩壇獨標舉「誠齋體」，正見出了「誠齋體」的重要性與獨樹一幟處，亦即誠齋擺落江西，新創文機，「落盡皮毛，自出機杼」〔註31〕，以新奇的活法，詼諧的筆調，書寫山川自然，並在具體細微的物象描繪中，思考物我關係，將瞬間的自我與外物碰撞交流，而呈顯出一種獨特的感悟和新鮮詩意。而此種自覺於從自然中尋找詩材的創作傾向，與深折隱曲、瘦硬拗峭的江西詩風正好背道而行，因此，「誠齋體」實可作爲宋調轉型的代表。

二、陸游的出走江西與「詩外工夫」的體悟

陸游學詩同樣出自江西，如卷二〈追懷曾文清公呈趙教授近嘗示詩〉云：「憶在茶山聽說詩，親從夜半得玄機。……律令合時方帖妥，工夫深處卻平夷。」（頁24298）卷三十一〈贈應秀才〉亦云：「我得茶山一轉語，文章切忌參死句。」（頁24893）「茶山」即曾幾，陸游十八歲拜曾幾爲師，可見，其學詩是由江西詩派的變調入手的。又曾幾曾指出陸游詩之淵源云：「君之詩淵源殆自呂紫微。」〔註32〕可見，陸游早年習詩，接受江西詩派的變調理論之薰陶，呂本中的「活法」，曾幾的「活參」均對陸游的創作產生直接影響。

乾道八年（1172），陸游從戎南鄭的經歷，不僅拓展其人生的閱

〔註30〕何文煥編訂：《歷代詩話》（台北：藝文印書館，1991年9月），頁444、445。

〔註31〕〔清〕呂留良、吳之振、吳自牧選：《宋詩鈔》（北京：中華書局，1996年2月），頁2038。其中〈楊萬里誠齋詩鈔序〉云：「……後村謂：『放翁，學力也，似杜甫。誠齋，天分也，似李白。』蓋落盡皮毛，自出機杼。……」

〔註32〕〔宋〕陸游：《渭南文集》（台北：臺灣商務印書館，1986年3月，影印文淵閣四庫全書本），卷14，頁416。見〈呂居仁詩序〉。

歷，對其詩風的轉變也是重要關鍵。卷二十五〈九月一日夜讀詩稿有感走筆作歌〉一詩，曾提及對詩歌創作的覺悟云：

> 我昔學詩未有得，殘餘未免從人乞。力孱氣餒心自知，妄取虛名有殘色。四十從戎駐南鄭，酣宴軍中夜連日。……詩家三昧忽見前，屈賈在眼元歷歷。天機雲錦用在我，剪裁妙處非刀尺。……（冊 39，頁 24789）

此詩是陸游於紹熙三年（1192），回憶南鄭軍旅生活及詩作轉變的作品，詩中自述其從戎南鄭後學詩的飛躍性變化，超越自我，達到創作自由的喜悅。從戎南鄭，直面社會生活與前線生存的強烈感受，使其詩思產生轉變，「詩家三昧忽見前」，從而對昔日「殘餘未免從人乞」的創作方式加以摒棄。「三昧」，錢仲聯先生注云：「《大智度論》：『善心一處住不動，是名三昧。』又：『一切禪定，亦名定，亦名三昧。』此用以指詩家悟入之境地。」〔註 33〕故「三昧」本爲佛家語，指修行所達到的高妙境界，陸游將之化用爲詩家的最高境界。陸游之所以能悟入詩家的最高境界，與其南鄭前線生活的洗禮及觸發關係密切。激烈的戰鬥，使詩人直面社會現實，再加以面對國家苟安求和、不思恢復的種種艱難局勢，使詩人摒棄藻繪模擬、乞人之餘的閉門造句方式，認識到詩的眞實，存在於眞實的生活中，而非藏在律令句法與雕章繡句中。如：

> ……文章要須到屈宋，萬仞青霄下鸞鳳。區區圓美非絕倫，彈丸之評方誤人。（冊 39，卷十六〈答鄭虞任檢法見贈〉，頁 24604。）
>
> 六十餘年妄學詩，工夫深處獨心知。夜來一笑寒燈下，始是金丹換骨時。（冊 40，卷五十一〈夜吟二首〉之二，頁 25216。）
>
> 琢琱自是文章病，奇險尤傷氣骨多。君看大羹玄酒味，蟹螯蛤柱豈同科。（冊 41，卷七十八〈讀近人詩〉，頁 25618。）

〔註 33〕〔宋〕陸游著、錢仲聯校注：《劍南詩稿校注》（上海：上海古籍出版社，2005 年 4 月），頁 1803。

以上諸詩均對江西詩風提出批評〔註 34〕，不只批評江西「點鐵成金」、「奪胎換骨」之法，並悟得呂本中「活法」所標榜的詩歌風格「流轉圓美」，亦非詩之眞實。「活法」、「點鐵成金」、「奪胎換骨」等，都是作詩的內功，也是陸游早年從曾幾、呂本中等江西詩派人物，所學得的重要作詩工夫。雖然陸游並非完全揚棄詩之內功，但卻更看重「詩外工夫」。

陸游所謂「詩外工夫」爲何？由卷七十八〈示子遹〉一詩，可以探知。詩云：

> 我初學詩日，但欲工藻繪。中年始少悟，漸若窺宏大。怪奇亦間出，如石漱湍瀨。數仞李杜牆，常恨欠領會。元白纔倚門，溫李眞自鄶。正令筆扛鼎，亦未造三昧。詩爲六藝一，豈用資狡獪。汝果欲學詩，工夫在詩外。（冊 41，頁 25627）

「中年始少悟，漸若窺宏大」，指前述〈九月一日夜讀詩稿有感走筆作歌〉詩中「四十從戎駐南鄭」一事，擴大了詩人的眼界，並改變其對詩歌創作的看法。「詩爲六藝一，豈用資狡獪」，正視詩歌的思想內涵，揚棄藻繪雕飾，換言之，所謂「工夫在詩外」，亦即應深入生活，增廣閱歷，非僅鑽研於前人詩作技巧中，而是必須投入到社會生活的實踐，在現實的生活中鍛鍊意志，直面社會人生的甘苦，體會國家淪喪的悲痛，如此抒發了詩人眞實情感的詩作，才是悟入「詩中三昧」。與楊萬里焚燬少作的理由相同，陸游也曾在嚴州刪詩，其〈跋詩稿〉云：

> 此予丙戌以前詩二十之一也。及在嚴州，再編，又去十之九，然此殘稿終亦惜之，乃以付子聿。〔註 35〕

〔註 34〕「彈丸」、「金丹換骨」之說，均明顯可知其所批評的對象，至於〈讀近人詩〉雖無明顯關鍵字句判別其所批評爲何，傅璇琮先生則認爲，〈讀近人詩〉是對江西詩派的批評。其云：「陸游此詩雖未標出江西詩派之名，而前代論詩家多以爲所指即江西派人。」參見傅璇琮編著：《黃庭堅和江西詩派卷》（高雄：麗文文化事業股份有限公司，1993 年 10 月），頁 446。

〔註 35〕同註 32，卷 27，頁 520。

只留存四十二歲以前作品的二十分之一，宣示了擺脫江西詩派的決心，朝向「詩外」拓展，從社會生活實踐中，創作眞正的詩作。前述各章中，掃胡塵，靖國難，橫戈馬上，爲國忘軀的忠憤詩篇，即可視爲陸游擺脫江西，實踐「工夫在詩外」的創作成果。

另外，陸游也從日常生活、自然山水、農村風光取得詩材，成爲其詩集中的重要內容。以下諸詩均可見此自覺，如：

> ……物華似有平生舊，不待招呼盡入詩。（冊 39，卷十八〈早春池上作〉，頁 24666。）
>
> ……欲歸且復留，造物成吾詩。（冊 39，卷十八〈春曉東郊送客〉，頁 24670。）
>
> 山光染黛朝如濕，川氣熔銀暮不收。詩料滿前誰領略，時時來倚水邊樓。（冊 39，卷二十三〈雜題六首〉之六，頁 24763。）
>
> 一窗新綠慳幽情，袖手吟詩取次成。……（冊 39，卷二十九〈淨智西窗〉，頁 24858。）
>
> 北菴睡起坐東廂，無事方知日月長。天與詩人送詩本，一雙黃蝶弄秋光。（冊 40，卷三十六〈龜堂東窗戲弄筆墨偶得絕句五首〉之三，頁 24968。）
>
> 沙路晴時雨，漁舟日往來。村村皆畫本，處處有詩材。炊黍孤烟晚，呼牛一笛哀。終身看不厭，岸幘興悠哉。（冊 40，卷四十一〈舟中作〉，頁 25046。）
>
> 法不孤生自古同，癡人乃欲鏤虛空。君詩妙處吾能識，正在山程水驛中。（冊 40，卷五十〈題廬陵蕭彥毓秀才詩卷後二首〉之二，頁 25200。）
>
> 紙潔晴窗暖，粳新午飯香。嗜眠爲至樂，省事是奇方。孤蝶弄秋色，亂鴉啼夕陽。詩情隨處有，信筆自成章。（冊 40，卷六十四〈即事六首〉之四，頁 25411。）

「造物成吾詩」、「詩料滿前誰領略」、「天與詩人送詩本」、「處處有詩材」、「詩情隨處有，信筆自成章」，從以上諸詩語均可見知陸游從自然景物、日常生活中擷取創作靈感的領悟。「法不孤生自古同，癡人乃欲鏤虛空。君詩妙處吾能識，正在山程水驛中。」〈題廬陵蕭彥毓秀才詩卷後二首〉一詩，則藉著對蕭彥毓詩作的肯定，直指離開生活現實的創作方式是「鏤虛空」的「癡人」，眞正的詩法是在「山程水驛中」，從體驗生活而得，並非只是「蒐獵奇書」、「穿穴異聞」式的閉門造句，可以說是間接對江西詩法的批判。《御選唐宋詩醇》卷四十二評放翁詩云：

> 觀游之生平，……少歷兵間，晚棲農畝，中間浮沉中外，在蜀之日頗多，其感激悲憤、忠君愛國之誠，一寓於詩，酒酣耳熱，跌蕩淋漓。至於漁舟樵徑，茶椀爐熏，或雨或晴，一草一木，莫不著爲歌咏，以寄其意。〔註36〕

此評指出了陸游詩歌的重要內容，「感激悲憤、忠君愛國之誠」，「漁舟樵徑，茶椀爐熏」，「或雨或晴，一草一木」等歌詠，而這些內容與宋調典型的內斂、自省剛好相反，是屬於面向廣闊社會與自然的外向型謳歌。也正如錢鍾書先生在《談藝錄》中的批評：

> 放翁高明之性，不耐沉潛，故作詩工于寫景敘事。……殆奪于「外象」，而頗闕「内景」者乎？〔註37〕

此論雖或指出放翁詩之不足處，但也正好點明了陸詩外向型的特徵。這種外向型的詩歌創作，傾向於表現廣闊的外界生活，關心社會國家的發展變化，將書齋雅興及重視詩人內在心理思考的內省型特色，拉向「山程水驛」及社會生活中。這種外向型的發展，正是陸游對其詩歌創作理想的實踐，也是對宋調典型的一種背離。

三、范成大與尤袤的不徇江西、反映現實

與陸游、楊萬里相較，范成大與尤袤二人在詩歌創作理論上，較無明顯提及擺脫江西的主張，但二人仍以詩歌作品彈奏宋調變奏。

〔註36〕〔清〕乾隆十五年敕編：《御選唐宋詩醇》（台北：臺灣商務印書館，1986年3月，影印文淵閣四庫全書本），卷42，頁828、829。

〔註37〕同註24，頁130。

從寫作題材方面而言，范成大與江西詩派瓜葛較少，但《四庫全書·石湖詩集提要》云：「蓋追溯蘇黃遺法，而約以婉峭，自為一家。」〔註 38〕錢鍾書先生則說范成大：

> 像在楊萬里的詩裡一樣，沒有斷根的江西派習氣時常要還魂作怪。……喜歡用些冷僻的故事成語，而且有江西派那種多「用釋氏語」的通病，也許是黃庭堅以後，錢謙益以前，用佛典最多、最內行的名詩人。〔註 39〕

以上說明了范成大與江西詩派之間雖無明顯的師承關係，但江西詩風好用僻典、佛典的影響〔註 40〕，仍顯而易見。又如其〈人鮓瓮〉一詩，紀昀評為：「恣而不野，峭而有韻，江西派中之佳者。」〔註 41〕方回也曾稱賞范成大詩「較似后山更平澹，一生愛誦石湖詩。」〔註 42〕凡此，均可見江西詩風的影響。儘管江西詩法或許如影隨形，但范成大在創作題材上則不徇江西，其田園組詩以對鄉風民俗的關注，擅寫農村生活各面向；使金紀行詩則描寫出使金國，遊歷山川，遍覽風土人情的開闊視野，不僅在題材上開拓田園詩的內容，也發展了山川行旅詩，使宋調更貼近社會現實。如前述各章所引早年的〈催租行〉、〈後催租行〉等反映民間疾苦之作，及晚年的《四時田園雜興六十首》、《臘月村田樂府十首》等描述農村田園的組詩，均呈現出與宋調典型不同的關注面向。宋長白《柳亭詩話》評范成大詩曰：「纖悉畢登，鄙俚盡錄，曲盡田家況味。」〔註 43〕李慈銘《越縵堂日記》「光緒十一年

〔註 38〕〔宋〕范成大：《石湖詩集》（台北：臺灣商務印書館，1986 年 3 月，影印文淵閣四庫全書本），頁 596。

〔註 39〕錢鍾書：《宋詩選註》（台北：木鐸出版社，1987 年 7 月），頁 218。

〔註 40〕如錢鍾書先生舉其〈重九日行營壽藏之地〉一詩：「縱有千年鐵門限，終須一個土饅頭。」是採用王梵志詩典而成。且「鐵門限」一詩，陳師道亦採用過，「土饅頭」詩，黃庭堅亦稱讚過。同前註，頁 219。

〔註 41〕同註 11，頁 201。

〔註 42〕〔宋〕方回撰：《桐江續集》（台北：臺灣商務印書館，1986 年 3 月，影印文淵閣四庫全書本），卷 28，頁 599。見〈至節前一日六首〉之六。

〔註 43〕〔清〕宋長白撰：《柳亭詩話》（台北：莊嚴文化出版社，1997 年 6 月，四庫全書存目叢書影本），卷 22，頁 553。引王載南評語。

乙酉十月初四」亦云：

> 誦其石湖養閑諸什，東園歸老諸詩，雜綴園亭，經營草木，鄉居瑣事，吳俗歲華，亦足以陶寫塵襟，流傳佳話。雅人深致，故自不凡。〔註44〕

「鄙俚盡錄」，「鄉居瑣事，吳俗歲華」等詩作內容，以及使金絕句中深入社會、行旅的寫實精神，均可視爲對深折隱曲、自省內斂的宋調典型的反動。江山之助，社會現實，都是范成大詩思的觸發處，正如《宋詩史》一書所指陳的：

> 從總體上看，范成大詩畢竟沒有局限于書卷與書齋，而是大步走向現實，反映現實，因而其所聯結的更重要的藝術淵源實爲「爲事而作」的白居易、張籍、王建等人的「新樂府」精神。……而這種與陸游、楊萬里完全一致的投身現實的精神及其大規模的創作實踐，無疑使得宋詩後期向著唐詩那樣的以自然爲創作契機的情景交融的審美範式回復的趨向進一步明顯與加速。〔註45〕

承上所述，范成大雖較無理論上的反江西詩法，但卻以其寫作題材走入現實、聯結現實，作爲對宋調典型的背離。

至於尤袤，即使與江西詩派淵源不深，但仍有一定關係。〔註46〕因其作品佚失不全，造成研究上較無法探得全貌，但檢視其現存作品，顯然也曾受到江西詩派影響。如〈和渭叟梅花〉五、六句云：「春意已張本，寒威今解嚴。」紀昀評云：「……五、六尤『江西』習氣語。」〔註47〕〈次韻德翁苦雨〉一詩，化俗爲雅，並押險韻，方回贊曰：「尤遂初押韻用事神妙如此，敬嘆敬嘆。」〔註48〕〈己亥元日〉

〔註44〕同註29，頁10904。

〔註45〕許總：《宋詩史》（重慶：重慶出版社，1997年7月），頁713。

〔註46〕按：《宋史本傳》記載尤袤少與喻樗、汪應辰交游。又據《宋史》卷387《汪應辰本傳》記載，汪嘗從呂本中游。且尤袤與楊萬里、陸游等出自江西諸人，均有交游，即使非直接關係，仍有間接關係，不太可能毫無影響。

〔註47〕同註11，頁769。

〔註48〕同註11，頁704。

詩：「蕭條門巷經過少，老病腰支拜起難。」此句方回的評語為：「『幽棲地僻經過少，老病人扶再拜難。』少陵詩也。尤延之小改，用作元日詩，卻似稍切。」紀昀評云：「實是點化得妙。」〔註 49〕可見，尤袤仍難逃江西詩派用事、押韻、用典、奪胎換骨等詩法的影響。不過，從文學史的現場而言，乾道、淳熙年間，拗折韌瘦的江西詩風，已漸為詩人所厭棄而力圖擺脫，當時南宋四大家均有此自覺意識。正如張仲謀先生所指陳：「尤袤的創作傾向，與當時的詩壇風會恰好相合。」〔註 50〕亦即尤袤能享聲名，是因其創作吻合當時文人力圖擺脫江西詩風牢籠，追求平易自然詩風的背景有關。從姜夔《白石道人詩集・自序》引尤袤語，可以得知其明顯表現出否定江西的傾向，追求另一種詩美。語云：

> 近世人士，喜宗江西。溫潤有如范致能者乎，痛快有如楊廷秀者乎，高古如蕭東夫，俊逸如陸務觀，是皆自出機軸，亶有可觀者，又奚以江西為？〔註 51〕

由上述引文可知，尤袤在肯定其他詩人偏離江西「自出機軸」的同時，也對江西詩風有明顯的否定。雖然，從其現存作品看來，「江西習氣」仍存是不可抹煞的事實，但由前述論「用世之志」章節中所闡釋的尤袤詩作，如〈淮民謠〉、〈雪〉、〈正月二十八日夜大雪〉等憂民疾苦的作品，則可見其社會關懷的現實精神。因此，從這個角度而言，尤袤仍以創作實踐力圖擺脫江西詩風的束縛。

四、結語

綜上所述，陸、楊、范、尤四人雖均促成了宋調的轉型，但其中又以「誠齋體」的審美情趣最為背離宋調典型，因此被視為宋調轉型

〔註 49〕同註 11，頁 613。

〔註 50〕張仲謀：〈詩壇風會與詩人際遇——尤袤詩論略〉，《文學遺產》第 2 期（1994 年），頁 62。

〔註 51〕〔宋〕姜夔：《白石道人詩集》（台北：臺灣商務印書館，1986 年 3 月，影印文淵閣四庫全書本），頁 64。

的代表，但也因而招致最爲嚴厲的批評。如《石洲詩話》卷四云：

> 石湖、誠齋皆非高格，獨以同時筆墨皆極酣恣，故遂得抗顏與放翁并稱。而誠齋較之石湖，更有敢作敢爲之色，頤指氣使，似乎無不如意，所以其名尤重。其實石湖雖只平淺，尚有近雅之處，不過體不高、神不遠耳；若誠齋，以輕儇佻巧之音，作劍拔弩張之態，閱至十首以外，輒令人厭不欲觀，此眞詩家之魔障。〔註52〕

從翁方綱的批評可知，尤袤除外，三家中陸游最爲雅正，范成大則「尚有近雅之處」，至於楊萬里則「輕儇佻巧」、「令人厭不欲觀」，亦即背離宋調的審美情趣最遠，以典型宋調的審美標準而言，乃「詩家之魔障」。事實上，不只楊萬里的諧俗，陸游詩中也有十分俗化的中晚唐格調，因而往往招致「蹊徑太熟」、「流滑淺易」的批評，如李重華《貞一齋詩話》云：「南宋陸放翁，堪與香山踵武，益開淺直路徑。」〔註53〕另外，如第五章中所述，范成大詩中對鬻魚菜者、賣藥者等市井小販的描述，以及其田園風情民俗的描寫，也被評爲「體不高、神不遠」。然而，中興詩人的諧俗、淺直……等，這些被批評的缺失，往往是有意爲之的，亦即以此創作實踐衝擊宋調高雅的審美情趣，並因而確認宋調變奏的成立。

〔註52〕同註28，頁1437。見翁方綱《石洲詩話》卷四。

〔註53〕〔清〕王之夫等撰、丁福保編：《清詩話》（台北：西南書局有限公司，1979年11月），頁853。見李重華《貞一齋詩話》。

第九章　結論——南宋四大家與唐型文化、宋型文化的對話

本論文第三章曾引述傅樂成先生〈唐型文化與宋型文化〉一文，對唐型文化與宋型文化特質的概括分析，指出：總體而言，唐型文化較「複雜而進取」；宋型文化則趨於「單純而收斂」。並得出一簡要概念，即：唐型文化較屬於感性生命的升騰，相對而言是外向的；宋型文化屬理性生命的凝斂，相對而言是內省的。傅樂成先生文中對形塑此一「單純而收斂」文化型態背後的成因，曾分析指出：「民族意識、儒家思想和科舉制度是構成中國本位文化的三大要素，這些要素都在宋代發展至極致。」〔註1〕因此，筆者由此分析入手，探討在一特定的社會狀態、政治制度和思想潮流碰撞交流下，所呈現的宋士大夫群體心態的普遍傾向。從形塑宋型文化的政治、社會、學術等面向著手，析出宋型文化滲透下宋士大夫的群體意識，諸如：淑世精神、憂患意識、隱逸情懷、孔顏之樂等特質，並以此作為探索南宋四家詩的主題。經由本文的探討可以發現，南宋四大家詩作與唐型文化、宋型文化間有著彼此對話的關係。以下將先概括比較唐型與宋型的特質，再闡析四家詩與此特質之對話。

〔註1〕傅樂成：《漢唐史論集》（台北：聯經出版事業公司，1981年6月），頁372。

第一節　詩美特質與文化對話

繼前章闡述了四大家以創作主張與創作實踐對典型宋調——江西詩派，明顯而自覺的擺脫後，本章再結合唐宋詩美的特質與文化間的關係，闡述在宋型文化制約下的四大家詩歌意識指向，與唐型、宋型文化間的離合傾斜。

一、唐詩詩美特質與唐型文化

就內在詩學的傳承而言，唐承六朝之後，唐詩之重情韻，與六朝文學自覺後「詩緣情」之說，有一脈相承之關係。漢、魏、六朝對「吟詠情性」的發揮，以朝向個性的張揚，朝向純文學的自覺一路前進。如劉勰《文心雕龍‧體性》云：「氣以實志，志以定言，吐納英華，莫非情性。」〔註2〕蕭綱在〈與湘東王書〉中亦云：

> 未聞吟詠情性，反擬《內則》之篇；操筆寫志，更摹《酒誥》之作。遲遲春日，翻學《歸藏》；湛湛江水，遂同《大傳》。〔註3〕

可見，「情性」在六朝人看來，是作為個體內在世界的情感表現。因此，詩之「吟詠情性」是抒發內心的情感，而非為發議論而作。唐人承六朝看法，認為「情性」為詩歌之本體，如皎然《詩式》云：

> 曩者嘗與諸公論康樂為文，直于情性，尚于作用，不顧詞彩而風流自然。彼清景當中，天地秋色，詩之量也；慶雲從風，舒卷萬狀，詩之變也。不然，何以得其格高。〔註4〕

司空圖亦云：「情性所至，妙不自尋。」〔註5〕唐詩主「情」的特色愈益彰明。另外，嚴羽在《滄浪詩話》中也曾指出：「唐人好詩多是征

〔註2〕〔梁〕劉勰：《文心雕龍注》（台北：臺灣開明書店，1993年5月），卷六，頁9。

〔註3〕〔清〕嚴可均校輯：《全上古三代秦漢三國六朝文》（北京：中華書局，1995年11月），頁3011。

〔註4〕何文煥編訂：《歷代詩話》（台北：藝文印書館，1991年9月），頁19、20。

〔註5〕同前註，頁26。

戍、遷謫、行旅、離別之作，往往能感動、激發人意。」〔註6〕可見，唐詩寫景物、寫天地萬象，抒發個體內在的情緒，寄託心中的情感，特別關注現實人世的悲歡，故唐詩以情韻取勝。

再就士人所處的文化氛圍而論，唐代士人階層是處在開放多元的社會環境中，大量吸收外來文化，使唐代士人的精神生命不以繼承道統為唯一依歸。正如傅樂成先生所說，此時「思想界脫離儒家的束縛而得到解放，同時又注入胡族的勇敢進取的精神。佛老思想與胡人習俗，經數百年的揉塑混合，乃能下開隋唐的盛世，文治武功，均極輝煌。」〔註7〕在此強大國勢與文治武功的社會氛圍中，士人亦以仕進立功為人生的追求，如陳寅恪先生在《隋唐政治史述論稿》中云：

> 蓋進士之科雖創於隋代，然當日人民致身通顯之塗徑並不必由此，及武后柄政，大崇文章之選，破格用人，於是進士之科為全國干進者競趨之鵠的。〔註8〕

科舉取士給予士人實現抱負的希望，再加以唐代開拓邊疆，與外族的征役連年，更為文人士子開闢另一個建功立業的戰場，如楊炯〈從軍行〉詩云：「寧為百夫長，勝作一書生。」實可用以概括當時士人積極進取建立功業的心態。唐詩中邊塞、行旅、送別之作特別豐富，與這樣的時代氛圍、社會情境是脫離不了關係的。從另一角度而言，當建立功業的理想受挫時，詩歌又不失為抒發懷才不遇的寄託，消解挫折與積鬱的有效療方。文人士子在實現人生理想的旅途上，抒發「可憐閨裡月，長在漢家營。」（沈佺期〈雜詩〉）、「戎馬關山北，憑軒涕泗流。」（杜甫〈登岳陽樓〉）、「三年謫宦此棲遲，萬古惟留楚客悲。」（劉文房〈過賈宜宅〉）、「仍憐故鄉水，萬里送行舟。」（李白〈渡荊門送別〉），這類表達征戍離愁、貶謫苦悶、思鄉情懷的詩句，呈現出

〔註6〕同前註，頁452。

〔註7〕同註1，頁361。

〔註8〕陳寅恪：《隋唐政治史述論稿》（台北：臺灣商務印書館，1994年8月），頁20、21。

現實人生一幕幕悲歡離合以及喜怒哀樂之情，種種生命體驗的再現，使唐詩的丰神情韻特別感動人心。

二、宋詩詩美特質與宋型文化

宋詩的詩美特質，歷來論者均謂以「理」爲主，以「意」爲主，亦即凸顯理性的思考。換言之，宋詩的詩美特質是在宋型文化整體的影響、滲透與積澱下形塑而成的，「宋學的理性主義傾向，對宋代詩學的價值追求產生了直接的滲透。」〔註9〕宋學的哲理思辨特質，以理性精神爲溝通管道，深刻化了文學創作主體的精神生命，因而使宋詩的詩美呈現出理性凝斂、知性內省特質。

宋學的哲理思辨如何滲透入宋詩，使宋詩向重「理」與重「意」方向傾斜？可由先秦「情性說」中的孟子這一系統探尋。孟子論「性」雖不及「情」，但其說在《中庸》、《樂記》中則產生了「情」、「性」二分的觀點。如《中庸》云：「喜怒哀樂之未發，謂之中；發而皆中節，謂之和。」〔註10〕亦即「未發」屬於「性」的範疇，「已發」則屬於「情」的範疇。《樂記》則云：

> 樂者，音之所由生也，其本在人心之感于物也。是故其哀心感者，其聲噍以殺；其樂心感者，其聲嘽以緩；其喜心感者，其聲發以散；其怒心感者，其聲粗以厲；其敬心感者，其聲直以廉；其愛心感者，其聲和以柔。六者非性也，感於物而後動。〔註11〕

可見，《樂記》以喜怒哀樂之心「感於物而後動」，亦即「已發」爲「情」，而「非性也」。由上述引文可以得知，《中庸》、《樂記》皆將「情」、「性」作了區分。這種性、情二分的觀點，到了中唐李翱的〈復性書〉中更發揮爲「性」體「情」用之論。其云：

〔註9〕李春青：《宋學與宋代文學觀念》（北京：北京師範大學出版社，2001年10月），頁70。

〔註10〕〔漢〕鄭玄注、〔唐〕孔穎達疏：《十三經注疏——禮記》（台北：藝文印書館，1993年9月），頁879。

〔註11〕同前註，頁663。

> 性者，天之命也；聖人得之而不惑者也。情者，性之動也，百姓溺之而不能知其本者也。……喜、怒、哀、懼、愛、惡、欲七者，皆情所爲也。情既昏，性斯匿矣。〔註12〕

「情者，性之動也」、「情既昏，性斯匿矣」，「性體情用」的觀念影響宋代文人甚深，並發展爲天理、人欲之辨。另外，自中唐以來文人的知性反省傾向，對宋詩的以「意」爲主，以「理」爲主特色也產生關鍵性影響，當然，整個宋代學風與宋詩的知性反省特色，均有密切關係。然而，「性」、「情」二分的觀點，卻是宋詩走上與唐詩不同道路的分岔點。如李春青先生曾指出「性」、「情」二分的觀念對宋儒與宋代文人影響甚深。其云：

> 自道學產生之後，如何壓制和消解情（人欲），而使性（天理）朗然呈現，就成了使宋明儒者殫思極慮的第一要事；而如何通過人格的提升、胸襟的拓展而使詩文臻於上乘境界，也就成了儒家文學家們時時縈懷的大問題。〔註13〕

換言之，宋詩受到宋代學風的影響，較偏向於情、性二分中的「心性」、「義理」之學，使詩歌本體變「緣情」爲「思理」，處處強調「意」、「理」。如朱子主張：「詩須是沉潛諷誦，玩味義理，咀嚼滋味，方有所益。」〔註14〕因此，宋詩走上了重「理」之路，與緣「情」的唐詩分屬傳統詩學的一體兩面。

另外，整個宋代的文化氛圍也是造就宋詩詩美特質的因素，如本文第三章所論，宋代的佑文政策，提倡文人政治，禮遇文士，科舉考試也使儒家思想成爲顯學，造成儒學益尊，文人士子普遍以儒家道統傳承爲使命，其主體精神得到空前的高揚，士人在心態上也超越唐人建立功業的追求，以辨性命之理、追步聖賢爲人生理想。如王安石〈奉酬永叔見贈〉云：「欲傳道義心猶在，強學文章力已窮。他日若能窺

〔註12〕〔唐〕李翱：《李文公集》（台北：臺灣商務印書館，1986年3月，影印文淵閣四庫全書本），卷2，頁106。

〔註13〕同註9，頁97。

〔註14〕〔元〕劉瑾撰：《詩傳通釋》（台北：臺灣商務印書館，1986年3月，影印文淵閣四庫全書本），頁263。見〈序〉言。

孟子，終身何敢望韓公。」〔註15〕詩中可見其欲直承孟子，以道自任的精神，而此精神也滲入宋詩創作中，使宋詩不以個體生命經驗情感的表達為重點，而以思辨理趣為追求，宋詩中所吟詠的不再僅是唐人著意的「情韻」，而更看重的是一種與物同體的人生追求。因此，宋代士人對形而上價值的追求，窮究性命之理，實造就了宋詩的理性凝斂特質。

三、唐型與宋型詩美之比較

歷來對唐、宋詩美特質差異的論述頗多，如宋、嚴羽《滄浪詩話・詩評》云：「唐人本朝詩未論工拙，直是氣象不同。……本朝人尙理而病于意興，唐人尙意興而理在其中。」〔註16〕《滄浪詩話・詩辯》又云：

> 夫詩有別材，非關書也；詩有別趣，非關理也。……盛唐諸人惟在興趣，羚羊挂角，無跡可求，故其妙處，透徹玲瓏，不可湊泊。如空中之音，相中之色，水中之月，鏡中之象，言有盡而意無窮。近代諸公乃作奇特解會，遂以文字為詩，以才學為詩，以議論為詩，夫豈不工，終非古人之詩也。蓋於一唱三嘆之音，有所歉焉，且其作多務使事，不問興致。〔註17〕

從嚴羽的論述中，我們可以歸納出唐、宋詩特色的大略差別：唐詩主情、重興象，有「一唱三嘆之音」；宋詩主理，以文字、才學、議論為詩，「務使事」、「不問興致」，較缺乏一唱三嘆之致。換句話說，唐詩的本體呈現出感性的情緒；宋詩的本體凸顯出理性的思考。又如明、謝榛《四溟詩話》也指出唐、宋詩之差異云：

> 盛唐人突然而起，以韻為主，意到辭工，不假雕飾，或命意得句，以韻發端，渾成無跡，此所以為盛唐也。宋人專

〔註15〕〔宋〕王安石：《臨川文集》（台北：臺灣商務印書館，1986年3月，影印文淵閣四庫全書本），卷22，頁155。
〔註16〕同註4，頁450。
〔註17〕同註4，頁443。

> 重轉合，刻意精鍊，或難於起句，借用傍韻，牽強成章，此所以爲宋也。〔註18〕

此說也指出了：唐詩「以韻爲主」、「不假雕飾」，一派自然天眞；而宋詩則「專重轉合」、「刻意精鍊」，著重立意布置。另外，《四溟詩話》又舉李白詩的「意隨筆生」與宋人的「必先命意」作比較：「宋人謂作詩貴先立意。李白斗酒百篇，豈先立許多意思而後措辭哉？蓋意隨筆生，不假布置。」〔註19〕可見，唐詩「意隨筆生，不假布置」，著重於情性的吟詠；宋詩則「必先命意」、「涉於理路」，著重於意趣、理趣的獲得。又如繆鉞在〈論宋詩〉一文中，也比較了唐、宋詩相異之處云：

> 唐詩以韻勝，故渾雅，而貴醞藉空靈；宋詩以意勝，故精能，而貴深折透辟。唐詩之美在情辭，故丰腴；宋詩之美在氣骨，故瘦勁。〔註20〕

此說歸納了唐、宋詩的特質，總體而言，唐詩以韻取勝，宋詩以意取勝；以及唐、宋詩美的差異，一在「情辭」，一在「氣骨」。同時，此文中又特別指出宋詩之特點在於：情思深微而不壯闊，氣力收斂而不發揚，詞句不尚蕃豔而尚朴澹，其美不在容光而在意態，其味不重肥醲而重雋永，而這些特色「皆與其時代之心情相合，出于自然。」〔註21〕換句話說，詩美的總體特質，是「與其時代之心情相合」，也就是說唐、宋詩美之特質，分別來自於唐型文化與宋型文化之滲透，從而呈現其差異。

從上述各家對唐、宋詩美特質的論述，可以大略掌握了二種詩美的不同，而詩歌美學史對唐型與宋型詩美的歸納，更凸顯了文化性格與詩歌特質的緊密關聯：

〔註18〕丁福保輯：《歷代詩話續編》（北京：中華書局，1997年3月），頁1143。

〔註19〕同前註，頁1149。

〔註20〕繆鉞等撰：《宋詩鑑賞辭典》（上海：上海古籍出版社，2004年3月），頁3。

〔註21〕同前註，頁14。

> 唐代（特別是從初唐到盛唐），所展示的文化性格和生命情調，是一種生命的發散與昂揚，所以唐詩在唐代文化中是一種動態的進行時的性格，創造者的性格。在審美上是感性生命升騰和理性生命沉潛相交融而又以感性噴發爲主的特定型態美。……宋詩在宋代文化中是一種靜態的守成時的性格，維護者的性格。在審美上是感性生命凝斂和理性生命升騰相交融而又以知性反省爲主的特定型態美。〔註22〕

從以上的歸納可知，審美情感的不同取向，與社會文化、時代精神息息相關。唐代，尤其是初唐至盛唐，因其強盛的國勢與民族融合，在文化上呈現出一種開放的、兼容並蓄的性格；宋代則因外患頻仍、積弱不振，使其文化性格也較趨於保守禁錮與收斂。換句話說，整體而言唐型文化所呈現出的是生命的發散與昂揚；宋型文化則表現出生命的內斂與沉潛。在這兩種文化分別影響下，唐詩呈現了感性生命升騰的型態美；宋詩則表現了理性生命沉潛的型態美。

第二節　宋型文化滲透下的四大家詩歌與唐型文化的對話

從上述對唐宋詩美特質與唐宋型文化關係的論述，得出了對唐型與宋型詩美特質的精簡概念。然而，此概念只是一大體而言的看法，並無法界定所有詩人與詩作的詩美傾向。如錢鍾書先生在《談藝錄》中曾對此現象提出分析：

> 唐詩、宋詩，亦非僅朝代之別，乃體格性分之殊。天下有兩種人，斯分兩種詩。唐詩多以丰神情韻擅長，宋詩多以筋骨思理見勝。……非曰唐詩必出唐人，宋詩必出宋人也。故唐之少陵、昌黎、香山、東野，實唐人之開宋調者；宋之柯山、白石、九僧、四靈，則宋人之有唐音者。……夫

〔註22〕莊嚴、章鑄著：《中國詩歌美學史》（長春：吉林大學出版社，1994年10月），頁176。

人稟性，各有偏至。發爲聲詩，高明者近唐，沉潛者近宋，有不期而然者。……且又一集之內，一生之中，少年才氣發揚，遂爲唐體，晚節思慮深沉，乃染宋調。〔註23〕

錢先生破除以朝代之別來區分唐宋詩，又從人的體格性分，來指代唐、宋詩美的高揚與沉潛，同時，又以人生階段劃分，少年時「才氣發揚」，故詩美傾向也偏向唐型文化蘊染的發散昂揚；晚年「思慮深沉」，故詩美特質則偏向宋型文化襲染之理性內斂。以此鑑賞標準來檢視南宋四家詩，亦可見證此一現象。

一、合論：就四大家詩歌意識指向而論

經由本論文第四、五、六、七章，分別檢索四大家近一萬六千多首詩作，以較爲嚴格的詩歌意識指向分別歸納出四大主題，分析闡釋四大詩人在宋型文化滲透下的詩歌創作表現。文中發現：就詩作數量而言，在呈現淑世精神、憂患意識、隱逸情懷等意識指向的詩作，四家不論創作量多寡，在此三大主題均佔多數；但表達「孔顏之樂」的體道、悟道之樂的詩作，相對而言明顯偏少。此一情形，頗值得推敲。如前所述，政策制度、國家局勢、文人黨爭等層面，是形塑宋型文化的外在因素；而宋代學術話語的建構，亦即宋學或理學，則在對士大夫主體精神的滲透中，賦予士大夫一種理性凝斂、知性內省的特質。換言之，宋學的影響與滲透，可以說是形塑宋型文化最深層的因素。正如王水照先生所云：「宋學的獨特成就是性理之學，而不是事功之學。」〔註24〕雖然，事功之學仍爲宋學，也是宋型文化的一個層面，但宋學仍主要是以心性義理之學爲核心，其目標是追求「內聖外王」境界，其目標所指向的雖是「治國平天下」的事功之學，但其價值指向卻是人的內心世界，主要價值也是實現於內心世界。亦即通過修養

〔註23〕錢鍾書：《談藝錄》（台北：書林出版有限公司，1999年2月），頁2、3、4。

〔註24〕王水照主編：《宋代文學通論》（開封：河南大學出版社，1997年6月），頁273。

工夫，最終達成個體的精神自由，爲個體心靈尋得棲居之所。宋型文化之所以被視爲與唐型文化對舉的特質也正在此，亦即宋學滲透下所形成的一種理性凝斂、內省的特質，與唐型文化的感性升騰、外向特質，正好相對。然而，透過本文的研究發現，南宋四大家淑世精神、憂患意識等屬於事功之學的詩作，更豐於對「孔顏之樂」追尋的屬於心性之學的詩作。換言之，南宋四大家的詩歌意識指向雖屬於宋型文化制約下的主體精神呈現，但在題材表現上，或走向熱烈激昂的軍旅與社會生活，或面向自然山川田園，遍覽風土人情，以開闊的視野，將書齋雅興的宋調拉進社會現實。這些題材表現與「內省理性」的宋型文化這一總體而言的特質有著背離；相對的，四大家以投身現實的精神及大量的創作實踐與「外向感性」、追求事功的唐型文化，則展開熱烈的對話，明顯表現出向著唐詩的審美範式回復的傾向。

二、分論：陸、楊、范、尤詩中的唐宋對話

（一）陸游

陸游以從戎南鄭前線爲契機，辭謝江西詩法，悟得詩家三昧，以大量的軍旅愛國之作，表達熱烈激昂的壯志，針砭時局，對南宋不思恢復、偏安求和政策的焦慮，憂國憂民之情溢於詩中，所謂「感激悲憤，忠君愛國之誠，一寓於詩，酒酣耳熱，跌蕩淋漓。」〔註 25〕如本文第四章所述，其展現「用世之志」的詩作，語言熱烈直接，情感充塞詩行之間，與宋詩整體特質的「沉潛」、「內斂」殊異。如錢鍾書先生曾謂：「放翁愛國詩中功名之念，勝於君國之思。」這個說法在本論文第四章中已略爲放翁平反，但錢先生的意見仍給予本文一個支持論點，亦即陸游愛國憂國之作，與唐詩中士人對於功名抱負的書寫，以及建立功業的抱負失落後，遷謫行旅之作的情感表現如出一轍：「三更撫枕忽大叫，夢中奪得松亭關。」（〈樓上醉書〉）、「壯心未許全消

〔註 25〕〔清〕乾隆十五年敕編：《御選唐宋詩醇》（台北：臺灣商務印書館，1986 年 3 月，影印文淵閣四庫全書本），卷 42，頁 828、829。

盡，醉聽檀槽出塞聲。」（〈醉中感懷〉）、「和戎詔下十五年，將軍不戰空臨邊。」、「三十從軍今白髮，笛裡誰知壯士心。」（〈關山月〉），均為對現實國家局勢與無奈心情的抒發；「我獨登城望大荒，勇欲為國平河湟。」（〈大風登城〉）、「千年史冊恥無名，一片丹心報天子。」（〈金錯刀行〉），則寫盡為國列戍的雄心壯志，誠然唐人建功立業之心。嚴羽曾云：「唐人好詩多是征戍、遷謫、行旅、離別之作，往往能感動、激發人意。」〔註 26〕而放翁好詩亦在軍旅生活的熱烈激昂中揮灑其報國之情與憂國憂民之意，其恣肆噴薄的大膽謳歌，正符合前述唐型文化性格與生命情調的感性、發散與昂揚。就此點而論，放翁之詩是宋詩中之有唐音者。

但另一方面，「至於漁舟樵徑，茶椀爐熏，或雨或晴，一草一木，莫不著為歌咏，以寄其意。」晚年退休鏡湖三山，其沉潛、內斂的詩作，以及體悟孔顏「安貧樂道」生命境界的體道、悟道詩作，則又呈現出宋型文化靜態守成性格，理性生命凝斂的詩美特質。陸游詩作的這一現象，也正反映了上述錢鍾書先生：「一集之內，一生之中，少年才氣發揚，遂為唐體；晚節思慮深沉，乃染宋調。」之說。

（二）楊萬里

楊萬里的詩歌創作與理念，亦有類似情形。其「誠齋體」的形成與創作主張均明顯呈現出對宋調的背離，已如前節所述；而其走出書齋、投向自然的詩歌創作實踐，其動機正如錢鍾書先生所指，是「努力要跟事物——主要是自然界——重新建立嫡親母子的骨肉關係，要恢復耳目觀感的天真狀態。」〔註 27〕「紅塵不解送詩來，身在煙波句自佳。」（〈再登垂虹亭〉，頁 26241。）、「不是風煙好，何緣句子新。」（〈過池陽舟中望九華山〉，頁 26555。）可知，自然風物對其詩興觸發的重要性，詩人自覺走出書齋，面對江山，「物色之動，心亦搖

〔註 26〕同註 4，頁 452。
〔註 27〕錢鍾書：《宋詩選註》（台北：木鐸出版社，1987 年 7 月），頁 180。

焉。……流連萬象之際，沉吟視聽之區」〔註28〕，從這個面向來說，這是楊萬里對江西詩學「挾其深博之學，雄雋之文，於是檃括其偉辭以爲詩。」〔註29〕的一種反撥；同時，也可以因此而確認其傾向於唐詩以自然爲創作契機的審美範式。

從另一面向來說，「誠齋體」雖擺脫江西詩派的用事、用典、鍊字、鍊意的習氣，但其自然詩中常又隱含理趣與奇趣，使其詩中呈現一種因物見理、因物覓趣的理趣，在詠物之中引人深思，又透露著宋型詩美特質。如〈促織〉詩：「一聲能遣一人愁，終夕聲聲曉未休。不解繅絲替人織，強來出口促衣裘。」（頁 26204）以諧趣的筆法，因物見理、因物覓趣，在詠促織的鳴聲外，又曲達織婦生活之苦。又〈山店松聲二首〉：「脩塗殘暑僕夫勞，午憩茅簷尺許高。忽有涼風颯然起，小松呼舞大松號。」「松本無聲風亦無，適然相值兩相呼。非金非石非絲竹，萬頃雲濤殷五湖。」（頁 26420）則在自然書寫中，不只以諧趣爲訴求，也有著理性的沉思。此詩雖描寫午後茅店松聲，但精神則進入造化冥思，是以此詩與《莊子·齊物論》〔註30〕「天籟」之思的對話。在松聲的沉思中，領悟萬物各自生發而無所出的造化之理，隱含了對天道的理性沉思。從這個角度來說，楊萬里的自然詩篇又與宋詩「沉潛」、「思理」的詩美特質相互共鳴。

〔註28〕同註2，卷10，頁1。

〔註29〕〔宋〕楊萬里：《誠齋集》（台北：臺灣商務印書館，1986年3月，影印文淵閣四庫全書本），卷80，頁71。見〈黃御史集序〉。

〔註30〕按，《莊子·齊物論》云：「……子綦曰：『夫大塊噫氣，其名爲風。是唯無作，作則萬竅怒號。……』子游曰：『地籟則眾竅是已，人籟則比竹是已，敢問天籟。』子綦曰：『夫吹萬不同，而使其自己也。……』」郭象注曰：「大塊者，無物也。夫噫氣者，豈有物哉？氣塊然而自噫耳。物之生也，莫不塊然而自生。風唯無作，作則萬竅皆怒，動而爲聲也。……物各自生而無所出焉，此天道也。」見〔周〕莊周撰、〔晉〕郭象注：《莊子》（台北：臺灣中華書局，1993年6月），頁11、12。

（三）范成大、尤袤

范成大在題材上開拓了田園詩的境界，並以使金紀行、遊歷山川之作，將宋調拉進社會現實，從這個面向而言，使其詩作沾染了唐型文化的色彩。然而，與陸游、楊萬里相同的是其詩歌創作實踐，仍不免留有江西遺緒，如其隱居石湖後的體道、悟道詩作中，佛老之思的影響及使用佛典入詩的習氣，則傾向了宋詩理性凝斂的特質。

至於尤袤，詩作雖不豐，但在創作及詩風追求上，也力求擺脫江西牢籠，追求平淡自然詩風，使其創作符合當日「詩壇風會」而得享聲名。但如前文所舉詩例，其詩中仍難免存留「江西習氣」，因此，四大家中以尤袤詩中的唐宋對話最不明顯。

（四）結語

本文的研究是以「文化」義界上的深層精神文化爲視角，從宋代文化中層的制度文化、社會局勢環境、學術思潮等結構語境，析出內層的精神文化，以扣緊與南宋四家詩對話上的話語聯繫。由宋代政治制度上的偃武佑文，國家局勢的積弱不振，相黨政治下的文人黨爭，宋學的學術特色等面向探討，並析出在宋型文化滲透下的士大夫群體意識，如淑世精神、憂患意識、隱逸情懷、孔顏之樂等價值情操，作爲探索南宋四家詩與宋型文化的對話主題。

綜合以上各章所述可知，南宋四家詩之創作實踐、詩法理論、風格追求，普遍傾向於較爲外向的情感抒發，因而雜染著唐型文化的詩美特質；但另一方面，在宋型文化滲透下的宋詩理性凝斂特質，則仍不時閃爍於詩行之間。正如「文化詩學」的倡導者史蒂芬・格林布萊特所強調：「自我」的塑造，是「自我」和社會文化場域的互相滲透、融合所「合力」構成的。作家的人格精神在與社會結構語境的「曲折」過程中，塑造了文學作者的活動史與心靈史，同時，也使文學的文化意義呈現出來。本文將南宋四家之詩作置於政治、歷史、社會、哲學等跨學科的研究，與文化進行了一場對話，因而凸顯出在宋型文化孕育下的南宋四家詩，不只與宋型文化本身有著詩歌意識指向上的對話關係；另一方面，在創作實踐、詩法主張、風格情感表現上也跨越了邊界，有著向唐型文化所蘊釀的唐詩美學特質回復的趨勢。

三、餘論

本文從文化詩學的角度，探索南宋四大家的詩歌意識指向與宋型文化之關係，文中除剖析宋型文化特質對南宋四家詩之滲透外，也聆聽了四家詩與宋型文化「詩與思」的對話；同時，在探索過程中也參與了一場唐型文化與宋型文化的文化對話，並體認到「性情原自無古今，格調何須辨宋唐。」〔註31〕這句話的眞諦。唐宋之美，各美其美，並無格調的高下，只有性情的不同。南宋四家詩的傾唐傾向，以及對宋調內省典型的背離，也只有詩人性情導致詩美特質的不同，並無格調高下的問題。晉、郭象對《莊子・德充符》:「自其同者視之，萬物皆一也。」所下的注語云:「雖所美不同，而同有所美。各美其所美，則萬物一美也。」〔註32〕筆者以爲，此語亦可作爲南宋四家詩詩美的註腳。

須附帶一提的是，在研究過程中，筆者也意會到本文研究的不足之處。本文經由歸納宋代政治制度上的偃武佑文，國家局勢的積弱不振，相黨政治下的文人黨爭，以及宋學與理性精神等政治、社會、學術各面向，並從中析出宋型文化滲透下的宋士大夫群體意識，如淑世精神、憂患意識、隱逸情懷、孔顏之樂等特質作主題式探討，借用王水照先生對宋型文化「內省而廣大」的界定說法，實仍有所不足，對其他重要主題，難免有遺珠之憾。宋型文化如一亟待探索的汪洋深海，仍有許多本文尙不及研究的面向，有待研究者持續沉潛其中。

〔註31〕同註23，頁5。
〔註32〕同註30，卷二，頁17。

參考文獻

1. 書目分為「古代文獻」與「近人論著」二大類。
2.「古代文獻」依《四庫全書》經、史、子、集四部順序排列。各部資料先按朝代先後，再按作者姓氏筆畫多寡排列。
3.「近人論著」分「專書」、「學位論文」、「單篇論文」。「專書」按姓氏筆畫排列，翻譯作品及外文作品置後；「學位論文」先博士論文，次碩士論文；引用「單篇論文」亦依姓氏筆畫先後排列。

一、古代文獻

（一）經部

1.〔漢〕孔安國傳、〔唐〕孔穎達疏：《十三經注疏——尚書》（台北：藝文印書館，1993年9月）
2.〔漢〕趙岐注、舊題〔宋〕孫奭疏：《十三經注疏——孟子》（台北：藝文印書館，1993年9月）
3.〔漢〕鄭玄注、〔唐〕孔穎達疏：《十三經注疏——詩經》（台北：藝文印書館，1993年9月）
4.〔漢〕鄭玄注、〔唐〕賈公彥疏：《十三經注疏——周禮》（台北：藝文印書館，1993年9月）
5.〔漢〕鄭玄注、〔唐〕孔穎達疏：《十三經注疏——禮記》（台北：藝文印書館，1993年9月）
6.〔魏〕王弼、〔晉〕韓康伯注、〔唐〕孔穎達正義：《十三經注疏——周易》（台北：藝文印書館，1993年9月）
7.〔魏〕何晏注、〔宋〕邢昺疏：《十三經注疏——論語》（台北：藝文印書館，1993年9月）

8.〔宋〕朱熹集註：《四書集註》（台南：臺南東海出版社，1989 年 9 月）
9.〔宋〕陳祥道撰：《論語全解》（台北：臺灣商務印書館，1986 年 3 月，影印文淵閣四庫全書本）
10.〔宋〕程頤撰：《伊川易傳》（台北：臺灣商務印書館，1986 年 3 月，影印文淵閣四庫全書本）
11.〔宋〕楊萬里撰：《誠齋易傳》（台北：臺灣商務印書館，1986 年 3 月，影印文淵閣四庫全書本）
12.〔宋〕衛湜撰：《禮記集説》（台北：臺灣商務印書館，1986 年 3 月，影印文淵閣四庫全書本）
13.〔宋〕蘇轍撰：《論語拾遺》（台北：臺灣商務印書館，1986 年 3 月，影印文淵閣四庫全書本）
14.〔元〕胡震撰、胡光大續：《周義衍義》（台北：臺灣商務印書館，1986 年 3 月，影印文淵閣四庫全書本）
15.〔元〕劉瑾撰：《詩傳通釋》（台北：臺灣商務印書館，1986 年 3 月，影印文淵閣四庫全書本）

（二）史部

1.〔吳〕韋昭注：《國語》（台北：臺灣商務印書館，1986 年 3 月，影印文淵閣四庫全書本）
2.〔漢〕司馬遷撰：《史記》（台北：藝文印書館，1996 年 8 月）
3.〔漢〕班固撰、〔唐〕顏師古注：《漢書》（台北：臺灣商務印書館，1986 年 3 月，影印文淵閣四庫全書本）
4.〔漢〕班固撰、〔唐〕顏師古注：《漢書補注》（台北：藝文印書館，1996 年 8 月）
5.〔南朝宋〕裴駰撰：《史記集解》（台北：臺灣商務印書館，1986 年 3 月，影印文淵閣四庫全書本）
6.〔晉〕陳壽撰、〔宋〕裴松之註：《三國志》（台北：臺灣商務印書館，1986 年 3 月，影印文淵閣四庫全書本）
7.〔晉〕常璩撰：《華陽國志》（台北：臺灣商務印書館，1986 年 3 月，影印文淵閣四庫全書本）
8.〔唐〕房玄齡等撰：《晉書》（台北：臺灣商務印書館，1986 年 3 月，影印文淵閣四庫全書本）
9.〔後魏〕楊衒之撰：《洛陽伽藍記》（台北：臺灣商務印書館，1986 年 3 月，影印文淵閣四庫全書本）

10.〔後晉〕劉昫等撰：《舊唐書》（台北：臺灣商務印書館，1986 年 3 月，影印文淵閣四庫全書本）
11.〔宋〕王栐撰：《燕翼詒謀錄》（台北：臺灣商務印書館，1986 年 3 月，影印文淵閣四庫全書本）
12.〔宋〕朱熹撰：《伊洛淵源錄》（台北：臺灣商務印書館，1986 年 3 月，影印文淵閣四庫全書本）
13.〔宋〕李燾撰：《續資治通鑑長編》（台北：臺灣商務印書館，1986 年 3 月，影印文淵閣四庫全書本）
14.〔宋〕李心傳撰：《建炎以來朝野雜記》乙集 （台北：臺灣商務印書館，1986 年 3 月，影印文淵閣四庫全書本）
15.〔宋〕李心傳撰：《建炎以來繫年要錄》（台北：臺灣商務印書館，1986 年 3 月，影印文淵閣四庫全書本）
16.〔宋〕呂中撰：《宋大事記講義》（台北：臺灣商務印書館，1986 年 3 月，影印文淵閣四庫全書本）
17.〔宋〕徐夢莘撰：《三朝北盟會編》（台北：臺灣商務印書館，1986 年 3 月，影印文淵閣四庫全書本）
18.〔宋〕范曄撰、〔晉〕司馬彪撰志：《後漢書》（台北：臺灣商務印書館，1986 年 3 月，影印文淵閣四庫全書本）
19.〔宋〕陸游撰：《南唐書》（台北：臺灣商務印書館，1986 年 3 月，影印文淵閣四庫全書本）
20.〔宋〕陸游撰：《入蜀記》（台北：臺灣商務印書館，1986 年 3 月，影印文淵閣四庫全書本）
21.〔宋〕歐陽修、宋祁等敕撰：《新唐書》（台北：臺灣商務印書館，1986 年 3 月，影印文淵閣四庫全書本）
22.〔宋〕劉時舉撰：《續宋編年資治通鑑》（台北：臺灣商務印書館，1986 年 3 月，影印文淵閣四庫全書本）
23.〔元〕不著撰人：《宋史全文》（台北：臺灣商務印書館，1986 年 3 月，影印文淵閣四庫全書本）
24.〔元〕馬端臨著：《文獻通考》（台北：臺灣商務印書館，1986 年 3 月，影印文淵閣四庫全書本）
25.〔元〕脫脫等修：《宋史》（台北：臺灣商務印書館，1986 年 3 月，影印文淵閣四庫全書本）
26.〔元〕脫脫等修：《金史》（台北：臺灣商務印書館，1986 年 3 月，影印文淵閣四庫全書本）

27.〔明〕馮琦原編、陳邦瞻增輯：《宋史紀事本末》（台北：臺灣商務印書館，1986 年 3 月，影印文淵閣四庫全書本）
28.〔明〕楊士奇等編：《歷代名臣奏議》（台北：臺灣商務印書館，1986 年 3 月，影印文淵閣四庫全書本）
29.〔清〕趙翼撰：《二十二史箚記》（台北：世界書局，1996 年 3 月）
30. 楊家駱主編：《宋會要輯本》（台北：世界書局，1977 年 5 月）

（三）子部

1.〔周〕莊周撰、〔晉〕郭象注：《莊子》（台北：臺灣中華書局，1993 年 6 月）
2.〔漢〕賈誼撰：《新書》（台北：臺灣商務印書館，1986 年 3 月，影印文淵閣四庫全書本）
3.〔漢〕劉向撰：《新序》（台北：臺灣商務印書館，1986 年 3 月，影印文淵閣四庫全書本）
4.〔梁〕宗懍撰：《荊楚歲時記》（台北：臺灣商務印書館，1986 年 3 月，影印文淵閣四庫全書本）
5.〔晉〕郭璞註：《穆天子傳》（台北：臺灣商務印書館，1986 年 3 月，影印文淵閣四庫全書本）
6.〔晉〕葛洪撰：《抱朴子內外篇》（台北：臺灣商務印書館，1986 年 3 月，影印文淵閣四庫全書本）
7.〔五代〕王定保：《唐摭言》（台北：臺灣商務印書館，1986 年 3 月，影印文淵閣四庫全書本）
8.〔宋〕王鞏撰：《聞見近錄》（台北：臺灣商務印書館，1986 年 3 月，影印文淵閣四庫全書本）
9.〔宋〕王曾撰：《王文正筆錄》（台北：臺灣商務印書館，1986 年 3 月，影印文淵閣四庫全書本）
10.〔宋〕朱熹撰、黎靖德編：《朱子語類》（台北：臺灣商務印書館，1986 年 3 月，影印文淵閣四庫全書本）
11.〔宋〕朱熹編：《二程遺書》（台北：臺灣商務印書館，1986 年 3 月，影印文淵閣四庫全書本）
12.〔宋〕朱熹編：《二程外書》（台北：臺灣商務印書館，1986 年 3 月，影印文淵閣四庫全書本）
13.〔宋〕朱熹、呂祖謙同編、葉采集解：《近思錄》（台北：臺灣商務印書館，1986 年 3 月，影印文淵閣四庫全書本）

14.〔宋〕吳曾：《能改齋漫錄》（台北：臺灣商務印書館，1986 年 3 月，影印文淵閣四庫全書本）
15.〔宋〕孟元老撰：《東京夢華錄》（台北：臺灣商務印書館，1986 年 3 月，影印文淵閣四庫全書本）
16.〔宋〕周密：《癸辛雜識》續集 （台北：臺灣商務印書館，1986 年 3 月，影印文淵閣四庫全書本）
17.〔宋〕周煇撰：《清波雜志》（台北：臺灣商務印書館，1986 年 3 月，影印文淵閣四庫全書本）
18.〔宋〕胡仔纂集：《苕溪漁隱叢話前後集》（台北：長安出版社，1978 年 12 月）
19.〔宋〕洪邁撰：《容齋隨筆》（台北：臺灣商務印書館，1986 年 3 月，影印文淵閣四庫全書本）
20.〔宋〕洪邁撰：《容齋隨筆》（上海：上海古籍出版社，1996 年 3 月）
21.〔宋〕眞德秀：《西山讀書記》（台北：臺灣商務印書館，1986 年 3 月，影印文淵閣四庫全書本）
22.〔宋〕張載：《張子全書》（台北：臺灣商務印書館，1986 年 3 月，影印文淵閣四庫全書本）
23.〔宋〕張邦基撰：《墨莊漫錄》（台北：臺灣商務印書館，1986 年 3 月，影印文淵閣四庫全書本）
24.〔宋〕陸游撰：《老學庵筆記》（台北：臺灣商務印書館，1986 年 3 月，影印文淵閣四庫全書本）
25.〔宋〕黃震撰：《黃氏日抄》（台北：臺灣商務印書館，1986 年 3 月，影印文淵閣四庫全書本）
26.〔宋〕楊時撰：《二程粹言》（台北：臺灣商務印書館，1986 年 3 月，影印文淵閣四庫全書本）
27.〔宋〕蔡絛：《鐵圍山叢談》（台北：臺灣商務印書館，1986 年 3 月，影印文淵閣四庫全書本）
28.〔宋〕羅大經：《鶴林玉露》（台北：臺灣商務印書館，1986 年 3 月，影印文淵閣四庫全書本）
29.〔宋〕羅大經：《鶴林玉露》（北京：中華書局，2005 年 6 月）
30.〔明〕徐伯齡：《蟫精雋》（台北：臺灣商務印書館，1986 年 3 月，影印文淵閣四庫全書本）
31.〔明〕黃宗羲編、繆天綬選註：《宋元學案》（台北：臺灣商務印書館，1985 年 12 月）

32.〔明〕解縉等纂：《永樂大典》（北京：中華書局，1998 年 4 月）
33.〔清〕顧炎武：《日知錄》（台北：臺灣商務印書館，1986 年 3 月，影印文淵閣四庫全書本）
34. 余嘉錫箋疏：《世說新語箋疏》（台北：華正書局，1989 年 3 月）
35. 李漁叔註譯：《墨子今註今譯》（台北：臺灣商務印書館，1984 年 3 月）
36. 李滌生著：《荀子集釋》（台北：臺灣學生書局，1988 年 10 月）

（四）集部

1.〔梁〕劉勰撰、王利器校箋：《文心雕龍校證》（台北：明文書局，1982 年）
2.〔梁〕劉勰撰、范文瀾注：《文心雕龍注》（台北：臺灣開明書店，1993 年 5 月）
3.〔梁〕蕭統編、〔唐〕李善注：《文選》（台北：漢京文化事業股份有限公司，1983 年 9 月，影印清胡克家覆宋淳熙本）
4.〔晉〕陶潛撰：《陶淵明集》（台北：臺灣商務印書館，1986 年 3 月，影印文淵閣四庫全書本）
5.〔唐〕白居易撰：《白氏長慶集》（台北：藝文印書館，1981 年 2 月）
6.〔唐〕杜甫著、〔清〕楊倫箋注：《杜詩鏡詮》（上海：上海古籍出版社，1998 年 2 月）
7.〔唐〕李翱撰：《李文公集》（台北：臺灣商務印書館，1986 年 3 月，影印文淵閣四庫全書本）
8.〔唐〕韓愈撰、〔宋〕魏仲舉集注：《五百家注昌黎文集》（台北：臺灣商務印書館，1986 年 3 月，影印文淵閣四庫全書本）
9.〔宋〕尤袤撰：《梁谿遺稿》（台北：臺灣商務印書館，1986 年 3 月，影印文淵閣四庫全書本）
10.〔宋〕王安石：《臨川文集》（台北：臺灣商務印書館，1986 年 3 月，影印文淵閣四庫全書本）
11.〔宋〕尹焞：《和靖集》（台北：臺灣商務印書館，1986 年 3 月，影印文淵閣四庫全書本）
12.〔宋〕朱熹撰：《晦菴集》（台北：臺灣商務印書館，1986 年 3 月，影印文淵閣四庫全書本）
13.〔宋〕朱熹撰：《楚辭集注》（台北：藝文印書館，1983 年 6 月）
14.〔宋〕李綱：《梁谿集》（台北：臺灣商務印書館，1986 年 3 月，影印文淵閣四庫全書本）

15.〔宋〕周敦頤：《周元公集》（台北：臺灣商務印書館，1986 年 3 月，影印文淵閣四庫全書本）
16.〔宋〕周必大：《文忠集》（台北：臺灣商務印書館，1986 年 3 月，影印文淵閣庫全書）
17.〔宋〕周行己撰：《浮沚集》（台北：臺灣商務印書館，1986 年 3 月，影印文淵閣四庫全書本）
18.〔宋〕林景熙：《霽山文集》（台北：臺灣商務印書館，1986 年 3 月，影印文淵閣四庫全書本）
19.〔宋〕邵雍撰：《擊壤集》（台北：臺灣商務印書館，1986 年 3 月，影印文淵閣四庫全書本）
20.〔宋〕姜特立：《梅山續稿》（台北：臺灣商務印書館，1986 年 3 月，影印文淵閣四庫全書本）
21.〔宋〕姜夔：《白石道人詩集》（台北：臺灣商務印書館，1986 年 3 月，影印文淵閣四庫全書本）
22.〔宋〕郭茂倩：《樂府詩集》（北京：中華書局，1996 年 7 月）
23.〔宋〕范成大撰：《石湖詩集》（台北：臺灣商務印書館，1986 年 3 月，影印文淵閣四庫全書本）
24.〔宋〕范成大著、富壽蓀標校：《范石湖集》（上海：上海古籍出版社，2009 年 4 月）
25.〔宋〕范成大撰：《攬轡錄》（北京：中華書局，1985 年，叢書集成初編本）
26.〔宋〕范仲淹：《范文正集》（台北：臺灣商務印書館，1986 年 3 月，影印文淵閣四庫全書本）
27.〔宋〕陸游：《劍南詩稿》（台北：臺灣商務印書館，1986 年 3 月，影印文淵閣四庫全書本）
28.〔宋〕陸游著、錢仲聯校注：《劍南詩稿校注》（上海：上海古籍出版社，2005 年 4 月）
29.〔宋〕陸游：《渭南文集》（台北：臺灣商務印書館，1986 年 3 月，影印文淵閣四庫全書本）
30.〔宋〕陸九淵：《象山集》（台北：臺灣商務印書館，1986 年 3 月，影印文淵閣四庫全書本）
31.〔宋〕張鎡：《南湖集》（台北：臺灣商務印書館，1986 年 3 月，影印文淵閣四庫全書本）
32.〔宋〕張元幹：《蘆川歸來集》（台北：臺灣商務印書館，1986 年 3 月，影印文淵閣四庫全書本）

33.〔宋〕陳傅良：《止齋集》（台北：臺灣商務印書館，1986年3月，影印文淵閣四庫全書本）
34.〔宋〕陳淳撰：《北溪大全集》（台北：臺灣商務印書館，1986年3月，影印文淵閣四庫全書本）
35.〔宋〕黃庭堅撰：《山谷集》（台北：臺灣商務印書館，1986年3月，影印文淵閣四庫全書本）
36.〔宋〕黃榦撰：《勉齋集》（台北：臺灣商務印書館，1986年3月，影印文淵閣四庫全書本）
37.〔宋〕曾慥：《宋百家詩選》（台北：臺灣中華書局，1971年）
38.〔宋〕楊萬里撰、楊長孺編：《誠齋集》（台北：臺灣商務印書館，1986年3月，影印文淵閣四庫全書本）
39.〔宋〕楊萬里撰：《誠齋詩話》（台北：臺灣商務印書館，1986年3月，影印文淵閣四庫全書本）
40.〔宋〕楊憶等編：《西崑酬唱集》（上海：上海古籍出版社，2005年5月）
41.〔宋〕樓鑰：《攻媿集》（台北：臺灣商務印書館，1986年3月，影印文淵閣四庫全書本）
42.〔宋〕劉克莊：《後村詩話》前集 （台北：臺灣商務印書館，1986年3月，影印文淵閣四庫全書本）
43.〔宋〕劉克莊：《後村集》 （台北：臺灣商務印書館，1986年3月，影印文淵閣四庫全書本）
44.〔宋〕劉辰翁撰：《須溪集》（台北：臺灣商務印書館，1986年3月，影印文淵閣四庫全書本）
45.〔宋〕歐陽修：《文忠集》（台北：臺灣商務印書館，1986年3月，影印文淵閣四庫全書本）
46.〔宋〕蔡夢弼：《草堂詩話》（台北：臺灣商務印書館，1986年3月，影印文淵閣四庫全書本）
47.〔宋〕魏了翁：《鶴山集》（台北：臺灣商務印書館，1986年3月，影印文淵閣四庫全書本）
48.〔宋〕魏慶之撰：《詩人玉屑》（台北：臺灣商務印書館，1983年9月）
49.〔宋〕蘇軾：《蘇軾文集》（北京：中華書局，1986年）
50.〔宋〕蘇軾：《東坡全集》（台北：臺灣商務印書館，1986年3月，影印文淵閣四庫全書本）

51.〔宋〕蘇軾著、〔清〕馮應榴輯注：《蘇軾詩集合注》（上海：上海古籍出版社，2001 年 6 月）
52.〔宋〕蘇轍：《欒城集》（台北：臺灣商務印書館，1986 年 3 月，影印文淵閣四庫全書本）
53.〔宋〕蘇轍：《欒城第三集》（台北：臺灣商務印書館，1986 年 3 月，影印文淵閣四庫全書本）
54.〔元〕方回：《瀛奎律髓》（台北：臺灣商務印書館，1986 年 3 月，影印文淵閣四庫全書本）
55.〔元〕方回：《桐江集》（台北：臺灣商務印書館，1981 年 10 月，宛委別藏）
56.〔元〕方回：《桐江續集》（台北：臺灣商務印書館，1986 年 3 月，影印文淵閣四庫全書本）
57.〔元〕方回選評、李慶甲集評點校：《瀛奎律髓彙評》（上海：上海古籍出版社，2005 年 4 月）
58.〔元〕陳世隆編、徐敏霞校點：《宋詩拾遺》（瀋陽：遼寧教育出版社，2000 年 1 月）
59.〔明〕王世貞撰：《弇州四部稿》（台北：臺灣商務印書館，1986 年 3 月，影印文淵閣四庫全書本）
60.〔明〕李夢陽撰：《空同集》（台北：臺灣商務印書館，1986 年 3 月，影印文淵閣四庫全書本）
61.〔明〕歸有光撰：《震川集》（台北：臺灣商務印書館，1986 年 3 月，影印文淵閣四庫全書本）
62.〔清〕乾隆十五年敕編：《御選唐宋詩醇》（台北：臺灣商務印書館，1986 年 3 月，影印文淵閣四庫全書本）
63.〔清〕王夫之等撰、丁福保編：《清詩話》（台北：西南書局有限公司，1979 年 11 月）
64.〔清〕朱尊彝：《曝書亭集》（台北：臺灣商務印書館，1986 年 3 月，影印文淵閣四庫全書本）
65.〔清〕宋長白撰：《柳亭詩話》（台北：莊嚴文化出版社，1997 年 6 月，四庫全書存目叢書影本）
66.〔清〕何文煥訂：《歷代詩話》（台北：藝文印書館，1991 年 9 月）
67.〔清〕呂留良、吳之振等輯：《宋詩鈔》（台北：臺灣商務印書館，1986 年 3 月，影印文淵閣四庫全書本）
68.〔清〕呂留良、吳之振等輯：《宋詩鈔》（北京：中華書局，1996 年 2 月）

69. 〔清〕李慈銘：《越縵堂日記》（揚州：廣陵書社，2004年5月）
70. 〔清〕周之鱗、柴升編：《宋四名家詩鈔》（台北：莊嚴文化出版社，1997年6月，四庫全書存目叢書影本）
71. 〔清〕袁枚：《隨園詩話》（台北：宏業書局，1987年3月）
72. 〔清〕厲鶚輯：《宋詩紀事》（台北：臺灣中華書局，1971年）
73. 〔清〕趙翼：《甌北詩話》（台北：木鐸出版社，1983年12月）
74. 〔清〕嚴可均校輯：《全上古三代秦漢三國六朝文》（北京：中華書局，1995年11月）
75. 丁仲祜編纂：《全漢三國晉南北朝詩》（台北：藝文印書館，1983年6月）
76. 丁仲祜編纂：《陶淵明詩箋注》（台北：藝文印書館，1989年1月）
77. 丁福保（仲怙）輯：《歷代詩話續編》（北京：中華書局，1997年3月）
78. 郭紹虞編：《清詩話續編》（台北：木鐸出版社，1983年12月）
79. 郭紹虞編選、富壽蓀校點：《清詩話續編》（上海：上海古籍出版社，1999年6月）
80. 傅璇琮等編：《全宋詩》39、40、41、42、43冊 （北京：北京大學出版社，1998年12月）

二、近人論著

（一）專書

1. 刁抱石撰編：《宋陸放翁先生游年譜》（台北：臺灣商務印書館，1980年4月）
2. 于北山：《陸游年譜》（上海：上海古籍出版社，2006年6月）
3. 于北山：《楊萬里年譜》（上海：上海古籍出版社，2006年9月）
4. 于北山：《范成大年譜》（上海：上海古籍出版社，2006年6月）
5. 孔凡禮、齊治平編：《陸游資料彙編》（北京：中華書局，2004年1月）
6. 孔凡禮：《范成大年譜》（濟南：齊魯書社，1985年）
7. 孔凡禮：《蘇軾年譜》（北京：中華書局，2005年5月）
8. 王鍾陵主編：《二十世紀中國文學史論文精粹——詩詞曲論卷》（石家莊：河北教育出版社，2001年1月）
9. 王水照等編：《首屆宋代文學國際研討會論文集》（上海：復旦大學出版社，2001年6月）

10. 王水照主編：《宋代文學通論》（開封：河南大學出版社，1997 年 6 月）
11. 王水照等撰：《宋遼金詩鑑賞》（上海：上海古籍出版社，1998 年 12 月）
12. 王立：《中國古代文學十大主題》（台北：文史哲出版社，1994 年 7 月）
13. 王立：《心靈的圖景——文學意象的主題史研究》（上海：學林出版社，1999 年 2 月）
14. 王運熙、顧易生主編：《中國文學批評史》（台北：五南圖書出版有限公司，1993 年 3 月）
15. 王國維：《靜安文集續編》（上海：上海書店，1983 年）
16. 王國維：《宋代之金石學》（上海：上海書店，1983 年）
17. 王更生注釋：《文心雕龍讀本》（台北：文史哲出版社，1991 年 9 月）
18. 王南：《中國詩性文化與詩觀念》（成都：四川民族出版社，2002 年 7 月）
19. 王曾瑜：《岳飛和南宋前期政治與軍事研究》（開封：河南大學出版社，2002 年 10 月）
20. 王文進：《仕隱與中國文學——六朝篇》（台北：臺灣書店，1999 年 2 月）
21. 王文進：《南朝邊塞詩新論》（台北：里仁書局，2000 年 12 月）
22. 白政民：《黃庭堅詩歌研究》（銀川：寧夏人民出版社，2001 年 2 月）
23. 李春青：《宋學與宋代文學觀念》（北京：北京師範大學出版社，2001 年 10 月）
24. 李元洛：《詩美學》（台北：東大圖書股份有限公司，1990 年 2 月）
25. 沈松勤：《南宋文人與黨爭》（北京：人民出版社，2005 年 4 月）
26. 呂肖奐：《宋詩體派論》（成都：四川民族出版社，2002 年 7 月）
27. 阮忠：《唐宋詩風流別史》（武漢：武漢出版社，1997 年 12 月）
28. 何俊：《南宋儒學建構》（上海：上海人民出版社，2004 年 5 月）
29. 杜立選注：《歷朝詠史懷古詩》（北京：華夏出版社，2000 年 1 月）
30. 汪業芬、肖志清選注：《歷朝懷遠思鄉詩》（北京：華夏出版社，2000 年 1 月）

31. 吳洪澤、尹波主編：《宋人年譜叢刊》（成都：四川大學出版社，2003年）
32. 邱鳴皋：《陸游評傳》（南京：南京大學出版社，2002年2月）
33. 林文月：《山水與古典》（台北：純文學出版社，1984年5月）
34. 周裕鍇：《文字禪與宋代詩學》（北京：高等教育出版社，1998年11月）
35. 周裕鍇：《宋代詩學通論》（成都：巴蜀書社，1997年1月）
36. 周裕鍇：《中國古代闡釋學研究》（上海：上海人民出版社，2003年11月）
37. 周汝昌選注：《楊萬里選集》（台北：河洛圖書出版社，1979年5月）
38. 周寶珠：《宋代東京研究》（開封：河南大學出版社，1999年2月）
39. 尚學鋒、過常寶、郭英德：《中國古典文學接受史》（濟南：山東教育出版社，2000年9月）
40. 季明華：《南宋詠史詩研究》（台北：文津出版社，1997年11月）
41. 姚瀛艇主編：《宋代文化史》（台北：雲龍出版社，2002年3月）
42. 范玉剛：《睿思與歧誤——一種對海德格爾技術之思的審美解讀》（北京：中央編譯出版社，2005年11月）
43. 胡明：《南宋詩人論》（台北：臺灣學生書局，1990年6月）
44. 胡曉明：《中國詩學之精神》（南昌：江西人民出版社，1993年9月）
45. 祝尚書：《宋人總集敘錄》（北京：中華書局，2004年5月）
46. 袁行霈：《中國詩歌藝術研究》（北京：北京大學出版社，1987年6月）
47. 孫燕文主編：《范成大詩欣賞》（台南：文國書局，2004年6月）
48. 張高評編：《宋詩綜論叢編》（高雄：麗文文化事業股份有限公司，1993年10月）
49. 張高評：《宋詩之新變與代雄》（台北：洪葉文化事業有限公司，1995年9月）
50. 張高評：《會通化成與宋代詩學》（台南：國立成功大學出版組，2000年8月）
51. 張高評主編：《宋代文學研究叢刊》第13期（高雄：麗文文化事業股份有限公司，2006年12月）

52. 張君瑞：《楊萬里評傳》（南京：南京大學出版社，2002 年 3 月）
53. 張劍霞：《范成大研究》（台北：臺灣學生書局，1985 年）
54. 張宏生：《宋詩——融通與開拓》（上海：上海古籍出版社，2001 年 12 月）
55. 張晶：《禪與唐宋詩學》（北京：人民文學出版社，2003 年 6 月）
56. 張建業：《中國詩歌史》（台北：文津出版社，1995 年 6 月）
57. 張京媛主編：《新歷史主義與文學批評》（北京：北京大學出版社，1997 年 1 月）
58. 許總：《宋詩史》（重慶：重慶出版社，1997 年 7 月）
59. 許鋼：《詠史詩與中國泛歷史主義》（台北：水牛圖書出版事業有限公司，1997 年 8 月）
60. 陶文鵬：《唐宋詩美學與藝術論》（天津：南開大學出版社，2004 年 2 月）
61. 陳奇猷校注：《韓非子集釋》（台北：華正書局，1987 年 8 月）
62. 陳寅恪：《金明館叢稿二編》（上海：上海古籍出版社，1980 年）
63. 陳寅恪：《隋唐政治史述論稿》（台北：臺灣商務印書館，1994 年 8 月）
64. 陳寅恪：《隋唐制度淵源略論稿》（石家莊：河北教育出版社，2002 年 11 月）
65. 陳育德：《靈心妙悟：藝術通感論》（合肥：安徽教育出版社，2005 年 12 月）
66. 陳良運：《中國詩學批評史》（南昌：江西人民出版社，1995 年 7 月）
67. 陳良運：《中國詩學體系論》（北京：中國社會科學出版社，1998 年 9 月）
68. 莊嚴、章鑄：《中國詩歌美學史》（長春：吉林大學出版社，1994 年 10 月）
69. 章尚正：《中國山水文學研究》（上海：學林出版社，1997 年 9 月）
70. 曹順慶、李天道：《雅論與雅俗之辨》（南昌：百花洲文藝出版社，2005 年 11 月）
71. 梁昆：《宋詩派別論》（台北：東昇出版事業有限公司，1980 年）
72. 梁啓超：《飲冰室合集》（台北：臺灣中華書局，1983 年 12 月）
73. 陸心源輯：《宋詩紀事補遺》（台北：臺灣中華書局，1971 年）

74. 陸侃如、馮沅君：《中國詩史》（濟南：山東大學出版社，1996年3月）
75. 郭紹虞：《中國文學批評史》（台北：文史哲出版社，1988年4月）
76. 郭鵬：《詩心與文道》（北京：北京語言大學出版社，2003年10月）
77. 程千帆、吳新雷：《兩宋文學史》（高雄：麗文文化事業股份有限公司，1993年10月）
78. 程民生：《宋代地域文化》（開封：河南大學出版社，1997年8月）
79. 黃永武：《中國詩學——思想篇》（台北：巨流圖書公司，1996年12月）
80. 黃永武：《中國詩學——設計篇》（台北：巨流圖書公司，1987年4月）
81. 湛之編：《楊萬里范成大資料彙編》（北京：中華書局，1985年9月）
82. 傅璇琮：《黃庭堅和江西詩派卷》（高雄：麗文文化事業股份有限公司，1993年10月）
83. 傅璇琮：《唐代科舉與文學》（台北：文史哲出版社，1994年8月）
84. 傅樂成：《漢唐史論集》（台北：聯經出版事業公司，1981年6月）
85. 傅小凡：《宋明道學新論》（北京：社會科學文獻出版社，2005年5月）
86. 傅伯星、胡安森：《南宋皇城探秘》（杭州：杭州出版社，2002年11月）
87. 童書業：《中國疆域沿革略》（台北：臺灣開明書店，1974年12月）
88. 童慶炳主編：《文化與詩學》（北京：新華書店，2004年2月）
89. 楊慶存：《黃庭堅與宋代文化》（開封：河南大學出版社，2002年8月）
90. 楊師群：《大宋王朝之謎》（合肥：黃山書社，2005年9月）
91. 葉慶炳：《中國文學史》（台北：臺灣學生書局，1990年9月）
92. 葉舒憲主編：《文學與治療》（北京：社會科學文獻出版社，1999年9月）
93. 葉嘉瑩：《迦陵論詩叢稿》（石家莊：河北教育出版社，1998年6月）
94. 葉維廉：《中國詩學》（北京：三聯書店，1996年3月）
95. 暢廣元主編：《文學文化學》（瀋陽：遼寧人民出版社，2000年6月）

96. 歐小牧：《陸游年譜》（北京：人民文學出版社，1982 年）
97. 劉方：《宋型文化與宋代美學精神》（成都：巴蜀書社，2004 年 8 月）
98. 劉楊忠等編：《宋代文學研究年鑑 1997～1999》（武漢：武漢出版社，2001 年 10 月）
99. 劉揚忠等編：《宋代文學研究年鑑 2000～2001》（武漢：武漢出版社，2002 年 10 月）
100. 劉寧：《唐宋之際詩歌演變研究》（北京：北京師範大學出版社，2002 年 9 月）
101. 劉大杰：《中國文學發展史》（台北：華正書局，1986 年 6 月）
102. 諸葛憶兵：《宋代文史考論》（北京：中華書局，2002 年 11 月）
103. 蔣寅、張伯偉主編：《中國詩學》（第五輯）（南京：南京大學出版社，1997 年 7 月）
104. 蔣寅、張伯偉主編：《中國詩學》（第六輯）（南京：南京大學出版社，1999 年 12 月）
105. 樂黛雲、張輝主編：《文化傳遞與文學形象》（北京：北京大學出版社，1999 年 1 月）
106. 錢鍾書：《宋詩紀事補正》（瀋陽：遼寧人民出版社，2003 年 1 月）
107. 錢鍾書：《宋詩選註》（台北：木鐸出版社，1987 年 7 月）
108. 錢鍾書：《談藝錄》（台北：書林出版有限公司，1999 年 2 月）
109. 錢鍾書：《管錐編》（台北：書林出版有限公司，1996 年 10 月）
110. 錢穆：《錢賓四先生全集》（台北：臺灣聯經出版事業公司，1988 年）
111. 霍然：《宋代美學思潮》（長春：長春出版社，1997 年 8 月）
112. 蕭翠霞：《南宋四大家詠花詩研究》（台北：文津出版社，1994 年 5 月）
113. 蕭榮華：《中國詩學思想史》（上海：華東師範大學出版社，1996 年 4 月）
114. 繆鉞等撰：《宋詩鑑賞辭典》（上海：上海辭書出版社，2004 年 3 月）
115. 羅根澤：《中國文學批評史》（台北：學海出版社，1990 年 2 月）
116. 龔鵬程：《江西詩社宗派研究》（台北：文史哲出版社，1983 年 10 月）
117. 龔鵬程：《游的精神文化論史》（石家莊：河北教育出版社，2001 年 11 月）

118.〔奧〕佛洛依德著、王嘉陵等編譯：《佛洛依德文集》（北京：東方出版社，1997年10月）
119.〔德〕海德格爾著、郜元寶譯：《人，詩意地安居》（桂林：廣西師範大學出版社，2002年3月）
120.〔日〕鈴木虎雄著、洪順隆譯：《中國詩論史》（台北：臺灣商務印書館，1972年9月）
121.〔英〕愛德華・泰勒：《原始文化》（上海：上海文藝出版社，1992年）
122.〔美〕韋勒克、華倫著，王夢鷗、許國衡譯：《文學論——文學研究方法論》（台北：志文出版社，1987年12月）
123.〔美〕潘乃德（R.Benedict）著、黃道林譯：《文化模式》（Patterns of Culture）（台北：巨流圖書有限公司，2001年5月）
124. Brook Thomas , The New Historicism and Other Old-Fashioned Topics , Princeton: Princeton University Press , 1991.
125. Frank Lentricchia & Thomas Mclaughlin 編，張京媛等譯：《文學批評術語》（Critical Terms for Literary Study）（牛津大學出版社，1994年）
126. Giles Gunnt & Stephen Greenblatt , ed. Redrawing the Boundaries, New York : The Modern Language Association of America ,1992.
127. Stephen Greenblatt ,"Towards a Poetics of Culture", in H. Aram Veeser ed. ,The New Historicism , New York , Routledge , 1989.
128. Stephen Greenblatt , Renaissance Self-Fashioning: From More to Shakespear, Chicago: The University of Chicago Press , 2005.

（二）相關學位論文

1. 博士論文

1. 吳鷗：《南宋四家詩研究》（北京：北京大學博士論文，1997年）
2. 李建軍：《宋代《春秋》學與宋型文化》（成都：四川大學博士論文，2007年）
3. 李致洙《陸游詩研究》（台北：國立臺灣大學博士論文，1989年）
4. 宋邦珍《陸游詩歌研究》（高雄：國立高雄師範大學博士論文，1999年）
5. 徐丹麗《陸游詩歌研究》（南京：南京大學博士論文，2005年）
6. 陳義成：《楊萬里生平及其詩之研究》（台北：中國文化大學博士論文，1982年）
7. 陳鵬翔：《中英古典詩裡的秋天：主題學研究》（台北：國立臺灣大學博士論文，1978年）

8. 張玖青：《楊萬里思想研究》（杭州：浙江大學博士論文，2005 年）
9. 張金花：《宋詩與宋代商業》（保定：河北大學博士論文，2005 年）
10. 郭豔華：《楊萬里文學思想研究》（北京：首都師範大學博士論文，2006 年）
11. 彭庭松：《楊萬里與南宋詩壇》（杭州：浙江大學博士論文，2005 年）
12. 楊理論：《中興四大家詩學研究》（成都：四川大學博士論文，2006 年）
13. 歐純純：《陸游與楊萬里詠梅詩比較研究》（嘉義：國立中正大學博士論文，2002 年）
14. 韓立平：《南宋中興詩壇研究》（上海：復旦大學博士論文，2009 年）

2. 碩士論文

1. 王曉雯《陸游蜀中詩歌研究》（台北：淡江大學碩士論文，2003 年）
2. 王瑄琪《父子更兼師友分——陸游教子詩研究》（彰化：國立彰化師範大學碩士論文，2003 年）
3. 王厚傑《陸游詩中花之研究》（高雄：國立中山大學碩士論文，2005 年）
4. 文寬洙：《范成大田園詩研究》（台北：國立政治大學碩士論文，1986 年）
5. 付玲玲：《陸游茶詩研究》（曲阜：曲阜師範大學碩士論文，2006 年）
6. 付曉琪：《范成大蜀中詩文研究》（成都：四川師範大學碩士論文，2007 年）
7. 汪美月：《楊萬里山水詩研究》（高雄：國立高雄師範大學碩士論文，2001 年）
8. 余霞：《陸游、范成大的巴渝詩研究》（重慶：重慶師範大學碩士論文，2007 年）
9. 李健莉：《誠齋詩及詩論研究》（上海：華東師範大學碩士論文，2002 年）
10. 林珍瑩：《楊萬里山水詩研究》（高雄：國立高雄師範大學碩士論文，1991 年）
11. 林天祥：《范成大山水田園詩研究》（台南：國立成功大學碩士論文，1990 年）

12. 胡明珽：《楊萬里詩評述》（台北：中國文化大學碩士論文，1966年）
13. 胡建升：《楊萬里園林詩歌研究》（南昌：南昌大學碩士論文，2005年）
14. 洪清雲：《陸游詠物詩研究》（福州：福建師範大學碩士論文，2007年）
15. 侯美霞：《楊萬里文學理論研究——以詩爲主》（台北：台北市立師範學院碩士論文，2002年）
16. 柳品貝：《范成大詠花詩研究》（台北：銘傳大學碩士論文，2007年）
17. 高碧雲：《范成大紀遊詩研究》（台北：國立臺灣師範大學碩士論文，2004年）
18. 徐佩霞：《陸游茶詩研究》（台北：台北市立教育大學碩士論文，2008年）
19. 徐恬恬：《論陸游之夢詩》（上海：華東師範大學碩士論文，2007年）
20. 康育英《陸游紀遊詩研究》（台中：逢甲大學碩士論文，1998年）
21. 黄忠天：《楊萬里易學之研究》（高雄：國立高雄師範大學碩士論文，1987年）
22. 楊昇：《陸游的鄉居生活與「鏡湖詩」創作》（杭州：浙江師範大學碩士論文，2006年）
23. 楊秀萍《楊萬里、范成大山水詩比較研究》（台北：台北市立教育大學碩士論文，2008年）
24. 農遼林：《陸游晚年閒適詩研究》（福州：福建師範大學碩士論文，2007年）
25. 董小改：《論陸游川陝詩歌及其「功夫在詩外」》（西安：陝西師範大學碩士論文，2007年）
26. 劉桂鴻：《楊萬里生平及其詩》（台北：國立臺灣大學碩士論文，1970年）
27. 劉奇慧《陸游紀夢詩研究》（台北：國立臺灣師範大學碩士論文，2003年）
28. 劉薇：《范成大酬贈詩研究》（重慶：重慶師範大學碩士論文，2007年）
29. 歐陽炯：《楊萬里及其詩學》（台北：東吳大學碩士論文，1981年）

30. 蔡文晉：《宋代藏書家尤袤研究》（台北：東吳大學碩士論文，1987年）
31. 鄭全蕾：《楊萬里山川景物詩新變》（合肥：安徽大學碩士論文，2004年）
32. 謝進昌：《陸游鄉居詩研究》（汕頭：汕頭大學碩士論文，2008 年）
33. 謝旻桂《陸游讀書詩研究》（台北：淡江大學碩士論文，2009 年）
34. 龍珍華：《楊萬里詩歌及其詩論研究》（武漢：華中師範大學碩士論文，2006 年）
35. 蕭翠霞：《南宋四大家詠花詩研究》（台南：國立成功大學碩士論文，1992 年）
36. 顏文武：《論南宋中興詩人對江西詩派的超越》（廣州：暨南大學碩士論文，2006 年）

（三）本文引用單篇論文

1. 王利華：〈范成大詩所見的吳中農業習俗〉，《中國農史》第 14 卷第 2 期（1995 年）
2. 王水照：〈重提「內藤命題」〉，《文學遺產》第 2 期 （2006 年）
3. 王岳川：〈新歷史主義的文化詩學〉，《北京大學學報》（哲學社會科學版）第三期（1997 年）
4. 朱剛：〈從「先憂後樂」到「簞食瓢飲」——北宋士大夫心態之轉變〉，《文學遺產》第 2 期（2009 年 3 月）
5. 牟發松：〈「唐宋變格說」三題——值此說創立一百周年而作〉，《華東師範大學學報》第 1 期 （2010 年）
6. 李煌明：〈孔顏之樂——宋明理學中的理想境界〉，《中州學刊》第 6 期（2003 年 11 月）
7. 李煌明、李保才：〈「孔顏之樂」辨說〉，《求索》（2007 年 10 月）
8. 何開粹：〈治桂三年、嶺表流芳——記范成大在桂林〉，《中共桂林市委黨校學報》第 3 卷第 1 期（2003 年 9 月）
9. 吳洪澤：〈尤袤著述考辨〉，《四川大學學報》第 4 期 （1999 年）
10. 吳洪澤：〈尤袤詩名及其生卒年解析〉，《文學遺產》第 3 期（2004年）
11. 胡傳志：〈論南宋使金文人的創作〉，《文學遺產》第五期（2003 年）
12. 徐新國：〈論范成大的《四時田園雜興》詩〉，《揚州大學稅務學院學報》第 4 期（2000 年）

13. 徐潤拓：〈文學的文化研究和文化研究中的文學——有關文學理論與批評的定位與方向的思考〉，《文藝理論研究》第 4 期 （2003 年 7 月）
14. 唐明邦：〈楊萬里《誠齋易傳》中的革新思想和憂患意識〉，《孔子研究》第 5 期（2002 年）
15. 陳義成：〈南宋四大家間之交游考述〉，《逢甲人文社會學報》第 6 期（2003 年 5 月）
16. 陳義彥：〈從布衣入仕情形分析北宋布衣階層的社會流動〉，《思與言》第 9 卷第 4 期 （1971 年 11 月）
17. 張仲謀：〈詩壇風會與詩人際遇——尤袤詩論略〉，《文學遺產》第 2 期（1994 年）
18. 張毅：〈二十世紀宋代文學研究觀念和方法的變遷〉，《首屆宋代文學國際研討會論文集》（2001 年 6 月）
19. 張邦緯、陳盈潔：〈范成大治蜀述論〉，《四川師範大學學報》第 31 卷第 5 期（2004 年 9 月）
20. 張艮：〈南宋詩人尤袤詩文思想內容探微〉，《瀋陽農業大學學報》第 1 期（2008 年 2 月）
21. 梁黎麗、鄧心強：〈仕與隱的千古糾結——論古詩文中漁父儒道合一的二重意象〉，《牡丹江師範學院學報》第二期（2007 年）
22. 傅璇琮、孔凡禮：〈陸游與王炎的漢中交游〉，《杭州師範學院學報》第 5 期（1995 年）
23. 傅潔琳：〈試析格林布拉特文化詩學理論的語境與方法〉，《齊魯學刊》第 4 期（2010 年）
24. 童慶炳：〈文化詩學是可能的〉，《江海學刊》第 5 期（1999 年）
25. 童慶炳：〈植根于現實土壤的「文化詩學」〉，《文學評論》第 6 期（2001 年）
26. 鄒志方：〈陸游會稽石帆別業小考〉，《文學遺產》第二期（2006 年）
27. 劉揚忠：〈北宋的民族憂患意識及其文學呈現〉，《長江學術》（2006 年 4 月）
28. 劉延剛：〈儒家式憂患意識及其人學意義〉，《西南民族大學學報》總第 194 期（2007 年 10 月）
29. 劉項：〈中唐時期文儒的轉型與宋學的開啓〉，《學術月刊》（2009 年 3 月）
30. 霍然：〈論南宋田園題材作品的美學意蘊〉，《殷都學刊》第三期（2006 年）

31. 韓書堂：〈文學研究的文化模式的演變〉，《文藝理論研究》第 4 期（2003 年 7 月）
32. 羅炳良：〈尤袤《遂初堂書目》序跋考辨〉，《廊坊師範學院學報》第 23 卷第 4 期（2007 年 8 月）

附錄一：南宋四大家「淑世精神」詩作篇目表

（陸游詩）（括號中爲《全宋詩》總卷數及頁數。《全宋詩》冊 39、40、41。）

卷一 （卷 2154）	〈夜讀兵書〉（24253） 〈聞武均州報已復西京〉（24260） 〈送湯岐公鎮會稽〉（24261）	3
卷二 （卷 2155）	〈投梁參政〉（24280） 〈塔子磯〉（24283） 〈記夢〉（24292）	3
卷三 （卷 2156）	〈鼓樓鋪醉歌〉（24304） 〈登慧照寺小閣〉（24304） 〈山南行〉（24306） 〈和高子長參議道中二絕〉之一（24307） 〈次韻子長題吳太尉雲山亭〉（24307） 〈太息二首〉之一（24309） 〈驛亭小憩遣興〉（24310）	7
卷四 （卷 2157）	〈晚登望雲二首〉（24326） 〈醉中感懷〉（24328） 〈夜讀岑嘉州詩集〉（24330） 〈八月二十二日嘉州大閱〉（24331） 〈九月十六日夜夢駐軍河外遣使招降諸城覺而有作〉（24332）	11

	〈寶劍吟〉（24335） 〈出城至呂公亭按視修堤〉（24336） 〈觀大散關圖有感〉（24336） 〈金錯刀行〉（24337） 〈言懷〉（24338） 〈胡無人〉（24339）	
卷五 （卷 2158）	〈蒸暑思梁州述懷〉（24355） 〈秋聲〉（24356）〈五十〉 （24360）〈秋思〉（24361） 〈長歌行〉（24369）	5
卷六 （卷 2159）	〈江上對酒作〉（24371） 〈暮歸馬上作〉（24371） 〈夜宿二江驛〉（24372） 〈登灌口廟東大樓觀岷江雪山〉（24375） 〈自唐安徙家來和義出城迎之馬上作〉（24380）	5
卷七 （卷 2160）	〈中夜聞大雷雨〉（24393） 〈題醉中所作草書卷後〉（24397） 〈松驥行〉（24398） 〈雨中登安福寺塔〉（24399） 〈病起書懷二首〉（24400） 〈姚將軍靖康初以戰敗亡命建炎中下詔求之不可得後五十年乃從呂洞賓劉高尚往來名山有見之者予感其事作詩寄題青城山上清宮壁間將軍儻見之乎〉（24402） 〈客自鳳州來言岐雍間事悵然有感〉（24403） 〈劍客行〉（24406）	9
卷八 （卷 2161）	〈融州寄松紋劍〉（24411） 〈歲暮感懷〉（24413） 〈出塞曲〉（24414） 〈戰城南〉（24414） 〈送范舍人還朝〉（24420） 〈登城〉（24424） 〈雙流旅舍三首〉之三（24427）	7
卷九 （卷 2162）	〈謁漢昭烈惠陵及諸葛公祠宇〉（24438） 〈大雪歌〉（24438） 〈夜意三首〉之三（24439） 〈夜寒二首〉之二（24442）	10

	〈劍客行〉（24443） 〈大風登城〉（24444） 〈嘆息〉（24445） 〈枕上〉（24447） 〈客愁〉（24450） 〈遊諸葛武侯書臺〉（24454）	
卷十 （卷 2163）	〈舟中偶書〉（24466）	1
卷十一 （卷 2164）	〈出塞曲〉（24482） 〈大將出師歌〉（24491） 〈鵝湖夜坐書懷〉（24499） 〈弋陽道中遇大雪〉（24503） 〈雪後苦寒行饒撫道中有感〉（24503）	5
卷十二 （卷（2165）	〈老去〉（24508） 〈五月十一日夜且半夢從大駕親征盡復漢唐故地見城邑人物繁麗云西涼府也喜甚馬上作長句未終篇而覺乃足成之〉（24514） 〈秋思〉（24524） 〈白塔道中乘臥輿行〉（24527）	4
卷十三 （卷 2166）	〈行至嚴州壽昌縣界得請許免入奏仍除外官感恩述懷〉（24533） 〈大雪歌〉（24535） 〈冬夜不寐至四鼓起作此詩〉（24549）	3
卷十四 （卷 2167）	〈十月二十六日夜夢行南鄭道中既覺恍然攬筆作此詩時且五鼓矣〉（24554） 〈夜飲示坐中〉（24561） 〈夜觀秦蜀地圖〉（24564） 〈醉歌〉（24567） 〈閉門〉（24567） 〈夜泊水村〉（24568） 〈哀北〉（24570） 〈軍中雜歌八首〉（24575）	15
卷十五 （卷 2168）	〈出塞曲〉（24590） 〈山園晚興〉（24598）	2
卷十六 （卷 2169）	〈冬夜月下作〉（24602） 〈題傳神〉（24603） 〈塞上〉（24606）	7

	〈聞虜酋遁歸漠北〉（24612） 〈夏夜讀書自嘲〉（24614） 〈聞虜政衰亂掃蕩有期喜成口號二首〉（24617）	
卷十七 （卷 2170）	〈獨酌有懷南鄭〉（24628） 〈秋夜泊舟亭山下〉（24629） 〈感秋〉（24630） 〈錢清夜渡〉（24635） 〈江北莊取米到作飯香甚有感〉（24635） 〈書憤〉（24637）〈枕上偶賦〉（24647）	7
卷十八 （卷 2171）	〈拜旦表〉（24652） 〈秋懷〉（24654） 〈頻夜夢至南鄭小益之間慨然感懷二首〉（24655） 〈燕堂獨坐意象殊憒憒起登子城作此詩〉（24656） 〈焉耆行二首〉（24657） 〈縱筆三首〉之二（26441） 〈老將效唐人體〉（24662） 〈書憤〉（24662） 〈雪中獨酌〉（24664） 〈雪夜有感〉（24665） 〈雪中忽起從戎之興戲作四首〉（24665） 〈燕堂春夜〉（24666） 〈聞鼓角感懷〉（24669） 〈昔日〉（24669）	19
卷十九 （卷 2172）	〈嚴州大閱〉（24676） 〈秋郊有懷四首〉之三、四（24677） 〈初冬風雨驟寒作短歌〉（24680） 〈塞上曲〉（24683） 〈書感〉（24684） 〈述懷二首〉之一（24689）	7
卷二十 （卷 2173）	〈夜讀兵書〉（24706） 〈塞上曲四首〉之二三四（24708） 〈我夢〉（24714）	5
卷二十一 （卷 2174）	〈春夕睡覺〉（24718） 〈和周元吉右司過弊居追懷南鄭相從之作〉（24719） 〈醉歌〉（24725）	3

卷二十二 （卷 2175）	〈有感〉（24739）	1
卷二十四 （卷 2177）	〈夜坐水次〉（24777）	1
卷二十六 （卷 2178）	〈十一月四日風雨大作二首〉之一（24799）	1
卷二十七 （卷 2180）	〈枕上述夢〉（24819） 〈秋夜感舊十二韻〉（24823） 〈醉題〉（24824）	3
卷二十八 （卷 2181）	〈排悶六首〉之一（24833） 〈初冬至近村〉（24836） 〈將軍行〉（24836） 〈小出塞曲〉（24838） 〈冬夜讀書有感二首〉之二（24845）	5
卷二十九 （卷 2182）	〈詠史〉（24850）	1
卷三十二 （卷 2185）	〈雨夜書懷二首〉之二（24897） 〈雨中作〉（24909） 〈夜雨〉（24909）	3
卷三十三 （卷 2186）	〈題村店壁〉（24915） 〈記九月三十日夜半夢〉（24919） 〈秋月曲〉（24924）	3
卷三十四 （卷 2187）	〈懷舊六首〉之三（24933） 〈五月七日夜夢中作二首〉之二（24938） 〈村飲示鄰曲〉（24941）	3
卷三十五 （卷 2188）	〈秋夜紀懷三首〉之一（24945） 〈七十二歲吟〉（24948） 〈雨夜讀書二首〉之二（24948） 〈北望〉（24956） 〈長歌行〉（24956） 〈書志〉（24975） 〈書憤二首〉（24958） 〈暮春〉（24960）	9
卷三十六 （卷 2189）	〈感懷〉（24966） 〈書意〉（24975）	2

卷三十七（卷 2190）	〈雨三日歌〉（24988）	1
卷四十一（卷 2194）	〈冬日讀白集愛其貧堅志士節病長高人情之句作古風十首〉之三（25054）	1
卷四十三（卷 2196）	〈齋中雜興十首以丈夫貴壯健慘戚非朱顏爲韻〉之三（25083）	1
卷四十七（卷 2200）	〈白露前一日已如深秋有感二首〉（25140）	2
卷四十八（卷 2201）	〈客去追記坐間所言〉（25165） 〈江上〉（25166）	2
卷五十二（卷 2205）	〈送襄陽鄭帥唐老〉（25221） 〈道山直舍〉（25226）	2
卷五十七（卷 2210）	〈壯士吟次唐人韻〉（25302）	1
卷六十二（卷 2215）	〈出塞四首借用秦少遊韻〉之一、二（25372）	2
卷六十三（卷 2216）	〈記夢二首〉（25401）	2
卷六十八（卷 2221）	〈書嘆〉（25468） 〈老馬行〉（25473）	2
卷七十一（卷 2224）	〈記悔〉（25518） 〈聞蜀盜已平獻馘廟社喜而有述〉（25520）	2
卷七十三（卷 2226）	〈秋日村舍二首〉（25540） 〈雜賦六首〉之二（25547）	3
卷七十四（卷 2227）	〈書志〉（25555）	1
卷七十六（卷 2229）	〈散髮〉（25586） 〈感事六言八首〉之一（25593）	2
卷七十七（卷 2230）	〈即事四首〉之二（25600） 〈寓嘆二首〉之二（25611）	2
卷七十八（卷 2231）	〈秋夜〉（25614）	1
卷八十一（卷 2234）	〈春寒復作〉（25664）	1

卷八十二 （卷 2235）	〈即事〉（25677）	1
合　計		199

（范成大詩）（《全宋詩》冊 41）

卷六 （卷 2247）	〈送通守林彥強寺丞還朝〉（25798）	1
卷八 （卷 2249）	〈鎮東行送湯丞相帥紹興〉（25814） 〈送洪景盧內翰使虜二首〉之一（25817）	2
卷十 （卷 2251）	〈送洪內翰使虜二首〉（25829） 〈太傅楊和王輓歌詞二首〉之一（25835）	3
卷十一 （卷 2252）	〈送汪仲嘉侍郎使虜分韻得待字〉（25841）	1
卷十二 （卷 2253）	〈雷萬春墓〉（25847） 〈會同館〉（25856）	2
卷十三 （卷 2254）	〈合江亭〉（25863）	1
卷十四 （卷 2255）	〈癸水亭落成示坐客長老之記曰癸水繞東城永不見刀兵余作亭於水上其詳具記中〉（25869）	1
卷十五 （卷 2256）	〈甘棠驛〉（25876） 〈大通界首驛〉（25877） 〈寄題潭帥王樞使佚老堂〉（25881）	3
卷十七 （卷 2258）	〈海雲回按驍騎於城北原時有吐蕃出沒大渡河上〉（25912） 〈鹿鳴宴〉（25915）	2
卷十八 （卷 2259）	〈離堆行〉（25916）	1
卷十九 （卷 2260）	〈送同年萬元亨知階州〉之二、三（25938）	2
卷二十一 （卷 2262）	〈初赴明州〉（25952）	1
卷二十三 （卷 2264）	〈甲辰人日病中吟六言六首以自嘲〉之五（25967）	1

卷二十五（卷 2266）	〈寄題筠州錢有文明府新昌小道院〉（25986） 〈題張戡蕃馬射獵圖〉（25990）	2
卷二十六（卷 2267）	〈吳歈一首送丘宗卿自平江移會稽〉（25993）	1
卷二十九（卷 2270）	〈次韻袁起巖許浦按教水軍二絕句〉之二（26025）	1
合　計		25

（楊萬里詩）（《全宋詩》冊 42）

卷一（卷 2275）	〈仲良見和再和謝焉四首〉之三（26074） 〈讀罪己詔〉之三（26079）	2
卷七（卷 2281）	〈送永新杜宰解印還朝〉（26171）	1
卷十二（卷 2286）	〈新除廣東常平之節感恩書懷〉（26236）	1
卷十七（卷 2291）	〈古路〉（26296）〈羽檄召諸郡兵〉（26297）	2
卷十九（卷 2293）	〈送王成之中書舍人使虜〉（26328） 〈送章德茂少卿使虜〉（26330）	2
卷二十三（卷 2297）	〈寄題周元吉湖北漕司志功堂〉（26375）	1
卷二十四（卷 2298）	〈跋韓魏公與尹師魯帖〉（26393）	1
卷二十七（卷 2301）	〈過揚子江二首〉之一（26436）	1
卷二十八（卷 2302）	〈題浩然李致政義概堂〉（26453）	1
卷三十（卷 2304）	〈和御製瓊林宴賜進士余復等詩〉（26481） 〈跋眉山程仁萬言書草〉（26484）	2
卷三十一（卷 2305）	〈跋澹庵先生辭工部侍郎答詔不允〉之二（26499）	1
卷三十九（卷 2313）	〈送俞漕子清大卿赴召二首〉之一（26617）	1

卷四十一 （卷2315）	〈送吉州通判趙德輝上印赴闕〉（26636） 〈送西昌大夫趙嘉言上印赴闕〉（26643）	2
合　計		18

（尤袤詩）（《全宋詩》冊43）

卷一 （卷2336）	〈易帥守〉（26853） 〈送吳待制帥襄陽二首〉（26860）	3
合　計		3

附錄二：南宋四大家「憂患意識」詩作篇目表

（陸游詩）（括號中爲《全宋詩》卷數及頁數。《全宋詩》冊39、40、41。）

卷一 （卷2154）	〈二月十四日作〉（24253） 〈送曾學士赴行在〉（24254） 〈新夏感事〉（24254） 〈送杜起莘殿院出守遂寧〉（24259） 〈送七兄赴揚州帥幕〉（24261） 〈送王景文〉（24266） 〈隨意〉（24272） 〈題十八學士圖〉（24274） 〈聞雨〉（24278）	9
卷二 （卷2155）	〈將赴官夔府書懷〉（24279） 〈哀郢二首〉（24282） 〈初冬野興〉（24299）	4
卷三 （卷2156）	〈過廣安吊張才叔諫議〉（24303） 〈南池〉（24304） 〈驛舍海棠已過有感〉（24305） 〈山南行〉（24306） 〈木瓜鋪短歌〉（24308） 〈太息二首〉之一（24309） 〈遊錦屏山謁少陵祠堂〉（24309） 〈嘉川鋪得檄遂行中夜次小柏〉（24311）	15

	〈歸次漢中境上〉（24311） 〈自興元赴官成都〉（24312） 〈即事〉（24316） 〈拜張忠定公祠二十韻〉（24319） 〈登塔〉（24319） 〈和譚德稱送牡丹二首〉之二（24321） 〈三月十七日夜醉中作〉（24322）	
卷四 （卷 2157）	〈癸巳夏旁郡多苦旱惟漢嘉數得雨然未足也立秋三鼓雨至明日晡後未止高下霑足喜而有賦二首〉（24326） 〈聞虜亂有感〉（24333） 〈喜晴〉（24334） 〈獨坐〉（24344）	5
卷五 （卷 2158）	〈曉嘆〉（24348） 〈對酒嘆〉（24353） 〈古意〉（24357） 〈觀長安城圖〉（24363） 〈雷〉（24364） 〈龍眠畫馬〉（24364） 〈蜀州大閱〉（24365）	7
卷六 （卷 2159）	〈涉白馬渡慨然有懷〉（24372） 〈戍卒說沉黎事有感〉（24376） 〈夜聞浣花江聲甚壯〉（24382）	3
卷七 （卷 2160）	〈中夜聞大雷雨〉（24393） 〈夏夜大醉醒後有感〉（24401） 〈夜讀東京記〉（24404） 〈書嘆〉（24405） 〈睡起〉（24405）	5
卷八 （卷 2161）	〈關山月〉（24414） 〈夜讀唐諸人詩多賦烽火者因記在山南時登城觀塞上傳烽追賦一首〉（24415） 〈樓上醉書〉（24416） 〈城東馬上作二首〉之一（24417） 〈登劍南西川門感懷〉（24419） 〈江樓〉（24422） 〈獵罷夜飲示獨孤生三首〉（24433） 〈秋晚登城北門〉（24434）	10

卷九 （卷 2162）	〈秋興〉（24435） 〈趙將軍〉（24437） 〈晚登子城〉（24441） 〈書雨〉（24444） 〈書嘆〉（24446） 〈感興二首〉（24446） 〈次韻季長見示〉（24449） 〈初春遣興三首〉之三（24453）	9
卷十 （卷 2163）	〈北巖〉（24459） 〈大堤〉（24463） 〈泊公安縣〉（24464） 〈南樓〉（24465） 〈登黃州泊巴河游馬祈寺〉（24467） 〈登賞心亭〉（24470） 〈冬夜聞雁有感〉（24472） 〈行牌頭奴寨之間皆建炎末避賊所經也〉（24476） 〈夜行宿湖頭寺〉（24476） 〈宿傯霞嶺下〉（24477）	10
卷十一 （卷 2164）	〈出塞曲〉（24482） 〈建安遣興六首〉之六（24484） 〈前有樽酒行二首〉之二（24485） 〈憶山南二首〉（24492） 〈秋夜書懷〉（24495） 〈思故廬〉（24496） 〈雨夜〉（24496） 〈婺州州宅極目亭〉（24502）	9
卷十二 （卷 2165）	〈仲夏小旱方致禱忽大雨連日江水爲漲喜而有作〉（24515） 〈大雨踰旬既止復作江遂大漲二首〉（24516） 〈秋旱方甚七月二十八夜忽雨喜而有作〉（24522）	4
卷十三 （卷 2166）	〈新秋〉（24540）〈聞蟬思南鄭〉（24541）〈書悲二首〉（24543）〈十月旦日至近村〉（24549）〈蔬圃絕句七首〉（24549）	12
卷十四 （卷 2167）	〈冬暖〉（24556） 〈洊饑之餘復苦久雨感嘆有作〉（24563） 〈觀張提刑周鼎〉（24566） 〈夜聞秋風感懷〉（24566）	8

	〈野飲夜歸戲作〉(24568) 〈悲秋〉(24571) 〈北渚〉(24576) 〈徙倚〉(24577)	
卷十五 (卷2168)	〈秋風曲〉(24578) 〈夜步庭下有感〉(24581) 〈秋雨嘆〉(24585) 〈舟過南莊呼村老與飲示以詩二首〉(24587) 〈寄題朱元晦武夷精舍五首〉之三、四(24589) 〈夜行〉(24596) 〈舒悲〉(24598)	9
卷十六 (卷2169)	〈夜聞大風感懷賦吳體〉(24600) 〈感憤〉(24602) 〈作雪未成自湖中歸寒甚飲酒作短歌〉(24603) 〈春夜讀書感懷〉(24607) 〈寓嘆〉(24612) 〈春夏雨暘調適頗有歲豐之望喜而有作〉(24612)	6
卷十七 (卷2170)	〈題海首座俠客像〉(24623) 〈久雨喜晴十韻〉(24627) 〈舟中感懷三絕句呈太傅相公兼簡岳大用郎中〉之一、三(24634) 〈感興〉(24635) 〈新年〉(24636) 〈題齋壁四首〉之三(24647)	7
卷十八 (卷2171)	〈水亭獨酌十二韻〉(24650) 〈喜雨〉(24651) 〈秋夜聞雨〉(24654) 〈因王給事回使奉寄〉(24657) 〈丙午十月十三夜夢過一大冢傍人爲余言此荊軻墓也按地志荊軻墓蓋在關中感嘆賦詩〉(24659) 〈縱筆三首〉之二、三(24661) 〈兩京〉(24668) 〈夜登千峰榭〉(24668) 〈暮春嘆〉(24670)	10
卷十九 (卷2172)	〈官居書事二首〉之一(24674) 〈秋夜登千峰榭待曉〉(24675)	14

	〈九月初郊行〉（24675） 〈蕎麥初熟刈者滿野喜而有作〉（24681） 〈初寒在告有感三首〉之三（24682） 〈冬夜聞角聲二首〉（24682、24683） 〈夢回〉（24687） 〈曉初東城馬上作〉（24689） 〈送客至望雲門外〉（24690） 〈征婦怨效唐人作〉（24694） 〈縱筆二首〉（24694） 〈屢雪二麥可望喜而作歌〉（24695）	
卷二十 （卷 2173）	〈夏雨〉（24700） 〈有懷青城霧中道友〉（24700） 〈感秋〉（24703） 〈秋夜有感〉（24703） 〈感憤秋夜作〉（24705） 〈秋雨頓寒偶書〉（24710） 〈北望〉（24711） 〈送潘德久使薊門〉（24714） 〈晨起有感〉（24715）	9
卷二十一 （卷 2174）	〈估客有自蔡州來者感悵彌日二首〉（24724） 〈鄰曲有未飯被追入郭者憫然有作〉（24730） 〈寓嘆三首〉之三（24733）	4
卷二十二 （卷 2175）	〈雨中臥病有感〉（24736） 〈聞虜亂〉（24737） 〈禹祠〉（24737） 〈書懷〉（24747）	4
卷二十三 （卷 2176）	〈遣懷〉（24750） 〈秋思六首〉之四（24753） 〈蘭亭〉（24756）	3
卷二十四 （卷 2177）	〈蓬萊館午憩〉（24779）	1
卷二十五 （卷 2178）	〈秋夜將曉出籬門迎涼有感二首〉之二（24780） 〈夏秋之交久不雨方以旱爲憂忽得甘澍喜而有作〉（24780） 〈老將二首〉（24782） 〈瀘州亂〉（24788）	6

	〈夜讀范至能攬轡錄言中原父老見使者多揮涕感其事作絕句〉（24796）	
卷二十六（卷 2179）	〈書巢冬夜待旦〉（24801） 〈歲暮風雨二首〉之一（24801） 〈夜聞湖中漁歌〉（24804） 〈壬子除夕〉（24808）	4
卷二十七（卷 2180）	〈僧廬〉（24814） 〈懷昔〉（24814） 〈憶昔〉（24820） 〈書嘆〉（24822） 〈癸丑七月二十七日夜夢遊華嶽廟二首〉（24823） 〈僕頃在征西大幕登高望關輔樂之每冀王師拓定得卜居焉暇日記此意以示子孫〉（24823） 〈書憤〉（24824） 〈閑居對食書愧二首〉之一（24828） 〈溪上雜言〉（24829）	10
卷二十八（卷 2181）	〈初寒病中有感〉（24833） 〈久疾三首〉之一（24839） 〈懷昔〉（24841） 〈寄題王俊卿看山堂二首〉之二（24841） 〈夢至小益〉（24843） 〈溪上作二首〉之二（24843）	6
卷二十九（卷 2182）	〈水村曲〉（24847） 〈涼州行〉（24848） 〈再用前韻不依次〉（24852） 〈山頭鹿〉（24860） 〈夏四月渴雨恐害布種代鄉鄰作插秧歌〉（24860） 〈閔雨二首〉（24861） 〈喜雨〉（24861） 〈書嘆〉（24863） 〈薄醉遣懷〉（24863）	10
卷三十（卷 2183）	〈題陽關圖〉（24865） 〈夏秋二首〉之二（24866） 〈看鏡二首〉（24866、24867） 〈明妃曲〉（24867） 〈醉中作〉（24870）	12

	〈雨夕排悶二首〉之一（24871） 〈秋雨嘆〉（24872） 〈憂國〉（24873） 〈大風雨中作〉（24873） 〈汪茂南提舉挽詞二首〉之二（24875） 〈謝徐居厚汪叔潛攜酒見訪〉（24875）	
卷三十一 （卷 2184）	〈望永思陵二首〉之二（24881） 〈歲暮感懷十首以餘年諒無休日愴已迫爲韻〉之八、九（24892） 〈新春〉（24893）	4
卷三十二 （卷 2185）	〈鏡湖〉（24897）〈農家嘆〉（24901）〈夜賦〉（24903）〈麥熟市米價減鄰里病者亦皆愈欣然有賦〉（24909）	4
卷三十三 （卷 2186）	〈悲歌行〉（24921） 〈十月十七日予生日也孤村風雨蕭然偶得二絕句〉（24921） 〈枕上偶成〉（24922） 〈縱筆三首〉之三（24923） 〈悲歌行〉（24924）	6
卷三十四 （卷 2187）	〈春望〉（24932） 〈寒夜歌〉（24932） 〈讀杜詩〉（24934） 〈感事四首〉（24936） 〈四月一日夜漏欲盡起坐達旦〉（24937）	8
卷三十五 （卷 2188）	〈書懷〉（24946） 〈七月二十四日作〉（24946） 〈九月二十八日五鼓起坐抽架上書得九域志泫然有感〉（24948） 〈隴頭水〉（24951） 〈望永阜陵〉（24952）	5
卷三十六 （卷 2189）	〈病中夜賦〉（24962） 〈書感〉（24962） 〈夜觀子虡所得淮上地圖〉（24964） 〈憶昔〉（24971） 〈北望〉（24973）	5
卷三十七 （卷 2190）	〈感舊六首〉之四、五（24980、24981） 〈村居〉（24987） 〈秋賽〉（24988） 〈遣興〉（24988）	13

	〈太息四首〉（24991） 〈書喜三首〉（24992） 〈秋穫歌〉（24993）	
卷三十八 （卷2191）	〈夜聞落葉〉（24999） 〈夜坐求酒已盡喟然有賦〉（25007）	2
卷三十九 （卷2192）	〈讀晉書〉（25014） 〈夜坐〉（25021） 〈喜雨〉（25206） 〈喜雨歌〉（25027）	4
卷四十 （卷2193）	〈村鄰會飲〉（25039） 〈秋懷十首末章稍自振起亦古義也〉之十（25041） 〈九月七日子坦子聿俱出斂租穀雞初鳴而行甲夜始歸勞以此詩〉（25041）	3
卷四十一 （卷2194）	〈秋晚二首〉之二（25047） 〈北望感懷〉（25057）	2
卷四十二 （卷2195）	〈書感〉（25060） 〈得建業倅鄭覺民書言虜亂自淮以北民苦徵調皆望王師之至〉（25061） 〈悽悽行〉（25070）	3
卷四十三 （卷2196）	〈觀運糧圖〉（25077） 〈夜賦〉（25085）	2
卷四十四 （卷2197）	〈十月二十八日夜風雨大作〉（25098）	1
卷四十五 （卷2198）	〈追感往事五首〉之五（25114）	1
卷四十六 （卷2199）	〈老嘆〉（25127） 〈夏日雜題八首〉之八（25129）	2
卷四十七 （卷2200）	〈雨夜嘆〉（25145） 〈望永阜陵〉（25147） 〈予出蜀日嘗遣僧則華乞籤于射洪陸使君祠使君以老杜詩爲籤予得遣興詩五首中第二首其言教戒甚至退休暇日因用韻賦五首〉之四（25148）	3
卷四十八 （卷2201）	〈不寐〉（25158） 〈居三山時方四十餘今三十六久已謝事而連歲小稔甚喜有作〉（25160）	7

	〈讀史〉（25164） 〈追憶征西幕中舊事四首〉（25167）	
卷四十九 （卷 2202）	〈中夜苦寒〉（25172） 〈十二月二日夜夢與客並馬行黃河上憩於古驛二首〉（25178） 〈自詠〉（25180） 〈有道流過門留與之語頗異口占贈之〉（25182）	5
卷五十 （卷 2203）	〈夜賦〉（25190）	1
卷五十一 （卷 2204）	〈枕上〉（25205） 〈苦雨二首〉（25208） 〈九月初四作四首〉之四（25213）	4
卷五十四 （卷 2207）	〈重九無菊有感〉（25262）	1
卷五十五 （卷 2208）	〈感憤〉（25269） 〈記老農語〉（25270）	2
卷五十六 （卷 2209）	〈聞虜亂代華山隱者作〉（25289） 〈幽居春晚二首〉之一（25291）	2
卷五十七 （卷 2210）	〈送辛幼安殿撰造朝〉（25300） 〈聞虜亂次前輩韻〉（25302） 〈題北窗二首〉之二（25307）	3
卷五十八 （卷 2211）	〈閔雨〉（25318） 〈書事四首〉（25320） 〈書事〉（25320）	6
卷五十九 （卷 2212）	〈太息三首〉之一、二（25339）	2
卷六十 （卷 2213）	〈感昔七首〉之五（25348）	1
卷六十一 （卷 2214）	〈杜宇行〉（25370）	1
卷六十二 （卷 2215）	〈出塞四首借用秦少遊韻〉（25372、25373） 〈養生〉（25383） 〈殘年〉（25383）	6
卷六十四 （卷 2217）	〈客從城中來〉（25403） 〈夢中作二首〉之二（25409）	2

卷六十五 （卷 2218）	〈二月一日夜夢〉（25431）	1
卷六十六 （卷 2219）	〈雜感六首〉之三（25439） 〈初夏閑居八首〉之二（25444） 〈入梅〉（25448）	3
卷六十七 （卷 2220）	〈觀邸報感懷〉（25453） 〈劇暑〉（25458） 〈感中原舊事戲作〉（25460） 〈秋詞三首〉之二、三（25463）	5
卷六十八 （卷 2221）	〈憶昔〉（25475） 〈村舍得近報有感〉（25480）	2
卷六十九 （卷 2222）	〈觀渡江諸人詩〉（25484） 〈聞西師復華州二首〉之一（25485） 〈戍兵有新婚之明日遂行者予聞而悲之爲作絕句二首〉（25494）	4
卷七十 （卷 2223）	〈書村落間事〉（25500） 〈春晚即事四首〉之三（25509） 〈書感〉（25510）	3
卷七十一 （卷 2224）	〈五月二十一日風雨大作〉（25515） 〈題門壁〉（25517） 〈雷雨〉（25519） 〈喜雨〉（25520） 〈雨晴〉（25521） 〈霜風〉（25524）	6
卷七十二 （卷 2225）	〈秋晚〉（25537）	1
卷七十三 （卷 2226）	〈秋冬之交雜賦六首〉之六（25544） 〈觀諸將除書〉（25545） 〈雜賦六首〉之五（25547） 〈聞雁〉（25549）	4
卷七十四 （卷 2227）	〈書感〉（25564）	1
卷七十五 （卷 2228）	〈作野飲詩後一日復作此篇反之〉（25571） 〈思夔州二首〉之二（25574） 〈病中有述二首〉（25581）	4

卷七十六（卷 2229）	〈書憂〉（25593） 〈感事六言八首〉之四（25593） 〈幽居記今昔事十首以詩書從宿好林園無俗情爲韻〉之七（25594） 〈獨坐閑詠二首〉之一（25596） 〈暑中北窗晝臥有作〉（25598） 〈自貽四首〉之四（25598）	6
卷七十七（卷 2230）	〈異夢〉（25600） 〈病戒〉（25604） 〈夏夜納涼〉（25604） 〈舟中醉題二首〉之二（25612）	4
卷七十八（卷 2231）	〈夜起思子虡〉（25615） 〈步屧〉（25616） 〈識魂〉（25619） 〈農家六首〉之五（25622）	4
卷七十九（卷 2232）	〈冬夜思里中多不濟者愴然有感〉（25633） 〈道上見村民聚飲〉（25634） 〈一年老一年〉（25635） 〈自東岡繚出舍北〉（25635） 〈聞吳中米價甚貴二十韻〉（25640） 〈古意二首〉（25642）	7
卷八十（卷 2233）	〈新年書感〉（25654）	1
卷八十一（卷 2234）	〈春日雜興十二首〉之四（25660） 〈大雨排悶二首〉之二（25664） 〈花下小酌二首〉之二（25665）	3
卷八十二（卷 2235）	〈賞小園牡丹有感〉（25672）	1
卷八十三（卷 2236）	〈病起雜言〉（25687） 〈雨後殊有秋意〉（25693） 〈書嘆二首〉（25696） 〈秋日遣懷八首〉之六（25699） 〈縱筆二首〉之二（25701）	6
卷八十四（卷 2237）	〈乙巳秋暮獨酌四首〉之一（25710）	1

卷八十五（卷2238）	〈示兒〉（25722）	1
合　計		404

（范成大詩）（《全宋詩》冊41）

卷一（卷2242）	〈長安閘〉（25750） 〈秋日二絕〉之一（25750） 〈題山水橫看二首〉之二（25752）	3
卷二（卷2243）	〈大暑舟行含山道中雨驟至霆奔龍挂可駭〉（25761）	1
卷三（卷2244）	〈樂神曲〉（25767） 〈催租行〉（25767）	2
卷五（卷2246）	〈淨行寺傍皆汙田每爲潦漲所決民歲歲興築患糧絕功輒不成〉（25783） 〈後催租行〉（25788）	2
卷七（卷2248）	〈寒亭〉（25802）	1
卷八（卷2249）	〈送洪景盧內翰使虜二首〉之二（25817） 〈洪景盧內翰使還入境以詩迓之〉（25818）	2
卷十二（卷2253）	〈宿州〉（25847） 〈雙廟〉（25847） 〈宜春院〉（25848） 〈京城〉（25848） 〈護龍河〉（25848） 〈相國寺〉（25848） 〈州橋〉（25849） 〈宣德樓〉（25849） 〈市街〉（25849） 〈金水河〉（25849） 〈壺春堂〉（25849） 〈漸水〉（25849） 〈相州〉（25850） 〈翠樓〉（25850） 〈七十二塚〉（25850）	26

	〈藺相如墓〉（25851） 〈邯鄲驛〉（25851） 〈叢臺〉（25851） 〈柏鄉〉（25852） 〈唐山〉（25852） 〈柏林院〉（25852） 〈呼沱河〉（25852） 〈出塞路〉（25853） 〈白溝〉（25853） 〈清遠店〉（25854） 〈龍津橋〉（25855）	
卷十三 （卷 2254）	〈衡永之間山路艱澀薄晚吏卒鬨云漸近祁陽路已平夷皆有津津之色〉（25864）	1
卷十四 （卷 2255）	〈曉出北郊〉（25872） 〈畫工李友直爲余作冰天桂海二圖冰天畫使北虜渡黃河時桂海畫游佛子巖道中也戲題〉（25873）	2
卷十五 （卷 2256）	〈潺陵〉（25885）	1
卷十六 （卷 2257）	〈勞畬耕〉（25895） 〈夔州竹枝歌九首〉之六（25897） 〈邛郲驛大雨〉（25900）〈沒冰鋪晚晴月出曉復大雨上漏下濕不堪其憂〉（25900）	4
卷十七 （卷 2258）	〈秋老四境雨已沛然晚坐籌邊樓方議祈晴樓下忽有東界農民數十人訴山田卻要雨須長吏致禱感之作詩〉（25909）	1
卷十八 （卷 2259）	〈初發太城留別田父〉（25916） 〈聞威州諸羌退聽邊事已寧少城籌邊樓闌檻修葺亦畢工作詩寄權制帥高子長〉（259270	2
卷二十一 （卷 2262）	〈次韻汪仲嘉尚書喜雨〉之二（25952） 〈大風〉（25952） 〈東門外觀刈熟民間租米船相銜入門喜作二絕〉之一（25954）	3
卷二十二 （卷 2263）	〈重九獨坐玉麟堂〉（25964）	1
卷二十五 （卷 2266）	〈石湖芍藥盛開向北使歸過維揚時買根栽此因記舊事二首〉（25989）	2

卷二十六 （卷 2267）	〈雪中聞牆外鬻魚菜者求售之聲甚苦有感三絕〉（25993） 〈詠河市歌者〉（25994） 〈芒種後積雨驟冷三絕〉之三（26000）	5
卷二十七 （卷 2268）	〈夏日田園雜興十二絕〉之五、六、十一（26004） 〈秋日田園雜興十二絕〉之五、六、九（26004） 〈冬日田園雜興十二絕〉之九、十（26005） 〈重陽後半月天氣溫麗忽變奇寒晦日大雪鄉人御冬之計多未辦〉（26008）	9
卷二十八 （卷 2269）	〈民病春疫作詩憫之〉（26012） 〈秋雷歎〉（26015） 〈圍田歎四絕〉（26017）	3
卷三十 （卷 2271）	〈冬春行〉（26029） 〈七月十八日濃霧作雨不成〉（26034）	2
卷三十一 （卷 2272）	〈府公錄示和提幹喜雨之作輒次元韻〉（26039）	1
卷三十三 （卷 2274）	〈墻外賣藥者九年無一日不過吟唱之聲甚適雪中呼問之家有十口一日不出即飢寒矣〉（26051） 〈檢校石湖新田〉（26052）	2
合　計		76

（楊萬里詩）（《全宋詩》冊 42）

卷一 （卷 2275）	〈視旱過雨〉（26066） 〈晚立普明寺門時已過立春去除夕三日爾將歸有歎〉（26070） 〈立春日有懷二首〉（26070） 〈立春新晴〉（26070） 〈讀罪己詔〉之一、二（26079）	7
卷二 （卷 2276）	〈路逢故將軍李顯忠以符離之役私其府庫士怨而潰謫居長沙〉（26082） 〈憫農〉（26091） 〈和周仲覺三首〉之三（26092） 〈農家嘆〉（26095）	4
卷三 （卷 2277）	〈憫旱〉（26097） 〈旱後郴寇又作〉（26097） 〈旱後喜雨四首〉之三、四（26092） 〈和蕭伯振禱雨〉（26097）	5

卷四 （卷 2278）	〈宿龍回〉（26114） 〈跋蜀人魏致堯撫幹萬言書〉（26118） 〈四印室長句效劉信夫作呈信夫〉（26123）	4
卷六 （卷 2280）	〈晚登清心閣望雨〉（26143） 〈送葉叔羽寺丞持節淮東二首〉之二（26151） 〈觀稼〉（26155）	3
卷七 （卷 2281）	〈秋雨嘆十解〉之六、十（26167、26168）	2
卷九 （卷 2283）	〈六月喜雨三首〉之一（26189） 〈和李子壽通判曾慶祖判院投贈喜雨口號八首〉之三、六（26190）	3
卷十 （卷 2284）	〈夜雨〉（26205） 〈迓使客夜歸四首〉之四（26205）	2
卷十四 （卷 2288）	〈憂患感歎二首〉（26260）	1
卷十五 （卷 2289）	〈明發海智寺遇雨二首〉之二（26266）	1
卷十九 （卷 2293）	〈題曹仲本出示譙國公迎請太后圖自肅天仗以下皆紀畫也〉（26331）	1
卷二十 （卷 2294）	〈白紵歌舞四時詞——夏〉（26348）	1
卷二十一 （卷 2295）	〈送朝士使虜〉（26354）	1
卷二十三 （卷 2297）	〈聖上閔雨徧禱未應下詔避殿減膳感歎賦之〉（26376） 〈九月十日同尤延之觀淨慈新殿〉（26397） 〈九月十五日夜月細看桂枝北茂南缺未經古人拈出紀以二絕句〉（26381）	3
卷二十七 （卷 2301）	〈過瓜洲鎮〉（26436） 〈舟過揚子橋遠望〉（26437） 〈晚泊楊州〉（26437） 〈登楚州城〉（26438） 〈初入淮河四絕句〉（26439） 〈題盱眙軍東南第一山〉（26439） 〈過揚子江二首〉（26436）	11

卷二十八 （卷 2302）	〈夜過揚州〉（26446） 〈雪霽曉登金山〉（26446）	2
卷二十九 （卷 2303）	〈題龜山塔前一首唐律後一首進退格〉	1
卷三十 （卷 2304）	〈瓜州遇風〉（26478） 〈送徐宋臣監丞補外〉（26481） 〈跋丘宗卿侍郎見贈使北詩一軸〉（26485）	3
卷三十一 （卷 2305）	〈賀建康帥余處恭迎寶公禱雨隨應〉（26496） 〈夏日雜興〉（26497）	2
卷三十三 （卷 2307）	〈江天暮景有歎二首〉（26518） 〈宿牧牛亭秦太師墳庵〉（26521）	3
卷三十七 （卷 2311）	〈題劉高士看雲圖〉（26585）	1
卷三十九 （卷 2313）	〈送幼輿子之官澧浦慈利監稅二首〉之一（26614）	1
卷四十一 （卷 2315）	〈初夏即事十二解〉之三（26634） 〈九月三日喜雨蓋不雨四十日矣〉（26638） 〈至後入城道中雜興十首〉之三（26640） 〈久雨妨農收因訪子上有歎〉（26640） 〈十月久雨妨農收二十八日得霜遂晴喜而賦之〉（26646）	5
合　計		67

（尤袤詩）（《全宋詩》冊 43）

卷一 （卷 2336）	〈節愛堂〉（26851） 〈淮民謠〉（26854） 〈次韻德翁苦雨〉（26856） 〈雪〉（26858） 〈正月二十八日夜大雪〉（26859）	5

附錄三：南宋四大家「隱逸情懷」詩作篇目表

（陸游詩）（括號中爲《全宋詩》卷數及頁數。《全宋詩》冊 39、40、41。）

卷一 （卷 2154）	〈留題雲門草堂〉（24254） 〈送李德遠寺丞奉祠歸臨川〉（24258） 〈送梁諫議〉（24262） 〈出都〉（24263） 〈村居〉（24263） 〈病中簡仲彌性唐克明蘇訓直〉（24266） 〈往在都下時與鄒德章兵部同居百官宅無日不相從僕來佐豫章而德章亦謫高安感事述懷作歌奉寄〉（24268） 〈寄陶茂安監丞〉（24270） 〈燒香〉（24270） 〈寄別李德遠二首〉之二（24271） 〈寄龔實之正言〉（24272） 〈觀村童戲溪上〉（24272） 〈家園小酌二首〉（24273） 〈夜讀隱書有感〉（24273） 〈衰病二首〉之一（24274） 〈獨學〉（24275）	17

卷二 （卷 2155）	〈春日二首〉（24278） 〈江上〉（24285） 〈玉笈齋書事二首〉（24291、24292） 〈山寺〉（24292） 〈寒食〉（24292） 〈試院春晚〉（24293） 〈自詠〉（24293） 〈初夏懷故山〉（24294） 〈初夏新晴〉（24294） 〈定拆號日喜而有作〉（24294） 〈晚晴聞角有感〉（24296） 〈九月三十日登城門東望悽然有感〉（24299）	14
卷三 （卷 2156）	〈蟠龍瀑布〉（24302） 〈岳池農家〉（24303） 〈南沮水道中〉（24312） 〈長木晚興〉（24312） 〈長木夜行抵金堆市〉（24313） 〈思歸引〉（24314） 〈宿武連縣驛〉（24315） 〈初入西州境述懷〉（24316）	8
卷四 （卷 2157）	〈西林院〉（24325） 〈深居〉（24329） 〈感事〉（24330） 〈社前一夕未昏輒寢中夜乃得寐〉（24330） 〈初報嘉陽除官還東湖有期喜而有作〉（24332） 〈歲晚書懷〉（24343）	6
卷五 （卷 2158）	〈北窗梧葉坐間落四五有感〉（24356） 〈東園晚步〉（24362） 〈日暮至湖上〉（24363）	3
卷六 （卷 2159）	〈將之榮州取道青城〉（24372） 〈彌牟鎮驛舍小酌〉（24383） 〈書懷〉（24385）	3
卷七 （卷 2160）	〈卜居二首〉之一（24395） 〈書嘆〉（24395） 〈歸耕〉（24398）	15

	〈聞孫巖老挂冠嘆仰之餘輒賦長句〉（24398） 〈遣興〉（24398） 〈野意〉（24399） 〈過野人家有感〉（24399） 〈飯保福〉（24399） 〈閑中偶題〉（24400） 〈病中戲書三首〉之三（24400） 〈躬耕〉（24401） 〈月下醉題〉（24405） 〈與青城道人飲酒作〉（24406） 〈遣興〉（24408） 〈和范待制秋日書懷二首游自七月病起蔬食止酒故詩中及之〉（24410）	
卷八 （卷 2161）	〈遊學射山遇景道人〉（24411） 〈歲晚〉（24412） 〈步出萬里橋門至江上〉（24412） 〈初春出遊〉（24416） 〈醉題〉（24416） 〈過魚蛇市小寺〉（24421） 〈夜登小南門城上〉（24423） 〈晝臥〉（24425） 〈城北青蓮院方丈壁間有畫燕子者過客多題詩予亦戲作二絕句〉（24426） 〈東郊飲村酒大醉後作〉（24433）	10
卷九 （卷 2162）	〈玉局觀拜東坡先生海外畫像〉（24439） 〈訪客至西郊〉（24440） 〈醉中出西門偶書〉（24443） 〈閑意〉（24444） 〈歲晚懷鏡湖舊隱慨然有作〉（24445） 〈初春遣興三首〉之二（24453） 〈眉州披風榭拜東坡先生遺像〉（24456）	7
卷十 （卷 2163）	〈歸雲門〉（24471） 〈寒夜〉（24472） 〈偷閑〉（24472） 〈湖中暮歸〉（24472） 〈題齋壁〉（24473）	9

	〈新葺門屋〉（24473） 〈吾廬〉（24473） 〈冬夜泛舟有懷山南戎幕〉（24473） 〈自雲門之陶山肩輿者失道行亂山中有茅舍小塘極幽邃求見主人不可意其隱者也〉（24474）	
卷十一 （卷2164）	〈思故山〉（24482） 〈雨晴至園中〉（24483） 〈白髮〉（24483） 〈夜坐偶書〉（24486） 〈長歌行〉（24486） 〈思歸〉（24488） 〈書懷〉（24490） 〈病中懷故廬〉（24491） 〈初秋夢故山覺而有作四首〉（24493） 〈遊武夷山〉（24498）	13
卷十二 （卷2165）	〈思歸〉（24509） 〈觀蔬園〉（24513） 〈念歸〉（24514） 〈日暮南窗納涼〉（24519） 〈秋晚登擬峴望祥符觀〉（24524） 〈休日〉（24525）	6
卷十三 （卷2166）	〈過江山縣浮橋有感〉（24532） 〈桐廬縣泛舟東歸〉（24533） 〈蕭山〉（24534） 〈辛丑正月三日雪〉（24534） 〈題山家壁〉（24536） 〈北窗〉（24536） 〈醉題〉（24537） 〈小園四首〉（24538） 〈月夜泛小舟湖中三更乃歸〉（24539） 〈新涼書事〉（24541） 〈舟過樊江憩民家具食〉（24543） 〈霜天晚興〉（24543） 〈新寒〉（24544） 〈幽居〉（24544） 〈醉中步月湖上〉（24544）	20

	〈橫塘〉（24548） 〈蔬圃〉（24549）	
卷十四 （卷 2167）	〈晨起南窗晴日可愛戲作一絕〉（24560） 〈城西接待院後竹下作〉（24561） 〈壬寅新春〉（24561） 〈幽居〉（24568） 〈寓舍聞禽聲〉（24573）	5
卷十五 （卷 2168）	〈秋興二首〉之一（24578） 〈鄰曲小飲〉（24580） 〈明河篇〉（24581） 〈夜聞鄰家治稻〉（24581） 〈過鄰家〉（24592） 〈新寒小醉睡起已日高戲作〉（24592） 〈晚步〉（24593） 〈野步至近村〉（24593） 〈讀書罷小酌偶賦〉（24595） 〈遊山歸偶賦〉（24598）	10
卷十六 （卷 2169）	〈有感二首〉之二（24601） 〈六言四首〉之一（24603） 〈落魄〉（24605） 〈夜漏欲盡行度浮橋至錢清驛待舟〉（24610） 〈村居書觸目〉（24613） 〈秋夜舟中作〉（24615） 〈病中作〉（24618） 〈歲暮〉（24620） 〈曝書偶見舊稿有感〉（24620） 〈幽事〉（24621）	10
卷十七 （卷 2170）	〈野飲〉（24624） 〈小隱〉（24626） 〈豐年行〉（24629） 〈晚涼登山亭〉（24630） 〈讀書〉（24632） 〈還家〉之二（24640） 〈小雨泛鏡湖〉（24643） 〈自詠〉（24647） 〈題齋壁四首〉之四（24648）	9

卷十八 （卷 2171）	〈上丁〉（24652） 〈新秋〉（24653）	2
卷十九 （卷 2172）	〈曉出南山〉（24674） 〈秋郊有懷四首〉之一（24677） 〈思歸〉（24680） 〈陶淵明云三徑就荒松菊猶存蓋以菊配松也余讀而感之因賦此詩〉（24681） 〈寓嘆二首〉之二（24683） 〈蜀使歸寄青城上官道人〉（24685） 〈芳草曲〉（24686） 〈燈下讀玄眞子漁歌因懷山陰故隱追擬五首〉之三（24690） 〈北窗〉（24693）	9
卷二十 （卷 2173）	〈上書乞祠〉（24698） 〈三月二十日晚酌次前韻〉（24698） 〈北窗閑詠〉（24699） 〈北窗病起〉（24699） 〈迓客至大浪灘上〉（24699） 〈醉題〉（24700） 〈宿漁浦〉（24702） 〈乞祠久未報〉（24702） 〈七月十日到故山削瓜瀹茗翛然自適〉（24702） 〈曉興〉（24702） 〈白雲自西來過書巢南窗〉（24704） 〈反感憤〉（24705） 〈閑中戲書三首〉（24707） 〈自桑瀆泛舟歸三山〉（24708） 〈行飯至新塘夜歸〉（24709） 〈上書乞祠輒述鄙懷〉（24710） 〈書嘆〉（24711） 〈老病無復宦情或者疑焉作此示之〉（24711） 〈繫舟平水步〉（24712） 〈還都〉（24712）	22
卷二十一 （卷 2174）	〈春晚〉（24717） 〈尤延之侍郎屢求作遂初堂詩詩未成延之去國因以奉送〉（24719） 〈即事〉（24721）	10

	〈杭湖夜歸二首〉之一（24724） 〈放逐〉（24727） 〈自詠〉（24727） 〈秋興二首〉（24728） 〈秋晚弊廬小葺一室過冬欣然有作〉（24732） 〈村居日飲酒對梅花醉則擁紙衾熟睡甚自適也〉（24733）	
卷二十二 （卷 2175）	〈舟中遣懷〉（24739） 〈北窗〉（24741） 〈村居初夏五首〉（24743）	7
卷二十三 （卷 2176）	〈秋思六首〉之五（24753） 〈晚秋農家八首〉（24755） 〈書陶靖節桃源詩後〉（24756） 〈自喜〉（24758）	11
卷二十四 （卷 2177）	〈山家暮春二首〉之二（24771） 〈戲詠村居二首〉（24774） 〈戲詠閑適三首〉之二三（24775） 〈自詠〉（24778） 〈夢遊散關渭水之間〉（24779）	7
卷二十五 （卷 2178）	〈秋晚歲登戲作二首〉（24790） 〈贈鏡中隱者〉（24791） 〈小園〉（24792） 〈小舟〉（24793） 〈遣興〉（24795）	6
卷二十六 （卷 2179）	〈霜草〉（24797） 〈奉祠〉（24799） 〈松下縱筆四首〉之三（24799） 〈拜敕口號二首〉（24800） 〈著書〉（24801） 〈自責〉（24802） 〈自解〉（24803） 〈冬晴閑步東村由故塘還舍作二首〉之二（24804） 〈世事〉（24806） 〈飲酒〉（24807） 〈避世行〉（24809） 〈稽山農〉（24809） 〈感舊〉（24810） 〈寓嘆〉（24812）	15

卷二十七 （卷 2180）	〈村夜〉（24817） 〈困甚戲書〉（24820） 〈讀陶詩〉（24823）	3
卷二十八 （卷 2181）	〈有客〉（24834） 〈幽居五首〉之五（24835） 〈霜天雜興三首〉之一（24841） 〈絕嘆〉（24841）	4
卷二十九 （卷 2182）	〈新辟小園六首〉之六（24856） 〈鳥啼〉（24862）	2
卷三十 （卷 2183）	〈遣興二首〉之一（24869） 〈泛舟至魯墟〉（24871） 〈題齋壁二首〉之一（24873）	3
卷三十一 （卷 2184）	〈閉戶〉（24888） 〈病思〉（24889） 〈寄子虡〉（24889） 〈夜分復起讀書〉（24889） 〈歲暮感懷十首以餘年諒無幾休日愴已迫爲韻〉之一、六、九（24891、24892）	7
卷三十二 （卷 2185）	〈雨夜書懷二首〉之一（24897） 〈自規〉（24900） 〈初夏幽居偶題四首〉之一、三（24902） 〈雨中示子聿〉（24906） 〈思蜀〉（24910）	6
卷三十三 （卷 2186）	〈村飲〉（24921） 〈雨後二首〉之一（24934） 〈憶昔〉（24927） 〈白首〉（24928）	4
卷三十四 （卷 2187）	〈春思〉（24931） 〈村翁〉（24934） 〈春盡遣懷〉（24936） 〈即事〉（24939） 〈醉歸〉（24941） 〈二愛〉（24941）	6
卷三十六 （卷 2189）	〈雨後絕涼偶作〉（24963） 〈送嚴居厚棄官歸建陽溪莊〉（24965）	7

	〈書南堂壁二首〉（24967） 〈南窗〉（24969） 〈雪夜感舊〉（24970） 〈嘆老〉（24972）	
卷三十七 （卷 2190）	〈病雁〉（24993） 〈龜堂自詠二首〉（24995）	3
卷三十八 （卷 2191）	〈新作火閣二首〉之一（24998） 〈遣興二首〉（24998） 〈祠祿滿不敢復請作口號三首〉（24999） 〈書感〉（25001） 〈冬日出遊十韻〉（25004） 〈三山杜門作歌五首〉（25006）	13
卷三十九 （卷 2192）	〈五月七日拜致仕敕口號二首〉（25016） 〈致仕後即事十五首〉之五、十一（25017） 〈雨後過近村〉（25018） 〈致仕後述懷六首〉（25019、25020） 〈致仕後歲事有望欣然賦詩〉（25023） 〈村舍雜書十二首〉之十（25024） 〈七月二日夜賦〉（25028）	14
卷四十 （卷 2193）	〈書喜二首〉（25031） 〈遣興四首〉之四（25034） 〈讀林逋魏野二處士詩〉（25034） 〈讀隱逸傳〉（25034） 〈自詒〉（25034） 〈客有見過者既去喟然有作二首〉（25035） 〈薪米偶不繼戲書〉（25036） 〈書齋壁〉（25038） 〈絕祿以來衣食愈不繼小兒力圖之殊未有涯予謂不若痛節用爾示以此詩〉（25040） 〈秋懷十首末章稍自振起亦古義也〉之四（25040）	12
卷四十一 （卷 2194）	〈掩扉〉（25046） 〈示兒子〉（25047） 〈東村步歸二首〉之二（25048） 〈晚起戲作〉（25049） 〈冬日讀白集愛其貧堅志士節病長高人情之句作古風十首〉之八、九（25054） 〈退居〉（25056）	7

卷四十二 （卷 2195）	〈新裁短褐接客以代戎服或以為慢戲作〉（25059） 〈試茶〉（25060） 〈視東皋歸〉（25065） 〈小雨初霽〉（25065） 〈初春書喜〉（25067） 〈答客〉（25070） 〈閑中自詠二首〉之二（25070）	7
卷四十三 （卷 2196）	〈東園小飲四首〉（25074） 〈養生〉（25075） 〈恩賜龜紫二首〉之二（25076） 〈高臥〉（25079） 〈自笑〉（25081） 〈對酒〉（25087） 〈自勉〉（25087）	10
卷四十四 （卷 2197）	〈讀何斯舉黃州秋居雜詠次其韻十首〉之一（25090） 〈讀蘇叔黨汝州北山雜詠次其韻十首〉之四、五（25091、25092） 〈述懷〉（25093） 〈初寒〉（25097） 〈農事休小葺東園十韻〉（25099） 〈開東園路北至山腳因治路傍隙地雜植花草六首〉之二、三（25099） 〈讀淵明詩〉（25102） 〈讀僊書作〉（25102）	10
卷四十五 （卷 2198）	〈山家五首〉之四（25106） 〈書志〉（25107） 〈數日不出門偶賦三首〉之一、二（25108） 〈書室獨夜〉（25114） 〈老民二首〉之二（25120） 〈舟中作〉（25120） 〈貧居〉（25120） 〈初夏野興三首〉之三（25121）	9
卷四十六 （卷 2199）	〈自詒二首〉之二（25125） 〈自訟〉（25131） 〈聞角〉（25135）	3

卷四十七 （卷 2200）	〈秋興五首〉之四（25141） 〈中夜睡覺兩目每有光如初日歷歷照物晁文元公自謂養生之驗予則偶然耳感而有作〉（25143） 〈予出蜀日嘗遣僧則華乞籤于射洪陸使君祠使君以老杜詩爲籤予得遣興詩五首中第二首其言教戒甚至退休暇日因用韻賦五首〉之三、五（25148）	4
卷四十八 （卷 2201）	〈搖落吟〉（25159） 〈幽居〉（25160） 〈戲作野興六首〉之三（25161） 〈寓言三首〉之二、三（25164、25165） 〈邠風〉（25168）	6
卷四十九 （卷 2202）	〈昨非〉（25171） 〈示子孫二首〉（25173） 〈自勉四首〉之一、四（25176） 〈讀史〉（25178） 〈戒言〉（25181） 〈遣興二首〉（25182）	9
卷五十 （卷 2203）	〈高枕〉（25189） 〈二月一日作〉（25191） 〈定命〉（25199） 〈自詠〉（25199）	4
卷五十一 （卷 2204）	〈書感〉（25201） 〈自述三首〉之二、三（25203） 〈東園〉（25207） 〈遊西村贈隱者〉（25208） 〈開局〉（25211） 〈自局中歸馬上口占〉（25211） 〈史院書懷〉（25212） 〈示子聿〉（25214） 〈史院晚出〉（25215） 〈九月十四日夜雞初鳴夢一故人相語曰我爲蓮華博士蓋鏡湖新置官也我且去矣君能暫爲之乎月得酒千壺亦不惡也既覺悵然作絕句記之〉（25215）	11
卷五十二 （卷 2205）	〈書直舍壁二首〉之一（25218） 〈縱筆四首〉之二（25221） 〈自嘲〉（25222）	9

	〈夙興〉（25224） 〈雜詩十首以貧堅志士節病長高人情爲韻〉之一、十（25225、25226） 〈戲述淵明鴻漸遺事〉（25226） 〈子聿欲暫歸山陰見乃翁作惡遂不行贈以此詩〉（25228） 〈春夜〉（25230）	
卷五十三（卷 2206）	〈思歸示子聿〉（25232） 〈書志示子聿〉（25233） 〈入春念歸尤切有作〉（25233） 〈獨立思故山〉（25233） 〈寓嘆〉（25233） 〈後寓嘆〉（25234） 〈春晚用對酒韻〉（25235） 〈題館中直舍壁〉（25235） 〈東軒花時將過感懷二首〉之二（25238） 〈題齋壁三首〉之一（25240） 〈上章納祿恩畀外祠遂以五月初東歸五首〉（25242） 〈受外祠敕〉（25243） 〈乍自京塵中得歸故山作五字識喜〉（25245） 〈初歸雜詠七首〉之一、二、六、七（25245、25246）	21
卷五十四（卷 2207）	〈入秋遊山賦詩略無闕日戲作五字七首識之以野店山橋送馬蹄爲韻〉之六（25252） 〈村居四首〉之四（25252） 〈書適二首〉（25254）	3
卷五十五（卷 2208）	〈癸亥初冬作〉（25267） 〈逆旅〉（25268） 〈小飲賞菊〉（25268） 〈冬初至法雲〉（25269） 〈山澤〉（25272）	5
卷五十六（卷 2209）	〈偶與客飲客去戲作〉（25280） 〈故里〉（25280） 〈梅花過後遊西山諸庵〉（25291）	3
卷五十七（卷 2210）	〈幽居雜題四首〉之四（25295） 〈野興〉（25299） 〈炊米不繼戲作〉（25299） 〈書懷示子遹〉（25301）	9

	〈遊山戲作〉（25304） 〈遣興二首〉之二（25304） 〈四月二十二日微雨中次前輩韻〉（25305） 〈幽居〉（25310） 〈暑中久不把酒盆池千葉白蓮忽開一枝欣然小酌因賦絕句二首〉之二（25311）	
卷五十八（卷 2211）	〈卜居三山已四十年矣暇日有感聊賦五字二首〉之一（25313） 〈砭愚〉（25314） 〈雜興十首〉之三（25315） 〈湖上〉（25316） 〈秋夜感遇十首以孤村一犬吠殘月幾人行為韻〉之七（25320） 〈自儆〉（25322） 〈村居遣興三首〉之一、二（25325） 〈甲子秋八月偶思出遊往往累日不能歸或遠至傍縣凡得絕句十有二首雜錄入稿中亦不復詮次也〉之十一（25326）	9
卷五十九（卷 2212）	〈書感〉（25330） 〈舟中口占〉（25331） 〈閉門〉（25331） 〈述意〉（25332） 〈懷昔〉（25337） 〈不如茅屋底四首〉（25340）	9
卷六十（卷 2213）	〈遂初〉（25344） 〈得子虡臨安舟中書因寄〉（25347） 〈雜書幽居事五首〉之一（25349）	3
卷六十一（卷 2214）	〈村舍雜興五首〉之三、五（25358） 〈三齒墮歌〉（25371）	3
卷六十二（卷 2215）	〈東籬雜題五首〉之四（25373） 〈夏日感舊四首〉之一、二（25378）	3
卷六十三（卷 2216）	〈貧甚戲作絕句八首〉之一、二、八（25390） 〈自儆二首〉之一（25390） 〈書喜〉（25392） 〈讀王摩詰詩愛其散髮晚未簪道書行尚把之句因用為韻賦古風十首亦皆物外事也〉之二、四（25394） 〈自詠〉（25397）	8
卷六十四（卷 2217）	〈刈穫後書事二首〉之二（25405） 〈視東皋歸小酌二首〉之二（25408）	7

	〈舟行魯墟梅市之間偶賦〉（25409） 〈自遣〉（25412） 〈感遇六首〉之一（25414） 〈幽興〉（25415） 〈自寬〉（25420）	
卷六十五 （卷 2218）	〈病後作〉（25421） 〈道院雜興四首〉之二（25423） 〈戲遣老懷五首〉之五（25425） 〈謝君寄一犁春雨圖求詩爲作絕句二首〉（25431） 〈望永思陵〉（25432） 〈春日雜賦五首〉（25433） 〈悲歌行〉（25433）	12
卷六十六 （卷 2219）	〈寄題求志堂〉（25435） 〈雜興五首〉之一（25438） 〈雜感六首〉之一（25439） 〈雜題四首〉之四（25440） 〈禽聲〉（25441） 〈自詠〉（25443） 〈四月二十八日作二首〉（25449）	8
卷六十七 （卷 2220）	〈林間書意二首〉之二（25451） 〈短歌行〉（25451） 〈社飲〉（25453） 〈感事〉（25462）	4
卷六十八 （卷 2221）	〈雨欲作步至浦口〉（25470） 〈自述〉（25470）	2
卷六十九 （卷 2222）	〈自法雲回過魯墟故居〉（25484） 〈夜投山家四首〉之四（25485） 〈袖手〉（25486） 〈冬夜〉（25493）	4
卷七十 （卷 2223）	〈自勉〉（25499） 〈枕上作〉（25501） 〈子遹入城三宿而歸獨坐凄然示以此篇〉（25505） 〈煙波即事十首〉（25504、25505）	13
卷七十一 （卷 2224）	〈憶昔〉（25511） 〈幽居二首〉之二（25512）	4

	〈蒙恩封渭南縣伯因刻渭南伯印〉（25517） 〈翦牡丹感懷〉（25520）	
卷七十二 （卷 2225）	〈南堂雜興八首〉之四、五（25530） 〈書意〉（25535） 〈秋夜二首〉之二（25539）	4
卷七十三 （卷 2226）	〈村翁〉（25545） 〈窮居〉（25550） 〈寒夜吟〉（25553）	3
卷七十四 （卷 2227）	〈家釀頗勁戲作〉（25557） 〈書齋壁〉（25558） 〈歲晚六首〉之六（25560） 〈雜詠四首〉（25561） 〈書適〉（25565） 〈開歲愈貧戲詠〉（25567）	9
卷七十五 （卷 2228）	〈短歌示諸稚〉（25570） 〈野飲〉（25571） 〈遣興二首〉之二（25571） 〈書屋壁二首〉之一（25572） 〈題幽居壁二首〉之一（25573） 〈東窗四首〉（25576） 〈書況〉（25577） 〈挾書一卷至湖上戲作〉（25580） 〈古興二首〉之二（25581） 〈半俸自戊辰二月置不復言作絕句二首〉之一（25582）	13
卷七十六 （卷 2229）	〈雜題四首〉之二（25587） 〈初夏喜事〉（25590） 〈感事六言八首〉之七（25593） 〈幽居記今昔事十首以詩書從宿好林園無俗情爲韻〉之三（25594）	4
卷七十七 （卷 2230）	〈閑思〉（25602） 〈寄太湖隱者〉（25603）	2
卷七十八 （卷 2231）	〈感舊〉（25614） 〈東園〉（25614） 〈野意〉（25617） 〈溪上小雨〉（25619）	6

	〈晚聞庭樹鴉鳴有感〉（25619） 〈秋夜齋中二首〉之二（25619）	
卷七十九 （卷 2232）	〈自詠二首〉之二（25630） 〈寄子虡兼示子遹〉（25635）	2
卷八十 （卷 2233）	〈排悶〉（25643） 〈隱趣〉（25645） 〈古謂不如意事十常八九雖出于好功名者之言閑中亦未免此嘆戲作七字一首〉（25646） 〈夜坐戲作短歌〉（25647） 〈讀陶詩〉（25649） 〈稽山雪〉（25650）	6
卷八十一 （卷 2234）	〈遠遊二十韻〉（25658） 〈書適〉（25662） 〈予以淳熙戊戌歲自蜀歸時年五十四今三十有二年矣猶復強健得小詩自賀〉（25665） 〈春日登小臺西望〉（25666）	4
卷八十二 （卷 2235）	〈山居〉（25672） 〈閑咏五首〉之三、五（25672、25673） 〈時鳥〉（25673） 〈偶思蜀道有賦〉（25675） 〈初夏雜詠五首〉之五（25677） 〈埭西小聚〉（25679） 〈短歌行〉（25685）	8
卷八十三 （卷 2236）	〈雨後二首〉之二（25687） 〈夏中雜興六首〉之三、五（25688） 〈書意三首〉之二、三（25692） 〈秋日遣懷八首〉之五（25699） 〈自儆二首〉之二（25699） 〈秋雨〉（25699）	8
卷八十四 （卷 2237）	〈寓嘆四首〉之二、三（25705） 〈家山〉（25709） 〈西郊〉（25710） 〈乙巳秋暮獨酌四首〉之四（25711） 〈遠遊〉（25712）	6

卷八十六 （卷2239）	〈祈雨二首〉之一（25724） 〈閑居七首〉之六（25726） 〈感事〉（25727）	3
卷八十七 （卷2240）	〈種桑〉（25729）	1
卷八十八 （卷2241）	〈崔伯易畫像贊〉（25733）	1
合　計		637

（范成大詩）（《全宋詩》冊41）

卷一 （卷2242）	〈榮木〉（25751） 〈南徐道中〉（25754）	2
卷二 （卷2243）	〈九月三日宿胥口始聞雁〉（25757） 〈讀史三首〉之二、三（25757） 〈除夜感懷〉（25758）	4
卷三 （卷2244）	〈時敘火後意不釋然作詩解之〉（25768）	1
卷四 （卷2245）	〈夜發崑山〉（25776） 〈戲答澹菴小偈〉（25776）	2
卷五 （卷2246）	〈次韻子文衝雨迓使者道聞子規〉（25788）	1
卷六 （卷2247）	〈次韻溫伯謀歸〉（25791） 〈曉出古城山〉（25793） 〈胡宗偉罷官改秩舉將不及格往謁金陵丹陽諸使者遂朝行在頗有倦游之歎作詩送之〉（25797）	3
卷七 （卷2248）	〈竹下〉（25802） 〈送通守趙積中朝議請祠歸天台〉（25803） 〈送詹道子教授奉祠養親〉（25803）	3
卷八 （卷2249）	〈次胡經仲知丞贈別韻〉（25812） 〈寄題向撫州采菊亭〉（25818） 〈古風二首上湯丞相〉（25818） 〈九月十日南山見梅〉（25819）	5
卷九 （卷2250）	〈送張真甫中書奉祠歸蜀〉（25822） 〈送周子充左史奉祠歸廬陵〉（25822）	4

	〈送陸務觀編修監鎮江郡歸會稽待闕〉（25822） 〈次韻子永雪後見贈〉（25823）	
卷十 （卷 2251）	〈倪文舉奉常將歸東林出示綺川西溪二賦輒賦長句爲謝且以贈行〉（25830）	1
卷十一 （卷 2252）	〈次韻徐廷獻機宜送自釀石室酒三首〉之一（25840） 〈送汪仲嘉待制奉祠歸四明分韻得論字〉（25842） 〈初約鄰人至石湖〉（25842）	3
卷十二 （卷 2253）	〈邯鄲道〉（25851）	1
卷十三 （卷 2254）	〈謁南嶽〉（25862）	1
卷十四 （卷 2255）	〈送周直夫教授歸永嘉〉（25867） 〈乾道癸巳臘後二日桂林大雪尺餘郡人云前此未省見也郭季勇機宜賦古風爲賀次其韻〉（25868） 〈送郭季勇同年歸衡山〉（25869） 〈枕上作〉（25871） 〈思歸再用枕上韻〉（25871） 〈乙未元日用前韻書懷今年五十矣〉（25874） 〈再用前韻〉（25874）	7
卷十五 （卷 2256）	〈清湘縣郊外雜花盛開有懷石湖〉（25878） 〈清湘驛送祝賀州南歸〉（25879） 〈重遊南嶽〉（25883） 〈一百八盤〉（25888）	4
卷十七 （卷 2258）	〈四月十日出郊〉（25907） 〈有懷石湖舊隱〉（25910） 〈丁酉重九藥市呈坐客〉（25911）	3
卷十八 （卷 2259）	〈上清宮〉（25918） 〈別後寄題漢嘉月榭〉（25922）	2
卷十九 （卷 2260）	〈將至吳中親舊多來相迓感懷有作〉（25937）	1
卷二十 （卷 2261）	〈初歸石湖〉（25938） 〈寄蜀州楊道人〉（25938） 〈次韻蜀客西歸者來過石湖并寄成都舊僚〉（25938） 〈東山渡湖〉（25941）〈與游子明同過石湖〉（25941） 〈次韻同年楊廷秀使君寄題石湖〉（25941）	9

	〈次韻同年楊使君回自毘陵同泛石湖舟中見贈〉之二（25943） 〈說虎軒夜坐〉（25945） 〈晚歸石湖〉（25948）	
卷二十一 （卷 2262）	〈晚步北園〉（25955） 〈懷歸寄題小艇〉（25956）	2
卷二十二 （卷 2263）	〈除夜〉（25959） 〈元日鍾山寶公塔〉（25963） 〈春晚〉（25963） 〈公退書懷〉（25965）	2
卷二十六 （卷 2267）	〈雲露〉（25995）	1
卷二十七 （卷 2268）	〈春日田園雜興十二絕〉（26002、26003） 〈晚春田園雜興十二絕〉（26003） 〈夏日田園雜興十二絕〉（26003、26004） 〈秋日田園雜興十二絕〉（26004、26005） 〈冬日田園雜興十二絕〉（26005、26006） 〈病中不復問節序四遇重陽既不能登高又不觴客聊書老懷〉（26006） 〈重陽後菊花二首〉之二（26008）	62
卷二十八 （卷 2269）	〈午窗遣興家人謀過石湖〉（26013） 〈三月十六日石湖書事三首〉（26013） 〈送許耀卿監丞同年赴靜江倅四絕〉之一、四（26020）	6
卷二十九 （卷 2270）	〈壽櫟東齋午坐〉（26022） 〈釣臺〉（26022） 〈和豐驛〉（26023）	3
卷三十 （卷 2271）	〈蠻觸〉（26032） 〈偶然〉（26032） 〈戲贈勤長老〉（26034）	3
卷三十一 （卷 2272）	〈放下菴即事三絕〉（26039） 〈寄題西湖并送淨慈顯老三絕〉之一（26039）	4
卷三十三 （卷 2274）	〈閏月四日石湖眾芳爛熳〉（26052） 〈田家〉（26059）	2
合　計		142

（楊萬里詩）（《全宋詩》冊 42）

卷一 （卷 2275）	〈得親老家問二首〉之二（26069） 〈再病書懷呈仲良四首〉之三（26076） 〈和唐德明問病二首〉之一（26076） 〈夜離零陵以避同僚追送之勞留二絕簡諸友〉（26078）	5
卷二 （卷 2276）	〈甲申上元前聞家君不快西歸見梅有感二首〉（26088） 〈晚春行田原南〉（26088） 〈初夏日出且雨〉（26089） 〈題王宣子新作吉州學前詠歸亭〉（26090） 〈送傅山人二絕句〉之一（26090）	6
卷四 （卷 2278）	〈題釣臺二絕句〉之二（26118） 〈送相士高元善二首〉（26120） 〈和文黼主簿叔惠詩之韻〉（26122） 〈題劉德夫眞意亭二首〉之二（26124） 〈和羅巨濟山居十詠〉之一、三（26124）	7
卷五 （卷 2279）	〈贈曾相士二首〉之二（26127） 〈送周仲覺訪來又別〉（26132） 〈和張器先十絕〉之八、九（26133） 〈秋日晚望〉（26135）〈和胡季永赴季文遊園良集之韻聊以致私怨於獨往云〉（26136）	6
卷六 （卷 2280）	〈送客既歸晚登清心閣〉（26144） 〈送黃仲秉少卿知瀘州二首〉（26148） 〈甲午出知漳州晚發船龍山暮宿桐廬二首〉之一（26153） 〈送翁志道〉（26155） 〈送客夜歸呈蕭岳英縣丞〉（26157） 〈農家六言〉（26158）	7
卷七 （卷 2281）	〈待次臨漳諸公薦之易地毗陵自媿無濟劇才上章丐祠〉（26159） 〈幽居三詠——釣雪舟〉（26162） 〈寄題蕭民望扶疏堂二首〉之二（26169）	3
卷十 （卷 2284）	〈曉登懷古堂〉（26199） 〈謝尤延之提舉郎中自山間惠訪長句〉（26200） 〈秋懷〉（26201） 〈曉登子城〉（26204） 〈霜夜無睡聞畫角孤雁二首〉（26209） 〈夜雨獨覺〉（26210）	7

卷十一 （卷 2285）	〈寄題石湖先生范至能參政石湖精舍二首〉（26223）	2
卷十二 （卷 2286）	〈郡圃雪齋便有春意〉（26225） 〈十二月二十一日迎春〉（26226） 〈得小兒壽俊家書〉（26232）	3
卷十三 （卷 2287）	〈春盡舍舟餘杭雨後山行二首〉之二（26243） 〈出永豐縣西石橋上聞子規二首〉之一（26249）	2
卷十四 （卷 2288）	〈送鄉余文明勸之以歸〉（26251）	1
卷十五 （卷 2289）	〈憩分水嶺望鄉二首〉（26268） 〈二月十九日度大庾嶺題雲封寺四首〉之一、二（26269）	4
卷十六 （卷 2290）	〈寄題蕭國賢佚我堂〉（26281） 〈明發陳公徑過摩舍那灘石峰下十首〉之六、八（26287、26288） 〈明發白沙灘聞布穀有感〉（26289）	4
卷十七 （卷 2291）	〈寄題臨武知縣李子西公廨君子亭〉（26293）	1
卷二十 （卷 2294）	〈蚤謁景靈宮聞子規〉（26339） 〈送孫檢正德操龍圖出知鎮江二首〉之二（26244） 〈秋雨蚤作有歎〉（26347）	3
卷二十一 （卷 2295）	〈寄題喻叔奇國博郎中園亭二十六詠——菊徑〉（26352）	1
卷二十二 （卷 2296）	〈景靈宮聞子規〉（26364） 〈讀淵明詩〉（26364）	2
卷二十三 （卷 2297）	〈買菊〉（26380） 〈和張功父夢歸南湖〉（26382） 〈張功父請祠甚力得之簡以長句〉（26382）	3
卷二十四 （卷 2298）	〈夢種菜〉（26391） 〈和張功父聞子規〉（26393） 〈午睡聞子規〉（26396） 〈釣臺〉（26396）	4
卷二十五 （卷 2299）	〈閏五月十四日因哭小孫子蓬孫歸志浩然〉（26411） 〈感興〉（26411）	2

卷二十六 （卷 2300）	〈行役有歎〉之一（26420） 〈田家樂〉（26421） 〈觀水歎二首〉之一（26426） 〈為崇辨法澐師作林野二大字〉（26430）	4
卷二十八 （卷 2302）	〈晝睡聞雁〉（26448） 〈大兒長孺赴零陵簿示以雜言〉（26454） 〈隱求堂〉（26456）	3
卷三十 （卷 2304）	〈薌林五十詠——歸來橋〉（26470） 〈薌林五十詠——退齋〉（26470） 〈薌林五十詠——菊坡〉（26474） 〈薌林五十詠——東皋〉（26474）	4
卷三十一 （卷 2305）	〈秋日早起〉（26500）	1
卷三十二 （卷 2306）	〈後圃秋步〉（26501）	1
卷三十三 （卷 2307）	〈寄題王亞夫檢正不啻足齋〉（26524）	1
卷三十四 （卷 2308）	〈宿新豐坊詠瓶中牡丹因懷故園二首〉之二（26531） 〈題趙昌父山居八詠——竹隱〉（26531） 〈題趙昌父山居八詠——已矣軒〉（26532） 〈宿黃土龕五更聞子規〉（26536） 〈寄題周元吉左司山居三詠——可止亭〉（26537）	5
卷三十五 （卷 2309）	〈過彭澤縣望淵明祠堂〉（26553）	1
卷三十六 （卷 2310）	〈三三徑〉（26561） 〈東園幽步見東山四首〉之二（26563） 〈枕上聞子規二首〉之一（26565） 〈寄題劉巨卿家六詠——西隱〉（26570）	4
卷三十七 （卷 2311）	〈四月二十八日祠祿秩滿喜罷感恩進退格〉（26574） 〈寄題開州史君陳師宋柴扉〉（26576） 〈賞菊四首〉（26577） 〈歲暮歸自城中一病垂死病起遣悶四首〉之二（26583）	7
卷三十八 （卷 2312）	〈上章休致奉詔不允感恩書懷〉（26591） 〈寄題萬元享舍人園亭七景——綿隱堂〉（26592） 〈聖恩增秩進職致仕感恩述懷〉（26599）	3

卷四十 （卷 2314）	〈送廬陵宰黃伯庸赴召〉（26622）	1
卷四十二 （卷 2316）	〈淋疾復作醫云忌文字勞心曉起自警二首〉之二（26656） 〈除夕送次公子入京受縣〉（26663）	2
卷四十三 （卷 2317）	〈和淵明歸去來兮辭〉（26668） 〈趙平甫幽居八操——北窗操〉（26672）	2
卷四十四 （卷 2318）	〈寄題西昌彭孝求求志堂〉（26675）	1
合　計		113

（尤袤詩）（《全宋詩》冊 43）

卷一 （卷 2336）	〈凝思堂〉（26851） 〈台州四詩〉之二、三、四（26853） 〈己亥元日〉（26856） 〈大暑留召伯埭〉（26861）	6
合　計		6

附錄四：南宋四大家「孔顏之樂」詩作篇目表

（陸游詩）（括號中爲《全宋詩》卷數及頁數。《全宋詩》冊 39、40、41。）

卷六 （卷 2159）	〈客中夜寒戲作長謠〉（24380） 〈自警〉（24386）	2
卷八 （卷 2161）	〈梅花〉（24413） 〈讀書二首〉（24414）	2
卷九 （卷 2162）	〈心太平庵〉（24440）	1
卷十三 （卷 2166）	〈西村〉（24545） 〈幽居〉（24546） 〈初冬〉（24547） 〈督下麥雨中夜歸〉（24547） 〈食薺十韻〉（24548） 〈村居酒熟偶無肉食煮菜羹飲酒〉（24550） 〈幽居〉（24550） 〈簡蘇訓直判院莊器之賢良〉（24551）	8
卷十四 （卷 2167）	〈炭盡地爐危坐至夜分戲作〉（24556） 〈夜寒遣興〉（24559） 〈雪後出遊戲作〉（24559） 〈歲暮〉（24559）	4

卷十五 （卷2168）	〈幽居書事二首〉之二（24583） 〈冬夜讀書〉（24591）	2
卷十六 （卷2169）	〈冬夜讀書甚樂偶作短歌〉（24602） 〈六言四首〉之二（24603） 〈閑居書事〉（24613）	3
卷十七 （卷2170）	〈閉戶〉（24622） 〈秋夜歌〉（24631） 〈初寒夜坐〉（24632）	3
卷十九 （卷2172）	〈久無暇近書卷慨然有作〉（24678） 〈冬夜讀書〉（24679） 〈感寓〉（24694） 〈歲晚盤尊索然戲書〉（24695）	4
卷二十 （卷2173）	〈秋夜讀書〉（24703） 〈枕上作〉（24711）	2
卷二十一 （卷2174）	〈雨後復小雪〉（24722） 〈幽居二首〉之一（24731）	2
卷二十二 （卷2175）	〈寓懷四首〉之一（24734） 〈夜賦〉（24746）	2
卷二十三 （卷2176）	〈晚秋農家八首〉之八（24756） 〈小葺村居〉（24756） 〈有叟〉（24756） 〈晨興〉（24761）	4
卷二十四 （卷2177）	〈歲晚〉（24766） 〈閉戶〉（24767）	2
卷二十五 （卷2178）	〈小築〉（24786） 〈默坐〉	2
卷二十六 （卷2179）	〈夙興弄筆偶書〉（24803） 〈二子〉（24807） 〈閑居無客所與度日筆硯紙墨而已戲作長句〉（24808） 〈讀書未終卷而睡有感〉（24809）	4
卷二十七 （卷2180）	〈蓬門〉（24816） 〈題齋壁〉（24824） 〈秋日出遊戲作二首〉之一（24825） 〈雨中夕食戲作三首〉（24825）	9

	〈自警〉（24825） 〈醉臥道傍〉（24827） 〈雨夜〉（24827）	
卷二十八 （卷 2181）	〈感懷四首〉之一、二（24831） 〈斯道〉（24844） 〈蝸廬〉（24845）	4
卷二十九 （卷 2182）	〈書嘆〉（24850） 〈饑坐戲咏〉（24856） 〈蔬食〉（24857） 〈讀書至夜半燈盡欲睡慨然有感〉（24862）	4
卷三十 （卷 2183）	〈題齋壁二首〉之二（24873） 〈貧病〉（24874） 〈園中秋夕〉（24875）	3
卷三十一 （卷 2184）	〈閉戶二首〉之二（24886） 〈醉中自贈〉（24890） 〈雪中至近村〉（24891） 〈歲暮感懷十首以餘年諒無幾休日愴已迫爲韻〉之四（24891）	4
卷三十二 （卷 2185）	〈窮居有感〉（24901） 〈幽棲二首〉之二（24905） 〈四月二十三日作二首〉之二（24908）	3
卷三十三 （卷 2186）	〈存養堂爲汪叔潛作〉（24912） 〈貧樂〉（24916） 〈題齋壁〉（24917） 〈老學庵〉（24922） 〈題庵壁二首〉之二（24923）	5
卷三十四 （卷 2187）	〈丙辰上元前一日〉（24932） 〈過鄰家戲作〉（24935） 〈晨起〉（24939） 〈晨起〉（24941）	4
卷三十五 （卷 2188）	〈復竊祠祿示兒子〉（24951） 〈縱筆〉（24955） 〈讀書〉（24957）	3
卷三十六 （卷 2189）	〈自傷〉（24963）	1

卷三十七 （卷 2190）	〈暮春〉（24976） 〈夜酌〉（24979） 〈自規〉（24986）	3
卷三十八 （卷 2191）	〈立冬日作〉（24997） 〈六經示兒子〉（25007） 〈戲作貧詩二首〉（25010） 〈客叩門多不能接往往獨坐至晚戲作〉（25012）	5
卷三十九 （卷 2192）	〈書懷〉（25015） 〈題庵壁二首〉之二（25020）	2
卷四十 （卷 2193）	〈省事〉（25042）	1
卷四十一 （卷 2194）	〈西窗獨酌〉（25047） 〈燈下讀書戲作〉（25047） 〈擬古四首〉之四（25051） 〈冬日讀白集愛其貧堅志士節病長高人情之句作古風十首〉之一（25053） 〈饑寒吟〉（25055） 〈書幸二首〉之一（25056） 〈白髮〉（25057）	7
卷四十二 （卷 2195）	〈與子聿讀經因書小詩示之〉（25062） 〈冬夜讀書示子聿八首〉之一、二、三、五、七（25063） 〈病中作〉（25068） 〈春薺〉（25070）	8
卷四十三 （卷 2196）	〈獨夜〉（25076）	1
卷四十四 （卷 2197）	〈讀何斯舉黃州秋居雜詠次其韻十首〉之二（25090） 〈讀蘇叔黨汝州北山雜詩次其韻十首〉之十（25092） 〈冬晴稍理舊學有感于懷〉（25096） 〈感事〉（25097） 〈掩卷有感〉（25100） 〈戲詠鄉里食物示鄰曲〉（25103）	6
卷四十五 （卷 2198）	〈歲暮書懷二首〉之二（25110） 〈平昔〉（25111） 〈初春感事二首〉之二（25112） 〈春來食不繼戲作〉（25115） 〈貧甚自勵〉（25120）	5

卷四十六 （卷 2199）	〈朝饑示子聿〉（25122） 〈養氣〉（25122） 〈窮居〉（25128） 〈晨興二首〉之一（25132） 〈秋旦〉（25135）	5
卷四十七 （卷 2200）	〈儒生〉（25137） 〈新涼書懷四首〉之一（25138） 〈酒盡〉（25139） 〈苦貧戲作〉（25144） 〈幽棲二首〉之二（25146） 〈秋懷十首以竹藥閉深院琴樽開小軒爲韻〉之四（25150）	6
卷四十八 （卷 2201）	〈弊廬〉（25158） 〈戲作野興六首〉之一（25161） 〈遊西村〉（25162） 〈養生〉（25166） 〈齋中雜興二首〉之一（25166） 〈冬夜〉（25167） 〈冬朝〉（25167）	7
卷四十九 （卷 2202）	〈冬夜讀書有感〉（25170） 〈遂初〉（25171） 〈讀經〉（25172） 〈縱筆二首〉（25173） 〈降魔〉（25175） 〈晴窗讀書自勉〉（25179） 〈大寒〉（25180） 〈歲暮貧甚戲書〉（25183） 〈誦書示子聿二首〉之二（25184）	10
卷五十 （卷 2203）	〈莫笑〉（25187） 〈老學庵自規〉（25189） 〈子聿以剛日讀易柔日讀春秋常至夜分每聽之輒欣然忘百憂作長句示之〉（25189） 〈雪後龜堂獨坐四首〉之一（25190） 〈老學庵〉（25192） 〈書感〉（25193） 〈後書感〉（25193） 〈北窗懷友〉（25196）	10

	〈讀易〉（25197） 〈雜興六首〉之三（25198）	
卷五十一 （卷 2204）	〈蝸舍〉（25202） 〈贈曾溫伯邢德允〉（25202） 〈自述三首〉之一（25203） 〈對食戲作二首〉之二（25203） 〈碌碌〉（25209） 〈北窗微陰〉（25209）	6
卷五十二 （卷 2205）	〈雜興十首以貧堅志士節病長高人情爲韻〉之二、三（25225）	2
卷五十三 （卷 2206）	〈肉食〉（25243）	1
卷五十四 （卷 2207）	〈書懷四首〉之四（25253） 〈示兒〉（25253） 〈雜感五首〉之五（25255） 〈秋夜讀書有感二首〉之一（25256） 〈孤學〉（25259） 〈自詒二首〉之二（25261）	6
卷五十五 （卷 2208）	〈君子非好異〉（25265） 〈庵中雜書四首〉之三（25270） 〈示子聿〉（25273） 〈志學〉（25274）	4
卷五十六 （卷 2209）	〈家居自戒六首〉之五（25285） 〈感貧〉（25285） 〈信手翻古人詩隨所得次韻之二首〉之二（25286） 〈獨立〉（25288） 〈閑味〉（25289） 〈六言雜興九首〉之一、二、三、九（25293、25294）	9
卷五十七 （卷 2210）	〈北窗〉（25295） 〈示兒〉（25298） 〈書日用事二首〉之二（25302） 〈夙興〉（25304）	4
卷五十八 （卷 2211）	〈雜興十首〉之十（25315） 〈書懷〉（25316） 〈書志〉（25319）	7

	〈屏迹二首〉之二（25319） 〈講學〉（25323） 〈又明日復作長句自規〉（25324） 〈示子孫〉（25325）	
卷五十九（卷2212）	〈九月十日夜獨坐〉（25332） 〈學易二首〉（25333） 〈貧中自戲〉（25335） 〈蕩蕩〉（25342）	5
卷六十（卷2213）	〈雜書幽居事五首〉之四（25349） 〈勉學〉（25350） 〈治心〉（25351）	3
卷六十一（卷2214）	〈元日讀易〉（25357） 〈自詠絕句八首〉之八（25361） 〈龜堂〉（25361） 〈示子遹〉（25365） 〈示元敏〉（25367） 〈遣興〉（25370） 〈衰嘆〉（25371）	7
卷六十二（卷2215）	〈日用〉（25378）	1
卷六十三（卷2216）	〈自儆二首〉之二（25390） 〈自規〉（25395） 〈貧居即事六首〉之六（25397） 〈重示〉（25398） 〈寓嘆〉（25400）	5
卷六十四（卷2217）	〈自規〉（25404） 〈道院述懷二首〉之一（25404）	2
卷六十五（卷2218）	〈唐虞〉（25420） 〈晨起〉（25426）	2
卷六十六（卷2219）	〈書意〉（25440） 〈雜題四首〉之三（25440） 〈東齋雜書十二首〉之一、九、十二（25446） 〈北窗雨中作〉（25448）	6
卷六十七（卷2220）	〈老學庵北窗雜書七首〉之三	1

卷六十八 （卷 2221）	〈進德〉（25466） 〈一編〉（25472）	2
卷六十九 （卷 2222）	〈力耕〉（25489） 〈書意三首〉之三（25493）	2
卷七十 （卷 2223）	〈自詒〉（25498）	1
卷七十一 （卷 2224）	〈讀窮居五字慨然有感復作一首自解〉（25517） 〈貧歌〉（25523）	2
卷七十二 （卷 2225）	〈題尊信齋并序〉（25526） 〈夏日雜詠四首〉之二、三、四（25527） 〈予頃遊青城數從上官道翁遊暑中忽思其人〉（25528） 〈讀道書〉（25534） 〈秋來苦貧戲作〉（25536） 〈書室雜興四首〉之二（25538）	8
卷七十三 （卷 2226）	〈讀豳詩〉（25543） 〈雜賦六首〉之六（25547） 〈自述二首〉之一（25554）	3
卷七十四 （卷 2227）	〈書感三首〉之三（25562） 〈學道〉（25565）	2
卷七十五 （卷 2228）	〈茆亭〉（25575） 〈遯迹〉（25579）	2
卷七十六 （卷 2229）	〈道院偶述二首〉（25589） 〈野興二首〉之一（25591） 〈感物〉（25592） 〈感事六言八首〉之八（25593）	5
卷七十七 （卷 2230）	〈浴罷閑步門外而歸〉（25599） 〈銘座〉（25604） 〈雜感十首以野曠沙岸淨天高秋月明爲韻〉之二、五、六（25607） 〈秋思十首〉之十（25609） 〈秋興〉（25609）	7
卷七十八 （卷 2231）	〈中秋書事十首〉之十（25616） 〈堅頑〉（25624） 〈遣懷四首〉之三（25624）	3

卷七十九（卷 2232）	〈書劍〉（25635） 〈病中夜思〉（25637） 〈凍坐〉（25642）	3
卷八十（卷 2233）	〈讀書〉（25649） 〈讀論語〉（25650） 〈破屋嘆〉（25652） 〈自詠二首〉之一（25656）	4
卷八十二（卷 2235）	〈初夏雜興五首〉之二（25675） 〈夜窗〉（25680） 〈晨起獨行綠陰間〉（25684）	3
卷八十三（卷 2236）	〈書意三首〉之一（25692） 〈新涼二首〉之一（25694） 〈自儆〉（25696） 〈病中作〉（25701）	4
卷八十四（卷 2237）	〈自立秋前病過白露猶未平遣懷二首〉之二（25702） 〈聖門〉（25702） 〈書生〉（25703） 〈宴坐二首〉之二（25714）	4
卷八十五（卷 2238）	〈呻吟〉（25718）	1
合　計		290

（范成大詩）（《全宋詩》冊 41）

卷四（卷 2245）	〈題立雪圖〉（25777）	1
卷二十一（卷 2262）	〈次韻汪仲嘉尚書喜雨〉之一（25952）	1
卷二十三（卷 2264）	〈二偈呈似壽老〉之二（25967）	1
卷二十五（卷 2266）	〈十月二十六日偈〉（25992）	3
卷二十六（卷 2267）	〈偶箴〉（25994） 〈寄題永新張教授無盡藏〉（25998） 〈次韻李子永見訪二首〉之一（26000）	3

卷二十八 （卷 2269）	〈送蘇秀才歸永嘉〉（26016）	1
卷二十九 （卷 2270）	〈一龕〉（26027）	1
卷三十一 （卷 2272）	〈有會而作〉（26037） 〈戲題無常鐘二絕〉之二（26038） 〈自箴〉（26038） 〈淨慈顯老爲眾行化且示近所寫眞戲題五絕就作畫贊〉（26040）	4
合　計		15

（楊萬里詩）（《全宋詩》冊 42）

卷一 （卷 2275）	〈別吳教授景衡〉（26073）	1
卷五 （卷 2279）	〈秋夜讀書〉（26136） 〈寄蕭仲和〉（26137）	2
卷六 （卷 2280）	〈題峽江譚溫父詠齋〉（26142） 〈題呂子明國諭退庵〉（26147）	2
卷七 （卷 2281）	〈夜飲以白糖嚼梅花〉（26162） 〈讀書〉（26166）	2
卷十四 （卷 2288）	〈夜寒獨覺〉（26259） 〈題黃辰告愚齋〉（26263）	2
卷二十一 （卷 2295）	〈寄題喻叔奇國博郎中園亭二十六詠——亦好園〉（26351）	1
卷二十五 （卷 2299）	〈答陸務觀佛祖道院之戲〉（26414）	1
卷三十一 （卷 2305）	〈跋余伯益所藏張欽夫書西銘短紙二首〉之二（26495）	1
卷三十四 （卷 2308）	〈題趙昌父山居八詠——霞牖〉（26532）	1
卷三十六 （卷 2310）	〈題王才臣南山隱居六詠——格齋〉（26567） 〈寄題劉巨卿家六詠——壺天〉（26571）	2
卷三十八 （卷 2312）	〈題黃唐伯一經堂〉（26600）	1

卷三十九（卷 2313）	〈除夜小飲歎都下酥乳不至〉（26616）	1
卷四十三（卷 2317）	〈趙平甫幽居八操——竹齋操〉（26672）	1
合　計		18

（尤袤詩）（未見）